山椒鱼

拟南芥 著

广东旅游出版社
中国·广州

图书在版编目（CIP）数据

山椒鱼 / 拟南芥著. — 广州：广东旅游出版社，2018.5（2023.6 重印）
 ISBN 978-7-5570-1297-7

Ⅰ.①山… Ⅱ.①拟… Ⅲ.①长篇小说 - 中国 - 当代 Ⅳ.① I247.5

中国国家版本馆 CIP 数据核字（2018）第 057836 号

出 版 人：刘志松
责任编辑：梁　坚　陈伊甜
责任校对：李瑞苑
责任技编：冼志良
装帧设计：胡十二郎

山椒鱼
SHANJIAOYU

广东旅游出版社出版发行
（广东省广州市荔湾区沙面北街 71 号首、二层 邮编：510130）
电话：020-87347732（总编室） 020-87348887（销售热线）
投稿邮箱：2026542779@qq.com
天津雅图印刷有限公司
（天津市宝坻区天宝工业园宝富道 20 号）
880mm×1230mm　32 开　10 印张　179 千字
2018 年 5 月第 1 版　2023 年 6 月第 2 次印刷

定价：52.00 元

［版权所有 侵权必究］
本书如有错页倒装等质量问题，请直接与印刷厂联系换书。

目录

序
是风，而不是影
1

楔子
001

第一章
未盖棺
005

第二章
未低头
025

第三章
第一血
051

第四章
未曾忘
075

第五章
暂低头
079

第六章
蛇抬头
105

第七章
神离弃
135

第八章
求生念
165

第九章
将盖棺
171

第十章
山椒鱼
209

尾声
243

外一篇
蜘蛛之茧
249

后　记
从蜘蛛丝到山椒鱼
301

序
是风，而不是影

（本序部分内容涉及剧透，请谨慎阅读）

日本大正七年（公元1918年），芥川龙之介在《赤鸟》杂志创刊号上发表了著名短篇小说《蜘蛛之丝》。这位文学巨匠绝不会想到，整整一百年后，一位名叫拟南芥的中国推理小说作家将那根纤细无比的蜘蛛丝再一次垂下地狱，让一群有如在血池底部浮沉的绝望者，为了唯一的生机，展开一场更加惨烈和恐怖的厮杀。

东南亚某国的监狱突然遭遇地震，幸免于难的狱警和囚犯，分成两个你中有我、我中有你的阵营，在最紧迫的时间，用最原始的工具，展开了争分夺秒的求生之搏。他们一面躲避着大自然的灭顶之灾，一面提防着身边人的诡谋诈欺。既有团结一心、精诚合作，又有尔虞我诈、分崩离析。在往日恩怨的纬线和今时竟生的经线交织中，包含着密室、身份替换、时间诡计等不可能犯罪元素的谋杀一幕接一幕地上演……这一场宛如陷入阿鼻地狱的"大逃杀"，究竟谁才是幸存者？究竟谁才是幕后真凶？究竟什么才是这场血腥杀戮的终点与真相？在那个名叫蜘蛛山的地方，每个人都如山椒鱼一般，陷入自我和他人共同营造的困境，并因互害式的挣扎而失去了求生的勇气和生还的机遇……

极其罕见的题材、极具惊悚的剧情和极富张力的文笔，让这部名为《山椒鱼》的长篇推理小说阅读起来酣畅淋漓、全无断点。当然了，做到这些，也许可以成为一部脍炙人口的作品，但无法成为一部意义深远的佳作。而《山椒鱼》能无愧于佳作，恰恰在于它对"原创推理往何处去"做了一次精彩的回答。

原创推理往何处去？

这恐怕是近年来最常萦绕在国内推理小说爱好者心中的一个问题。在走过了"刀耕火种"的开创期之后，原创推理面临着新的选择，到底应该怎样承继古往今来无数推理大师的衣钵，锐意进取，大胆革新，写出更加符合时代需求和中国读者品味的作品呢？

今年（2017年）是新本格派创建30周年，中国推理界的无数作者和读者都在《十角馆事件》正式出版纪念日这一天，用各种形式进行了纪念和庆祝。毫无疑问，新本格派的创建是世界推理小说史上一个极为重大的事件。只是很多纪念者在纪念的同时却忽视了一个十分重要的问题，那就是——新本格派已经创建30周年了。

新本格派的创建和崛起，有着堪比狂飙突进运动的激情，充满了摧枯拉朽的反叛精神。在文学成就上仿佛是《危地马拉传说》之于魔幻现实主义，以《占星术杀人魔法》这个源头生发出无数宏伟的支流；在精神实质上则更像是现代主义的崛起，除了逻辑本身，一切都可以扭曲、变形、创新和颠覆……然而，如果对文学史稍有了解，就可以知道，狂飙突进运动仅仅进行了15年就偃旗息鼓，其代表人物纷纷"转型"。魔幻现实主义具有鲜明的地域特征，在其他国家被学习和模仿时难免南橘北枳。更值得深思的是现代主义在二战后迅速为后现代主义所取代。这也像极了新本格派退潮之后，以东野圭吾和宫部美雪为代表的推理小说多元化时代方兴未艾。

总而言之，一场已经过去了整整30年的文学运动，无论其间产生了多少大师巨匠，无论其间取得了多少辉煌成就，终究已经太过久远。仅仅高举着新本格的旗帜墨守成规、食古不化，反而是对新本格精神的亵渎与背叛——事实上这种把革命桎梏成偶像并最终走向反动的行为，在文学史上绝不鲜见——所以，当我们缅怀其成就的同时，必须进行深刻的思索：面对新本格，原创推理到底应该做怎样的取舍？

众所周知，绫辻行人于1994年确立了"新本格七大守则"，比如故事的舞台必须是孤岛那样的封闭空间，案发地必须是可以被上锁的人工建筑物内，等等。而岛田庄司则不认同这些守则，他认为新本格的关键恰恰在于不要预设约束推理小说发展的条条框框:"只要遵循谜团和科学理论结合的原则,没有什么元素是不能使用的。"而后来新本格派的崛起,恰恰证明了岛田庄司作为一代宗师,不仅格局宏大,而且眼光确有超越时代之深远。很难想象如果恪守"新本格七大守则",京极夏彦、麻耶雄嵩和山口雅也会被归入何门何派,而《姑获鸟之夏》《夏与冬的奏鸣曲》《活尸之死》这些"离经叛道之作"会遭遇怎样的评价。从这个角度讲,也许岛田庄司在接受《知日》采访时的一段话更加发人深思:"(本格推理)最大的要素还是要写新的东西,我觉得本格就是诱导惊愕、感人的人工装置,为了诱导惊愕,必须具备前所未有的构造,有至今为止从没有人发现的诡计,这样就一定能写出谁都感兴趣的推理小说。"

由此可以得出结论,在岛田庄司看来,新本格的形式不妨多种多样,但新本格的"魂"就在于"除旧布新"四个字,谁能摆脱枷锁、勇于创新,谁就是新本格!

《山椒鱼》是一部真正具备了新本格之魂的推理小说。

毋庸置疑,哪怕是用最苛刻的标准来衡量,《山椒鱼》也可以归入新本格之列,密闭的空间、诡异的氛围、固定的人员、接踵而来的死亡、匪夷所思的诡计、逻辑严密的推理……但是仅仅包含这些元素,对于推理小说爱好者还有多少吸引力呢?难道我们不是在《馆》系列和《金田一少年事件簿》里已经一次次看到过此种类型的登峰造极了吗？就算是对"密室"和"暴风雪山庄"痴迷如我者，也渐生倦意，那么《山椒鱼》何以令人眼前一亮、精神一振呢？

答案就在"创新"二字上。

究其根底，推理小说作家的"核心竞争力"就是创新能力，就是能不能在"诡计已经写尽了"的一次次"唱衰"中，写出前所未有的东西。如果把"创新"仅仅理解为写出全新的诡计和全新的密室，那么是比较狭隘的，新本格的创新应该是全方位、多层面、无孔不入且纵心肆志的。

以《山椒鱼》一书为例：从舞台上来说，《山椒鱼》把新本格传统擅设的舞台——大海上的孤岛、森林中的别墅、被人遗忘的荒村，来了一场彻底的颠覆，将兀立于地面之上的建筑，通过一场地震埋入地底，同样是与外界隔绝的环境，地下的幽闭比起地面的森冷，更显得惊悚诡异；从人设上来说，《山椒鱼》中并没有固定的凶手和唯一的侦探，无论犯人还是狱警，都同时扮演着受害者、加害者与推理者的多重角色，也正因此，他们的命运走向更加凶险叵测；从动机上来说，《山椒鱼》中的谋杀动机更复杂，既有昔日仇恨，也有狱中恩怨，更有为了争夺那根逃脱苦海的"蜘蛛丝"的生死相搏，这种基于社会和自然压力下的人性扭曲显得更加真实；从情节上来说，传统的"暴风雪山庄"小说，为了预设诡计和制造气氛，嵌入太多优雅的花边，往往节奏缓慢，而

《山椒鱼》因其独特的"逃狱"题材，全程高度紧凑和紧张，那种由血、肉、骨杂糅而成的入髓狰狞，令读者不寒而栗却又不忍释卷，假如把岛田庄司所言的"诱导惊愕"作为衡量一部推理小说的标准的话，那么《山椒鱼》无疑位居上乘。此外特别值得一提的是，《山椒鱼》虽属新本格，却绝非一场单纯的推理游戏，尽管这部书里不乏严密而精彩的逻辑推演，但在杀伐的间隙充满了哲思，一瞬生死，一择死生，被逼到绝路的每一个人暴露出的都是最真实的人性，这也就使得这部格调异常黑暗和压抑的小说处处闪烁着光芒，这种光芒绝不刺眼、明亮，却又温柔而悲悯。

对于原创推理而言，《山椒鱼》的创新精神是极其可贵的，这也是原创推理发展最正确的方向。

标志着原创推理复兴的"推理之门"网站，迄今已创办了17年。17年间，大批的原创推理作家克服难以想象的困难，创作出了不少优质的作品。但也必须看到，时至今日，还是有不少国内作者、读者和评论家把创作与评论拘束在一个狭隘、保守的体系里，唯名家为上，以模仿为能，甚至只要一提"创新"二字，就会遭遇"还没学会走就想跑"的呵斥，却完全忽视了这样一个事实：一个落后太多的孩子，哪怕千跌百倒、遍体鳞伤，也需要奔跑——毕竟文章千古事，后人所记的是风，而不是影！

如今，随着85后作家群逐渐成为原创推理的主力，90后作家也纷纷登上历史舞台，原创推理迎来了一个重要的节点。《山椒鱼》这样的杰作问世，恰恰说明新一代作家们葆有不输前辈的热情和远超前辈的创新精神，有此，原创推理必将进入一个更加辉煌灿烂、群星闪耀的时代！

拟南芥君是非常年轻的90后作家，我与他平时交流不多，此前对他的了解，仅限于读过他在《推理世界》杂志上发表的短篇小说。据友人说，他拥有惊人的创作速度和巨大的创作潜力，在阅读《山椒鱼》一书时，我对此深有感触和认同，故而写下这篇文章。究其实质，我与拟南芥君一样，都是原创推理创作之路上的探索者，这篇文章里所表达的观点，不一定正确，但对于推理小说而言，重要的不是绝对的正确，而是绝对的探索精神，葆有此精神者，即是原创推理的希望与未来！

呼延云

楔子

菩萨轻轻走过去，把蜘蛛丝拿到手里，将它投向地狱。

地狱的最深处是血池，犍陀多和其他人一块在血池底浮沉着。他无意中抬起头，眺望血池昏暗的天空，那凄凉的黑暗中，竟有一缕银色的蜘蛛丝，闪着一线细微的光，从天旁垂到他头上。

这是慈悲的希望。

犍陀多想，若是抓紧这条丝，升上去，一定可以逃脱地狱，也许还能够升到极乐天堂去呢。于是他紧紧地握住了蜘蛛丝，拼命向上爬。

血池，离他越来越远。如果就这样往上攀爬，也许就能够离开地狱了。

但犍陀多低下头一看，看到自己的下面，无数人也攀了上来，长长一串，如蚂蚁一般。

犍陀多又惊又惧，这条微细的蜘蛛丝，怎么能够禁得住这么多人的重量呢？

"下去，快滚下去！"他冲其他人喊道。

但成千上万的人还是源源不断地从漆黑的血池往上爬,仿佛下一刻蜘蛛丝就要断了。

"喂,这蜘蛛丝是我的。谁说你们可以上来的?别弄断了它,下去,下去!"他伸出手,想把自己身下的蜘蛛丝掐断,可一刹那,他上面的蜘蛛丝忽然断了。

犍陀多连叫喊的时间都没有,就如被风卷着的陀螺一般,咕噜咕噜地旋转着,又落到暗黑的血池里了。

而极乐的蜘蛛丝闪着微光,依旧在中途高垂着,再没人能碰到它了。

第一章 未盖棺

9月17日，这是个普通的日子，年年都有9月17日。据说一年中的每一日都是节日，但都是节日的话，反而失去了特殊的意义。

9月17日，它不是什么重要的节日，它在一年之中可有可无……直到某一天，它在数十万人心目中有了意义，他们强烈地希望抹去这个日子。

从9月16日直接跳到9月18日，这样一来就不会有那么多人死去。

闭路电视里的影像没有异常，凌晨时分，狱警陈柯明跷着二郎腿，盯着屏幕看了一会儿，眼皮越发地沉重了，他想眯一会儿，可上司洪森还在四楼的办公室里值夜班。

万一洪森下来巡视呢？这里可是一处私营监狱，他们狱警和普通的上班族没什么区别。近来典狱长一直在说要整顿风气，陈柯明可不想在这个节骨眼上被抓到偷懒。他已经42岁了，有老婆孩子要养，这个年纪再找工作可不容易。

闭路电视的屏幕中还是没有任何异常，牢房里的犯人都睡着，沉沉睡着。

和平就好了——

陈柯明打了个哈欠，掏出烟，点了一根，准备提提神。

狱警这个职业，虽然也有个"警"字，但和普通的工作没有任何不同。

如果把案件比作火，那么社会上那些潜在的不公平、不合理就是柴草堆；案发就是小火苗引起大火，大火熊熊燃烧，烧尽一切相关者；警察热火朝天地缉拿嫌疑人，好比是灭火；等案件结束，有了定论，嫌疑人变成了犯人，那些犯人就是大火燃过的灰烬，而狱警的职责就是看守这些灰烬。

这是一份有些诡异的工作。最初陈柯明怕得要死，他怕自己站在囚犯中间，稍有松懈，囚犯就会扑上来撕裂他。但后来他明白过来了，他害怕囚犯，囚犯也在害怕他。

在监狱里，其实就是一些人借着法律统治着另一些人而已，尤其是私营的监狱。这个处于数个大国夹缝中的发展中国家，面临着诸如人口密度高、社会混乱、监狱人口饱和等问题。

全国关押在监狱中的人员数量大概是总人口数的3.4%，且还在增长，整个监狱系统已是人满为患，原有的监狱设施远远不能满足需要，政府不得不大兴土木建造新的监狱。

由于罪犯越来越多，政府在监狱的兴建和管理上的开支也越来越大，公立监狱日渐陷入资金不足、管理混乱的尴尬局面，政府又不得不将监狱逐步私营化，以求解救整个监狱行业。

投身监狱业的富豪简直像是挖到了金矿。他们不必担心"员工"休假、罢工，所有人都是全职的，从不迟到或缺席。囚犯是最廉价的劳动力。

比起狱警，陈柯明觉得自己更像是个严厉的工头，他一句话就可以关一个人禁闭或者让人饿着肚子工作一整天。

囚犯们早就被10个小时以上的机械性工作掏空了精力。

这也让狱警们忘了一件重要的事——囚犯始终是囚犯，他们手上沾过血，犯过骇人听闻的案子。有朝一日，局势颠倒的话，囚犯们又会如何报复？

可这样的场景只会在犯人的美梦和狱警的噩梦中出现，看看这铁栏杆，再看看这结实的混凝土墙，野兽怎么可能出逃？这是绝对不可能的。

陈柯明又看了一眼屏幕，阿卡出现在屏幕里，他已经巡视到一楼，再过不久就能回到值班室了。仔细听，耳边不止闭路电视传出的沙沙声，还有哗哗的雨声，豪雨声。

陈柯明想，多久没有这样大的雨了呢？像是要淹没整个世界。

陈柯明拿出棋谱看了起来，准备等阿卡回来，和他下一局棋。陈柯明的棋艺并不高，但很喜欢下棋。

叮铃，叮铃……

阿卡挂在腰间的钥匙，随着走动发出细碎的声响。

阿卡35岁，正是不上不下的年纪，想出去拼一把，可他的时间不多了，男人一旦过了40岁就不能折腾了。沉寂下来和他的同事陈柯明一样？他心中的热血却不甘冷却。想到最后，他开始埋怨自己对于职业的选择了。

他当初为何会选择狱警这个职业？因为自己的父亲是狱警？阿卡是本地人，山区建了监狱后，他父亲就在监狱工作，等他退休后，阿卡就接过了担子。这让阿卡没机会走出去看看这世界。

蜘蛛山监狱虽然主要关押的是重刑犯，但由于严苛、有效的管理方式，连续几年都被评为模范监狱，所以电影里出现过的惊险场面，阿卡一次也没遇到过，他的工作平静如水。

他恨这样的生活。

阿卡低头看了眼表——凌晨5：32了。

外面是豪雨，无数的雨水，倾盆而下。

隔着冰冷的雨水，监狱的灯光一片模糊。蜘蛛山监狱处于蜘蛛山的阴影处，蜘蛛山不高也不峻，如同一只趴着的蜘蛛一般。它不是单独的一座山，而是由连绵的几座山组成，在丘陵地区只能算普通而已，它安静地趴在这块土地上也不知道多少年月了。

景色普通，登山者寥寥，山上也没有什么拿得出手的特产。唯有几处长满枞树的林地，属于私人财产。

枞树，据说是制作棺椁的树种。有时候，在远处眺望山上，雾气衬托着墨绿的树，绿得发黑，嚯，仿佛山上堆满了棺材，而枞树林附近就是蜘蛛山监狱，监狱和棺椁实在相配。

监狱方方正正，如倒扣的一个盒子。灰白色的外墙上印着"蜘蛛山监狱"五个大字。

监狱左侧有一块菜园，那是狱警们开辟出来，自给自足，自娱自乐的。监狱处于荒凉的地段，十几公里外才有几个小村落，狱警们多来自那些村落。监狱的物资补给并不方便，卡车半月才来一次，将食物、衣服、药品送来。

一块菜园能聊以自慰，又能贴补供给，是件好事。

深深的夜里却透出些许不平静，养在监狱操场边上的狼狗，本来窝在木制犬舍之中躲雨。突然，它蹿了出来，朝着蜘蛛山狂吠，不要命般地想要挣脱脖子上的项圈，逃离这里。

汪汪汪汪汪汪……

可惜它的叫喊淹没在了无穷无尽的雨声里。

另一个反常之处是蜘蛛山的群鸟，本该安歇的鸟儿疯狂地飞出森林，无数鸟儿在空中相互碰撞，一些麻雀和乌鸦在狂风暴雨中狼狈地败下阵来，狠狠摔到地上，裹满泥土，再也起不来了。

究竟是什么让它们冒死也要离开？

距蜘蛛山100公里外的大城市，夜空并未被雨云覆盖，整座城市都在一片晴朗的静谧之中。黑夜并不是纯黑的，如果把城市的灯光全部熄灭，再去望天，就会发现天是幽蓝的，幽蓝到了极点，显得深邃。

街道角落里躺着酒鬼，呕出了胆汁。送奶工蹬着自行车挨家挨户地送奶。加完班的工作族揉着浮肿的眼圈……

没有一个人想要望向天空。当然就算望向天空，他们也看不到什么，城市的现代之光遮盖了原始、自然的力量。

正当平凡的一日即将开始之时，突然之间，天地异变，先是天边亮起了一道红光，宛如不动明王的利剑出鞘，直直地破开地壳，插入云霄。

一些人熬着夜，收看海外节目的年轻人发现电视机屏幕闪了几下，而街上的出租车司机则发现收音机受到了干扰，收音机失灵了，声音忽大忽小，时有时无，调频不准，全是噪音。

终于有人抬头了，等候着早班车的中年男人看到了这簇红光，他愣了一下，双目瞪大，惊恐得无以复加。

那是地光，也被称作地震光，是强震动前的征兆，诡异的光。

他大喊之时，整个世界都跟着尖叫。

地震来袭的警报，响彻了整座城市！

天旋地转，街道开裂，摩天大楼巨大的玻璃幕墙轰然坠落。被窝里的人，挣扎着，衣不蔽体地往外逃去。

成片的建筑在摇晃中散架，发出阵阵呻吟。

死亡无处不在。

轰隆——

又一座摩天大楼倒塌了，碎裂的钢筋混凝土如同雨滴般纷纷坠落，毫不留情地砸向逃窜的人群，殷红的血光四处飞溅，如妖花般夺目。

路灯的光，闪烁了几下便熄灭了，电力系统已被破坏。

天空中出现了另一种光，火光。房屋间冲出了一股炽热的波浪，滚滚浓烟如同铺天盖地的沙尘暴一般，腾空而起，火焰迅速蔓延着。

城市啊，摇摇欲坠，正在哭泣。

史称"九·一七大地震"的灾难发生于1995年9月17日凌晨5:45，地震规模为里氏7.3级。全灾区共死亡8000余人，受伤约3万人，无家可归的灾民近30万人；毁坏建筑物约10万幢；公路、铁路都遭到严重破坏……

那蜘蛛山的情况又是如何呢？

监狱消失在了蜘蛛山的影子下，仔细观察，蜘蛛山似乎往前走了一小步。

蜘蛛会走，而山不会，但现在蜘蛛山借着地震的力量动了，迈出了它的一小步——山体崩塌了一部分，夹带着势不可挡的力量扑向蜘蛛山监狱。

监狱与山脚有一段距离，本来不可能被波及，只是地震的威力远非人类所能想象，小半座山的山体崩裂，引发了泥石流，再加上地震本身的影响，导致监狱东边一侧被彻底摧毁。

幸好，监狱最使人称道的便是坚固——厚实的墙壁、林立的柱子，就算到了破碎的边缘，仍能履行部分功能。

碎了一半的监狱仍自顾自地矗立着，但它的灾难还没有结束。

蜘蛛山监狱第三层不知为何燃起大火，火迅速地蔓延，又迅速被扑灭。监狱的消防设施并不是摆设，加上外面的豪雨，火灾注定不会是今日的主角，但身处二、三、四层的大量囚犯仍然因为烟雾中毒或缺氧而死……

蜘蛛山监狱第二层由于剧烈的撞击，北侧的墙体支撑不住监狱的重量，发生了塌陷，这直接导致第二层一半区域的消失。

最后，"哗啦"一声，蜘蛛山监狱第一层被松软的地面吞噬，化作了一副棺材！

可怕的大棺材！

时间悄然而逝。

第一个醒来的人是一个囚犯，他叫阮山海，是个有趣的家伙。

阮山海睁大眼睛，回过神来。他蜷缩在床上，只记得剧烈的震动和混乱的惨叫了。

他眼前是黑漆漆的天花板，距离他的鼻尖只有60厘米，全靠几根粗粗的钢筋拉扯着不下坠。

墙壁裂开了几条缝，露出里面的各种金属管道，地板上满是脏水，带着些血腥味。

阮山海手脚并用地爬离了这个危险区域。

他很快意识到之前是地震了，而且强度不低。但地震不只有坏处，他囚室的铁门因为墙体的变形而脱落了。

阮山海探出脑袋，没有发现狱警，他兴奋地扭动着屁股走出了囚室——也许他能趁乱逃出监狱呢。

监狱内的照明灯早坏了，所幸应急灯还在，应急灯的蓄电池还能再撑一段时间，不至于让阮山海摸黑前进。

"真惨。"阮山海摇了摇头，"你们的运气太差了。"

毫无疑问，阮山海是幸运的。由于天花板和墙壁坍塌，过道变得极矮，他不得不弯着腰前进。一路走来，他看到不少坍塌的囚室，里面的犯人当然是遇难了。

"还有人活着吗？"阮山海试探性地喊了一声。

没有回答。

"有人就吱一声啊！"

还是没人回答。

"连个屁都没有。"阮山海挠了挠头，"看来就我一个人了，想起来还真是让人害怕啊。"他继续往前走去，成为唯一一个幸存者也不是什么好事，没人能和他说话，也没人能帮他一把。

"还有人活着吗？"阮山海在废墟似的监狱中，没有放弃寻找幸存者。

这次终于有了回应。

阮山海的话音刚落,角落就响起了一声呻吟。

还有人活着!抱着这样的想法,阮山海顺着声音往前去。

他找到了第一个幸存者。

一个人趴在地上,脸上是一道混凝土块划出来的血痕,肩膀以下都被石块压着,但看样子,应该没被压实,不然早就成半摊肉酱了,可具体如何,只有被压着的人知道。

"喂,喂!"阮山海对幸存者喊道,"你没事吧?"

"呵……"对方突然喘气,吐出一口浊气,抽动了一下身子。

阮山海被吓了一跳。

对方睁开浑浊的双眼,边挣扎着吐出半句"救救我……"边向阮山海伸出了手。

狱警韩森浩晃晃悠悠地从地上爬起来。

他头还是晕的,他眼中的天地还在晃悠……可留给他的时间不多了,他用力拍打自己的脑袋,让自己尽快清醒过来。

韩森浩看了一眼手表,现在是早上6:06,令人讨厌的时间,刚刚发生的绝对是地震。

冷静下来!韩森浩对自己说道。

他发蒙的脑袋里刹那间闪过无数念头——

一、驾驶中的人要停下来马上离开车辆，因为大地的晃动会使人无法把握方向盘……

二、如果地震时你在楼房中，应该迅速远离外墙及门窗，可选择厨房、浴室、厕所等。

该死的，不是这些。

三、确认自己的情况，尽量活动手、脚，清除脸上的灰土和压在身上的物件。

他动了动，活动了一下身体，没有异常，自己也没有被压。

四、用周围可以挪动的物品支撑身体上方的重物，避免进一步塌落；扩大活动空间，保持足够的空气。

这是被埋者的应对方法，韩森浩不是被埋，而是被困，这两者并不一样。

可恶！他怎么就想不起有用的东西来呢？

五、互救原则。已经脱险的人对他人进行营救：先救压埋人员多的地方；先救近处被压埋人员；先救容易救出的人员；先救轻伤和强壮人员，扩大营救队伍。

这里是监狱，他是狱警，最多的人是囚犯。

对了，囚犯！他看守的那些囚犯现在怎样了？得去查看囚犯的情况！可是囚犯真的可靠吗？

韩森浩匆匆赶往囚室。

残破的囚室，昏暗的光线下，韩森浩看不清人。

"活着吗？还有人活着吗？"他拿警棍敲击着铁栏杆，"有就回答一声！"

他已经走过三个囚室了，里面都是惨不忍睹的遇难者。

"别敲了。"囚犯加藤浩从阴影处走出来，双手抓着铁栏杆说道，"有死的，也有活着的。"

仿佛为了证明加藤浩的话，又有几个人走到了门前。

韩森浩在心里清点了下人数，然后说道："老老实实地待在里面，我去找救援。"

加藤浩，听说原来是日本黑社会的人，被组织抛弃，逃到这里，又被人搞进了监狱，凭借他的心狠手辣和领导力，成了囚犯中的一个小头目。

加藤浩喊住韩森浩："等等，余震不知道什么时候来，求你了，先把我们从这里放出去，你可以给我们都戴上手铐，我们不会乱来的，在囚室里太危险了。"

加藤浩来自多震的日本，对地震的了解也最多，他深知继续待在囚室的危险。

"都老实待在里面！"

韩森浩不傻，就算这些囚犯都被铐上，他只有一条警棍，对付不了这么多的人。

他不会放他们出来。

见状，加藤浩换上一副商量的口气："那么至少把皮耶尔带出去吧，他受伤了，你先带着他，给他做一些处理。"

韩森浩问："皮耶尔，你真的受伤了吗？"

韩森浩望过去，看到牢房深处的皮耶尔脸色苍白，在阴暗的环境中，有些醒目。

"你伤在哪里？"韩森浩皱眉问道。

皮耶尔回答道："腰上被划了一道口子，用衣服扎住了。"他的声音有气无力，像是伤得不轻。

"掀开来，给我看看。"韩森浩说道。

如果真的只是一道口子的话，应该伤得不重。倘若皮耶尔的伤势真的严重的话，那韩森浩就会打开他的牢门，让他和自己先行离开。

皮耶尔依言掀开了衣服。囚室内太暗，韩森浩只能看到一团血色，看不清皮耶尔伤得有多重。

韩森浩打开备用的小手电凑过去。皮耶尔也配合地走向韩森浩,让韩森浩能看清自己身上的伤。

韩森浩皱起了眉头:"你的伤——"

韩森浩没能说完一句话,皮耶尔的手就从铁栏杆的缝隙中伸出来,用力抓住了韩森浩的领口。

韩森浩大惊:"你要干什么?"

皮耶尔的动作代替了回答,他抓着韩森浩的领子,下一秒,韩森浩的脸就狠狠地撞在了铁栏杆上,一下撞得韩森浩眼冒金星,两下撞得韩森浩头晕脑涨,三下撞得血流如注,四下撞得灵魂升天……

剧烈的撞击声一下又一下,这声音如此沉闷,如大铁锤把肉敲得稀烂,如一团火在心里烧,令人浑身颤抖,兴奋得颤抖,韩森浩连挣扎的机会都没有,就失去了意识。

"再撞下去,他整个脑袋都要烂了。拿钥匙吧,把我们都放出来。"加藤浩发话了。

自由才是最重要的,囚犯们只知道地震了,不知道外面的情况,但监狱方面至今没有反应,那么就可以大胆猜测,由于地震,绝大多数人可能已经遇难了,绝大多数设施也都瘫痪了——

是时候行动了。

这个时候不越狱更待何时?

皮耶尔闻言松开了手,韩森浩就如一摊烂泥般倒在地上。皮耶尔伸手拽下了他腰后的一串钥匙。

沉甸甸的钥匙通向的是自由。

"给你。"皮耶尔把钥匙丢给加藤浩,自己靠在墙边休息。

牢房的铁门就这样被打开了。

阿卡在废墟之中醒来了。

他只记得自己走到一楼到二楼的楼梯口,然后地震发生了。

楼梯没能撑多久就崩塌了,碎石如雨降,他双臂抱头,躲到了角落,但还是被落石砸晕了。

阿卡仔细检查了自己的身体,头上肿了个包,不算严重,双臂上是大大小小的伤口,这都是碎石划的。最让阿卡担忧的是他的左手,一直在隐隐作痛,有些使不上劲。他只能希望自己不是骨折了。

走廊倒塌了一半,前面的通道很可能已经堵塞了。

一楼的受灾情况没有他想象中的严重,与其他楼层不同,一楼拥有图书馆、游戏室、食堂、器械室、大厅……因此囚室和关押的囚犯并不多。比起一楼,阿卡更加关心上面几个楼层的情况。

所幸对讲机还在——

阿卡猛然想起自己还有对讲机,他掏出来急忙呼叫。

"喂,有人吗,你们没事吧?喂,请尽快回答。"

随着时间流逝,阿卡的心也渐渐沉了下去。

三分钟后,对讲机终于有回应了。

"我……我是……"信号并不稳定,里面传出沙沙的杂音。

"是谁?"阿卡大喊,"是陈柯明吗?我是阿卡。"

"阿卡,你还活着啊,我们该怎么办?"

"你还……在办公室吗?"

"在。"

当地震发生时,陈柯明率先反应过来,活得越久,见识越多,这增加了他幸存的可能性。地动山摇的那一刻,他拿着自己的棋谱迅速逃到墙角缩了起来,最后没受一点伤。

"其他人呢?"陈柯明问道。

他没联系到其他人,没有惨叫和求救声,监狱静得可怕,只有外面传进来的雨声——枯燥的雨声。有段时间,他以为这里只有他一个幸存者了。

"不知道,我现在被困住了。"阿卡说道,"对了,你能去器械室吗?"

狱警在监狱里使用最多的应该是哨子加警棍,这并不代表他们没枪,在监狱中时时刻刻佩枪,反而容易发生隐患。部分枪械都安置在器械室内,在特殊状况下,请示上级可以使用。恰好一楼就有一个器械室。

"对了,我们还有器械室。"陈柯明恍然大悟,"我去看看。"

"嗯,你先去一趟器械室,确认门锁安好,再拿些装备出来,然后继续用对讲机呼叫。我不相信蜘蛛山监狱里只剩下我们两个狱警了！"阿卡说道。

"没错，你也要小心点，狱警能幸存，囚犯也可以。"

就人数来说，一定是囚犯占优，关着囚犯的铁门可能变形、脱落，也许有些囚犯已经逃出囚笼，游荡在监狱之中了。狱警不惮于用最大的恶意去揣测囚犯，他们需要压制囚犯的手段。

"好的，我尽快和你会合。"

现在他们都在坟墓里，棺材盖还未合上。这两个幸存者不单单要考虑地震的威胁，也要考虑其他的——比如人。

已知幸存人物：

序号	姓名	身份
1	陈柯明	狱警
2	阿卡	狱警
3	韩森浩	狱警
4	阮山海	囚犯
5	加藤浩	囚犯
6	皮耶尔	囚犯
?	?	?

第二章 未低头

"别吓唬我啊。"阮山海抚了抚自己的胸口。

前不久是大地震,现在又是"诈尸",阮山海觉得自己至少要少活两年。

不过阮山海没有听清楚他之前说了什么,好像不是这个国家的语言,也不是汉语。

"你刚才说了什么?"

被埋着的人睁开双眼挣扎着又吐出半句话:"救救我……"他的声音低如蚊蚋,阮山海侧耳才听清。这次他用了中文。

这个东南亚小国和其他周边国家一样受中华文化的影响,在这个国度中文也算是半官方语言,在蜘蛛山监狱大部分人都懂中文。

阮山海撸起袖子,拍打着对方的脸:"喂,坚持住,你有伤到哪里吗?"

无论对方是谁,救人一命也算是功德。

阮山海是一位诈骗犯,入狱已有三年,两年前才搬入蜘蛛山监狱，平时虽偶有偷奸耍滑，但总体表现仍称得上是良好。若他能趁此次机会救下一两人，也便于日后提出减刑，早一点出去。

况且就现在的情况来看，他暂时也出不去，耽误一些时间也无太大关系。

那人见阮山海有意救他，强撑住一口气，回答说："腿，腿被压住了，不太紧，腰上还有一些皮外伤，不碍事的。"

阮山海听他说是轻伤，便松了一口气。若对方重伤，阮山海不敢贸然施救，他心知稍有不慎，救人便会变成害人。但那人只是轻伤，他只需把对方拉出来即可。

"那我拉你出来吧。"压在他腿上的东西太重，搬开来不太可行，试着拉出来反而实际一些。

"好的，你拉得轻一点。"

阮山海清理掉他周围的碎石："你调整下自己的位置，我试着把你拖出来。"阮山海双手从他腋下伸出，抓紧了他，一用力。

"痛痛痛，这样不行。"他疼得满头大汗，让阮山海停下来。

看来他还是被压住了。

"不是说压得不紧吗？"

"不清楚。"他忍着不适，说，"你试试能不能把压着我的地方弄松动一些。"

"我试试，你自己也活动下身体，看看能不能靠自己的力量出来。"阮山海道。

两人忙活了很久,这个方法说起来虽然简单,但操作起来还是费了一番工夫。所幸最后的结果不错,阮山海忙得口干舌燥,终于把那个幸存者拖了出来。

"还行吗?"阮山海问。

那人动了下身子,大致行动没什么问题,只是在做某些动作时需咬牙忍着痛楚。

"没什么大碍。"

"对了,你叫什么?"阮山海发现眼前的这个人有点眼生,应该是他不认识的犯人。

那人低头看了一眼自己破烂的囚服,无奈道:"我大概和你一样是个囚犯吧。你暂时叫我五郎吧,其他的东西,我一件都想不起来了。"

"这个名字,你是日裔?"

"不知道,我真的不知道。"五郎摇着头说道。

"你失忆了?不会吧,这也太戏剧性了,是地震时撞到脑袋了?对不起,我太激动了,这是我第一次见到失忆的活人。我再问一遍,你是失忆了吗?"

五郎摊了摊手:"我不知道,我这样应该算是失忆了吧。也许我只是受到了刺激,过一会儿就好了,这也不一定。"他突然泄了气,"当然也有可能,我一辈子都想不起来我是谁了。"

阮山海仔细看了看五郎,发现他头发下有一些血污,看来在地震中他真的伤了脑袋。

见五郎神情不似假装，阮山海也就没有深究，低头替五郎处理伤口。

五郎左腿被混凝土块压伤，所幸没有骨折，勉强还能行动，后腰上有一大块皮都被蹭掉，看着有些瘆人。

阮山海安慰五郎道："没关系，对于在这所监狱的人来说，忘了一切也许是一件好事，能够真正地重新开始。不过这个起点有些糟糕。"

何止是有些糟糕，要在地震过后的蜘蛛山监狱重新开始，再没有比这更糟的了。

五郎没有回答，像是在思考着什么。

"失忆的，别想了，往外走吧，我们在一楼很快就能找到出路的。"阮山海又看了看五郎的伤，叹气道，"不过我们先去医务室看看吧，你的伤口有些吓人，还是涂点药吧。"

五郎点了点头。

阮山海带着五郎，往医务室的方向走去。

走出走廊，其他地方的损坏并不太严重，只是墙上巨大的裂痕依旧叫人心悸，就像是魔王狭长的眼一样。

两人相互扶持着向前走，地震之后的监狱更加显得压抑和恐怖，仿佛这就是地狱一般。由于地震，空气中弥漫着一股子怪味。

阮山海心中憋得难受，寻找着话题，想和五郎聊聊天。但五郎一问三不知，又让阮山海觉得自己是在白费工夫。

"你真的什么也记不起来了？"阮山海没忍住又一次问道。

五郎摇了摇头："也不是什么都记不起来了，只是脑袋里面很乱，就像是里面有一沓照片，被人撕成了无数片，然后这些碎片都在你脑子里，你能看清楚它们的本来面目吗？"

"不能。"

"就是这样，所以我失忆了。"五郎说道。

阮山海还不肯死心："就算是这样，随便说点有印象的吧，也许我能帮你回忆起什么呢。"

记忆碎片也许就像拼图一样呢，通过一片可以推测出全貌。

五郎皱着眉头，费力地回忆着："我只想到了一个画面和一些杂七杂八的东西。"

"说来听听。"

五郎轻咳几下，有些犹豫："这不太好。"

"有什么不好的。"阮山海满不在乎地说道，"大家都是囚犯了，还会有什么不好意思的？该不会是你杀人的画面吧？"

阮山海又打量了五郎一眼："不过你这样子也不像是杀人的角色，你该不会是犯了强奸罪吧？"他一脸坏笑。

在监狱里囚犯也是有等级的，最简单的划分法就是按罪行来分。一般来说，犯的罪越大，囚犯的等级就越高，在囚犯中间分量也越重。尽管都入狱了，但小偷小摸的见到杀人犯还是会害怕，犯经济罪的更是不敢惹其他类型的囚犯。不过也有意外，有些犯下连环杀人案的变态杀人魔入狱非但不会受到囚犯的尊敬，反而会因为他们践踏人类尊严的兽行而被其他囚犯虐待。除开那些变态，强奸罪毫无疑问是最低级的一个罪名，犯了此罪入狱的就是最低等的囚犯，在监狱里的日子也不会好过。

"不，不是。"五郎连忙说道，"我看到的画面是一群男女在灯红酒绿中……"

"在灯红酒绿中干什么？"

"拿着注射器醉生梦死。"

"原来你是贩毒的啊。"阮山海拍了拍五郎的肩膀，"还不错嘛，给大佬端半年的尿壶，等新人来了之后，你也就能解放了。你说的杂七杂八的东西又是什么，你说出来看看，我帮你想想。"

"是段旋律和歌词。"五郎回答道。

"唱来听听。"

"红色的正义之血燃烧着，银色的机器手臂挥舞着，这就是，这就是，这就是拥有金色之心的男人。大海啊，山河啊，我的故乡啊，用五条手臂守护着。"

"哈哈哈哈……"阮山海笑了起来。

五郎一个大男人，浑身血污，被困监狱，此时却在放声高唱类似于儿歌这样的东西，有种微妙的反差感。

"怎么了，你为什么发笑？"

"这不就是《假面骑士 Super 1》吗，你唱的歌是《Super 1》的主题曲啊。"

《假面骑士 Super 1》是特摄剧《假面骑士》系列作品之一。阮山海在孩提时期也是《假面骑士》这一系列的粉丝，虽然时隔 15 年，但他还是一下子就想了起来。《假面骑士 Super 1》的播出时间为 1980 年 10 月 17 日—1981 年 9 月 26 日。

日本在战后经过了高速的发展，某种程度上成了亚洲经济和文化的中心，在此期间，对外输送了大量文化，特摄剧就是其中之一。同为特摄作品的《奥特曼》和《超级战队》也有各国版本，其中多部《超级战队》还被改编、剪辑成了美版，而奥特曼这个超级英雄形象更是风靡全球。因此，特摄作品成了阮山海这一代人，乃至下一代人共同的回忆。

阮山海说道："而且你漏掉了最重要的部分——开头和结尾。这首歌的开头应该是这样的——假面骑士 Super 1，从蓝色的宇宙降临，拯救绿色的地球之人。"

"这些和我的记忆有关吗？"五郎琢磨着歌词问道。

阮山海挠了挠头："应该没什么关系……"

他们说着话，很快就到了医务室。

医务室里面狼藉一片，药品散落一地，阮山海找出了红药水和绷带，毛手毛脚地替五郎包扎。

"轻一点。"五郎疼得直龇牙。

"有人替你包扎就不错了。"忽然,阮山海借着应急灯的光,发现医务室门外有什么东西。

那是一张血脸——一张可怕的血脸。它也注意到了阮山海,旋即又消失在黑暗中。

阮山海被这么一吓,手上重了几分。五郎吃痛喊了出来:"怎么了?"

阮山海压低声音:"有东西在外面。"

"什么东西?应该是伤者吧。"五郎也压低了声音,"也许他在害怕我们。"

这个时候不忙着出去,赶来医务室的八成就是伤者,但对方为何鬼鬼祟祟地不进来?阮山海提高了音量,对外面喊道:"是谁?我们没有恶意,如果你受伤了就进来包扎下伤口吧。"

外面没有反应。

"没人吗?"阮山海往医务室外走去,"出来吧,我都看到你了。"他只想诈下对方,但没想到话音刚落,一个人影冲向了他。

阮山海来不及反应,只觉得身上一痛,就倒在了地上,被对方制服了。

对方紧紧抓住阮山海的左肩和右手臂,扳直了阮山海的肘关节。肘关节是人体比较脆弱的部位,它由肱骨下端与尺骨、桡骨的上端构成。肘关节的关节囊前后薄弱、松弛,完全伸直时最怕从后施加压力。他只要轻轻一压,阮山海便痛得生不如死。

五郎见状从椅子上弹起来，对着神秘人，警惕着。

他们已经表达了自己没有恶意，但对方还是对他们动手了，这说明对方对他们怀有恶意。

"痛痛痛，快松手，要断了。"阮山海惨叫着，哀求道，"我投降，我投降！"

而此时，五郎的表情也有些奇怪，当血脸押着阮山海走近时，五郎被吓了一跳，对方穿着的不是囚服，而是狱警的制服。气氛立即变得紧张起来。

"五郎，还不把手举起来，我快不行了。"

五郎犹豫着举起双手。

"他是狱警。"五郎点出血脸的身份。

阮山海被控制着不方便回头。

"哦？是狱警？那正好。"阮山海求饶道，"快放了我，我们都是模范囚犯，服从管理。"

来的狱警不是别人，正是韩森浩。正所谓一朝被蛇咬，十年怕井绳，韩森浩才吃过犯人的亏，不敢轻信犯人，但这样僵持着也不是办法，而且他也认出自己手上这人是阮山海。阮山海的刑期不是很长，也不是什么穷凶极恶之人，平时确实算是模范囚犯。

再三权衡之下，韩森浩松开了手。

阮山海和五郎老老实实地站在墙边，他们两人看着狱警一言不发地擦去脸上的血污，上药，缠上绷带，脸上仿佛戴上了一个面具。

阮山海认出这是负责一楼的韩森浩狱警,心想,他怎么会受这么严重的伤,而且还都伤在脸部……

不久前韩森浩从昏迷中醒来,头痛得就像要裂开一样。他抓着铁栏杆,用尽全力才能站起来,短暂的休息后,他总算恢复了神志,发现自己的警棍和钥匙都被拿走了。

韩森浩朝空无一人的牢房吐了一口浓痰。

23岁的他正处于血气方刚的时期,这么简单就被囚犯骗了,让他感到了屈辱。顾不得头晕,韩森浩醒来第一件事就是想通知其他狱警,有囚犯暴动了。

但他在路上听到了阮山海和五郎的对话,于是先尾随他们到了医务室。韩森浩初步判断他两人和加藤浩不是一伙的。

看着韩森浩处理完伤口,阮山海小心翼翼地发问:"韩狱警,我们该怎么办?"

"你在问我?"韩森浩问。

"不然我问谁,我们还能听谁的?"阮山海道。

韩森浩点了点头,对阮山海和五郎的态度很满意:"先和其他人会合吧。"

五郎插嘴道:"我们不先出去吗?余震随时都可能来。"

地震发生之后,要尽快离开危险建筑,这是常识。

韩森浩苦笑一声:"出去?你觉得我要是能出去,还会遇到你们吗？"他望向医务室外，目光仿佛穿过了层层墙壁，"你们还没意识到吗？我们被困了，至少这一层的出口都堵死了。"

"这该如何是好？"阮山海惊慌失措。

五郎的关注点和阮山海不一样："现在是什么时候了？"

囚犯没有手表，只能靠感觉来判断时间，但人在异常的环境中，感觉往往会出错。

韩森浩低头看了看手表，加藤浩和皮耶尔一伙人没拿走韩森浩的表。

"已经是清晨7：12了。"

原来已经是白天了啊。

但在废墟之中，阳光透不进来。当然外面的雨还未停止，说不定外界也没有一丝光亮。

"你们能听到什么声音吗？"韩森浩问道。

侧耳倾听，淅淅沥沥的不正是雨声吗？

"雨声。"

"不对，除了雨声之外还有东西。"韩森浩说道。

是一串规律的敲击声——"咚咚咚"——顺着墙壁传过来。抗震救灾的手册上写过，被困者可以有节奏地敲击墙壁告诉其他人自己还活着，正在某处。同样被困的人也能通过这种方式联系其他人。这种方法，有效、快捷。

"你们贴近墙壁仔细听。"韩森浩道，"听这声音到底是从哪里来的。"

三人靠着墙，仔细听墙体中回荡着的"咚咚咚"的声音。

古代骁勇的武士都会贴地而眠，这样他们就能清晰地听到敌军前来的马蹄声。

"听到了吗？"

"听到了。"

五郎和阮山海指了相反的两个方向，他们一头雾水，对望着，不知是谁错了。

韩森浩道："你们都对了，有两个源头，他们在试图联系。"他像是想起了什么，脸色变了，语气中带上了一丝惊慌，"不好了。"

"为什么不好了？"

五郎和阮山海不明白韩森浩的意思。

阮山海问道："我们该去哪一边？"

韩森浩本想哪一边都不去，低头沉思片刻后，他抬头一咬牙指着接近值班室的方向，说道："就去那边。"

除了眼前的这些人外，韩森浩所知道的幸存者都属于加藤浩、皮耶尔一伙，敲击墙壁的其中一伙可能就是他们。而他现在只有一人，外加两个囚犯，一个糊里糊涂，一个油嘴滑舌，能抵什么用？万一遇到加藤浩他们……后果不堪设想。

但韩森浩转念一想，另一边可能是囚犯，也可能是狱警。倘若是囚犯，难道他这个狱警要坐视加藤浩他们策反更多的囚犯不理吗？倘若是狱警，那他更不能让加藤浩接近他们，韩森浩不能让同事步他的后尘，不，比步他后尘还要严重，加藤浩他们为了逃出蜘蛛山监狱，不知道会做出什么过激的事情。

况且韩森浩记得陈柯明在值班室值班。陈柯明对他挺照顾的，他不想让陈柯明落到囚犯手里。

五郎还想问下原因，但被阮山海拦住了。

"事已至此，我们还能干什么呢？就按照韩狱警说的吧。"

不过临走时，阮山海留了一个心眼，将一些医疗用品揣进了怀里，以备不时之需。

连通二楼到一楼的通道有三处，东、南两边各有一处楼梯，另外在靠近南边处还有一台小型的货运电梯，比一般电梯都要大，如果装人的话，能容纳不少人。

阿卡发现东面的楼梯堵死后，立即想到其他地方也难以幸免，所以先让同事陈柯明去器械室取武器。

不久后，陈柯明便用对讲机回话，器械室的门已经变形，饶是他有钥匙也打不开。他搞不到枪械，但在值班室翻出了三根电击棍。

"怎么样，找到出口了吗？"

两人会合后，陈柯明问阿卡。

阿卡摇头，前厅因为坍塌已经堵住，铁窗外设有合金栏杆，又被土块淹埋着，应该挖不通。

"遇到幸存者了吗？我呼叫了半天，没人回答。"

"我也没遇到幸存者，不过有不少地方，我一个人不敢去。"阿卡说道。

"我们一起去找吧。"陈柯明把装备分给了阿卡。

两人没耽误多少工夫，腰上别着警棍和电击棍，开始搜救。

陈柯明一边走一边敲着墙壁，看看能不能收到幸存者的回应。

见过十几具尸体后，他们发现了幸存者。

有人照着陈柯明的节奏也在敲击墙壁。

"你能和他们交流吗？"

"不能。"

又不是侦探小说，人人都懂摩斯密码，光通过敲击就能沟通。

"不过你听，"陈柯明对阿卡说道，"声音不同了。"

墙体内传来的敲击声有了改变，它停了，过了一段时间又响了。

"好像在接近。"阿卡说道。

陈柯明继续敲击着墙壁，告知对方自己的位置。

对方确实在接近，他们用这种方式告诉陈柯明和阿卡不要动，他们会找过来。

陈柯明和阿卡就等着那群幸存者过来。

大约 20 分钟后，加藤浩和皮耶尔一行人出现在了陈柯明和阿卡面前。

加藤浩扶着皮耶尔，领着一帮子灰头土脸的囚犯，见到两个全副武装的狱警，却仍镇定自若。

和韩森浩那时候不同，加藤浩没有立即向陈柯明他们发难。陈柯明和阿卡见这么多囚犯一起出现，心里也有了戒备。

囚犯们装作无害的样子，见到两位狱警都很高兴，就像找到了组织一样。

加藤浩扶着皮耶尔，面露难色，对着两位狱警道："两位长官，皮耶尔他受了伤，我们现在该怎么办？"

加藤浩准备故技重施，趁他们两人查看皮耶尔的伤势时再度偷袭，如制服韩森浩一般，制服这两人。

陈柯明和阿卡仔细看了看这队人，这群囚犯足有五个，加藤浩扶着皮耶尔领头，余下三人，分别是昆山、张启东、彭苏泉。

虽然这些人蓬头垢面的，乍看有些凄惨，但除皮耶尔外，都是轻伤，实际上没受什么伤。换句话说，囚犯们的战斗力要远高于两位狱警。阿卡和陈柯明有些危险。

阿卡不由得皱起了眉头，这些人的刑期都在20年以上，是不折不扣的重刑犯。

加藤浩原是日本某黑社会的一名头目，因在斗争中落败，这才入狱，他的下半生几乎都要在监狱中度过。

皮耶尔是抢劫犯，抢过好几家金铺，心狠手辣，是个混血儿，有四分之一的法国血统。这个国家曾是英国、法国、日本等国的殖民地，英法统治期，"造就"不少混血儿。

昆山则是一名投毒犯，他原是一个普通的农民，因为嫂子对他的谩骂，他下药毒死了嫂子一家，包括他12岁的侄子。

张启东是个人贩子，他哄骗青壮年，说可以带他们去西方发达国家享受，还收了他们一大笔带路费。结果，那些偷渡者到了欧美才知道，自己被张启东卖给了当地黑帮做苦力……

彭苏泉则是个杀人犯，他杀了两个向他逼债的放高利贷者。

在蜘蛛山监狱里什么人都有，蜘蛛山监狱的囚犯成分很复杂。

囚犯是最廉价的劳动力，私营监狱不但制造衬衫、裤子、帐篷、背包和水壶等军需品，还负责各种装配工作，比如装配电子产品和服装产品。一些工厂甚至解雇自己的工人，和蜘蛛山监狱签订协议，让监狱帮忙完成装配工作。

很显然，囚犯数量越多，刑期越长，公司老板赚得就越多。蜘蛛山监狱的入住率一直都稳定在90%。这么高的入住率一定是有问题的，监狱上层和相关的官员做了一些不可告人的交易，政府才会源源不断地往蜘蛛山监狱输送犯人。有时为了保证囚犯数量，蜘蛛山监狱也会收容一些背景复杂的棘手犯人。

加藤浩和皮耶尔就是其中之二。在某种程度上，蜘蛛山监狱也算是国际性的大监狱了，华裔、日裔、混血，包括周边各国的人，只要是在这个国家犯案被抓的，都可能被丢入蜘蛛山监狱。

狱警们当然知道囚犯们的复杂和可怕，阿卡和陈柯明都没有靠近皮耶尔，远远看了一会儿。

"处理过伤口了吗？"陈柯明问道。

"勉强包扎了一下。"加藤浩回答。

"这样就行了，我们也没有什么好办法。"陈柯明说道。

"要进一步处理只能等出去后了，我们还是先去看看出口。"阿卡说道，"东面的楼梯已经不能走了。"

"我们刚从西面来，西面也走不通。"加藤浩道。

都没有出口吗？在场的人皱紧了眉头。

陈柯明指着那些囚犯，开口道："先找个坚固的地方，把你们安置好，我和阿卡一边寻找其他的出口一边等待救援。"

"这确实是个办法。"

见加藤浩同意，陈柯明他们松了一口气，如果对方借机闹事，他们也没有把握能镇压住。

"不行，你们不能丢下我们。"但很快加藤浩又摇了摇头，"两位可能没有感受过无处可逃的绝望感，先前地震，我们都被关在囚室里，神明保佑，我们好不容易才逃出来，绝不想再被关起来，等余震来时只能听天由命。"

地震后还会发生接连的余震。余震好比说话的回声，虽然能量不及前面的地震强，但也会造成巨大的灾害。

昆山也附和道："对啊，至少要给我们逃命的机会。"

狱警们的心又提了起来。

阿卡眼中闪过一道精光:"这么说来,我倒是有一个疑问,你们是怎么从牢房里出来的?"

"这么大的地震,墙都裂了,监牢还困得住我们吗?"皮耶尔说道。

是啊,地震可以封死出口,也可以打开一条出口。

加藤浩拍了拍皮耶尔的肩膀示意他少安毋躁,然后对狱警说:"我觉得你们还是应该让我们留在外面。我想救援短时间内是不会来了的,你们可能需要我们帮忙。"

"你怎么知道?"阿卡下意识地反问道,"也许救援队就在路上了。"

听了加藤浩的话,陈柯明的脸色骤然变得灰白,"阿卡,他说得对,短时间内救援不会来的。"

陈柯明想到了一个重要的事实。

这是一场大地震,城内的受灾情况一定不轻,大量的人力物力都会向大城市倾斜,他们顾不上周边,尤其是蜘蛛山。另一方面,监狱成为废墟,那么山路还能完好吗?道路受阻,救援人员更难赶来,救援队的直升机或许可以赶到,但直升机也没办法运送大型的救援器械。

通讯也是问题,线路受损,电话不能用了,陈柯明有一部手机,可此时也没有信号,拨不出去电话。求救消息发不出去,救援队也不会第一时间赶来。

救援什么时候会来？两天，三天，或许是半个月？陈柯明记得不少案例中被困者不是伤重而亡，而是被活生生渴死饿死的……

当然，他们还不至于到这种地步，食堂内应该会有一些食物，至于水，监狱的低洼处已经积满了渗漏下来的雨水，哪怕清水告罄，简单处理过的污水也能饮用。废墟内外应该是有空气流通的，至少现在他们任何一人都没有滞闷感。

如无意外发生，他们还能在废墟内坚持很久，但救援也得很久之后才能赶到，这就是在和死神赛跑。

阿卡经他们一提醒，也想明白了其中的缘由。

这群囚犯现在的表现也算老实，余震随时都会来，他们所有人一只脚都已经踏入了坟墓，再将他们关押起来，或者控制自由，确实有些过分。狱警也确实需要囚犯的力量。

于是，阿卡便不再提将他们关押的事了。

"电梯那里，你们看过了吗？"阿卡问道。

"电梯？"

"楼梯靠左有个货运的电梯，你们没看吗？"

加藤浩捂住太阳穴，摇了摇头："没注意。"

他们囚犯确实没注意过监狱的角落还有一处货运电梯。

那处电梯在地震中幸存的可能性并不大，但有一丝可能也不能放过，哪怕是一根稻草、一根蜘蛛丝。

"走，我们去看看。"阿卡下令道。

五位囚犯走在最前面，两位狱警在后面，押送着他们。应急灯还亮着，七人沉默地走着，其间只有皮耶尔的轻咳声。

蜘蛛山监狱彻底毁了，墙上满是触目惊心的巨大裂缝，墙体内的管道、电线、钢筋都一览无遗。用人体比喻的话，地震就像一把尖锐的刀子割开了人体，让血管、骨骼、肌肉都暴露在空气中。这些人能够幸存也算是一个奇迹。

"就是这里了，停下吧。"阿卡看着前面说道。

电梯门已经被震开了一条缝，里面黑黢黢的一片。

"你们让开。"

阿卡穿过囚犯，来到最前面。他抽出腰间的警棍，撬开了电梯门，电梯轿厢应该已经落到了地下室，只余下一条通道，不知是否连通到楼上。

阿卡拿出手电筒，往里面照去："上面好像也堵住了。"

难道他们真的被困于一层了？

彭苏泉提议道："还是上去看看，万一没被堵死呢。"

阿卡急于出去，便没有多想，撸起袖子，朝掌心吐了口唾沫，叼着手电筒准备钻入电梯口，爬上去看看。

加藤浩朝后面的人点了点头，使了一个眼色，除了两位狱警外，囚犯们都做好了准备。囚犯人多，但是忌惮着狱警的警棍和电击棍。现在阿卡爬入电梯口，陈柯明的注意力又在里面，他们就可以趁其不备一拥而上，制服这两个该死的狱警了。

去啊……

去啊，快点爬进去吧……

去啊，快点啊！

囚犯们在心中催促道，还差一点，这两位狱警也将消失了。

他们憋足了劲，但不速之客的到来打乱了他们的计划。

"等等！"

一个熟悉的声音在后面炸响："阿卡别进去，千万不能相信这些囚犯。"

来人正是韩森浩，他带着五郎和阮山海及时赶到。

"怎么了？"阿卡拿下嘴里的手电筒。

陈柯明立刻将警棍对准了加藤浩他们，他知道韩森浩绝不会无的放矢。

加藤浩等人不动声色地退了几步。"这不过是个误会。"他说道。他一脸诚恳，但心底却满是可惜之情，明明只差那么一点点，韩森浩怎么会这么及时地出现呢！

"这可不是误会。"韩森浩气冲冲地指着自己头上的伤，说道，"看到我头上的伤了吗？他们打晕了我，抢走了钥匙。"

韩森浩瞪着皮耶尔，若是目光能杀人，皮耶尔早死了无数次了。韩森浩永远也不会忘记，当初他好心去查看皮耶尔的伤口，结果差点命丧黄泉。现在，他回想起脑袋撞击铁栏杆的触感，心还是不由得发颤，那时他真的觉得自己要被杀了。

加藤浩后悔了，他以为韩森浩不会再醒，还制止过皮耶尔。现在看来，这都是他的错，皮耶尔的伤势影响了他发力，导致他没能解决掉韩森浩。

当然也可能是韩森浩不寻常，他的头骨比寻常人硬上几分。

总之，当时的一个小失误影响到了现在。加藤浩头都要大了。

韩森浩带来了两个人。其中一个，加藤浩他们也认识，阮山海——一个没什么出息的诈骗犯。另一个则有些眼生，加藤浩也不知道他的底细。

现在的情况是五对五，双方各有一个伤者。

"这是真的吗？"阿卡道。

韩森浩的到来，导致两方没有了和解的可能。

"不是地震震开了你们的牢门，是你们袭击韩森浩后逃出来的吧？"陈柯明说道。

"这真的只是误会。"加藤浩笑了几声，"既然韩狱警不喜欢我们，我们马上离开。"

"想去哪里？"阿卡说道，"这是在监狱。"

监狱里囚犯的自由是受限制的，怎么能说走就走？

加藤浩笑了笑："不要让我把话说开。蜘蛛山监狱已经没有了，现在只是废墟而已。"

皮耶尔也说道："这儿就只有你们三个狱警了，蜘蛛山监狱已经名存实亡，你们还能干什么？狱警和囚犯被困这里，还有什么区别？"

狱警们显然不认同加藤浩他们的说法，都冷冷看着加藤浩一行人。

加藤浩也不退让："我看看谁敢拦我们！"

他身后的囚犯们握紧拳头，绷着脸，隐隐透露出杀意。这些囚犯是真的杀过人，杀意仿佛有实体一般压迫着狱警。

加藤浩领着人准备退走。

"站住！"

韩森浩想赶上去，陈柯明制止了他。

"让他们走吧，我们拦不住他们。"

韩森浩向阿卡求助，但阿卡也没有阻止囚犯的想法。

"鼠有鼠道，蛇有蛇道，让他们去吧。"阿卡道。

每个人心头都明白监狱不再平静了。

重刑犯想要趁乱从蜘蛛山监狱越狱。狱警想控制囚犯，脱离危险。阮山海这样的轻刑犯游走在两者之间，他现在依附着狱警，可万一囚犯方给出更好的条件，他也有可能背叛狱警……

斗争迟早要来，只是越晚越好，因为无谓的斗争只会降低他们幸存的可能性。希望这些幸存者能早点醒悟过来。

分裂·囚犯组：

序号	姓名	身份
1	加藤浩	囚犯（头目）
2	皮耶尔	囚犯
3	昆山	囚犯
4	彭苏泉	囚犯
5	张启东	囚犯

分裂·狱警组：

序号	姓名	身份
1	陈柯明	狱警
2	阿卡	狱警
3	韩森浩	狱警
4	阮山海	囚犯
5	五郎	囚犯

第三章 血

加藤浩等人离去时，应急灯闪了几下，随即暗淡了下去，然后两边的应急灯全部熄灭了，监狱立即归于黑暗，幸好阿卡和陈柯明有手电筒，他们才不至于手忙脚乱。

"怎么回事，那群囚犯又做了什么？"韩森浩还以为是加藤浩他们做的手脚。

陈柯明一句话点醒了韩森浩："应急灯的电量已经耗尽了。"

手电筒的光照着五人有些发白的脸，乍一看，他们的脸色和停尸房的死人一样，毫无血色。

"大家打起精神来，我们放过他们，不是因为我们怕他们，我们只是不想在他们身上浪费太多力气。"阿卡对他们说道，"我先去上面看看，只要我们先出去，那些囚犯算什么。"

下面有韩森浩和陈柯明在，阿卡没有后顾之忧。

"小心一点。"陈柯明对阿卡说道。

阿卡嘴里叼着手电筒，探入电梯井内，他忍着左手传来的剧痛，撑住四壁往上攀爬。经过简单的检查，阿卡觉得自己并没有骨折，只是偶有阵痛传来，用力时疼痛难忍罢了，有些影响他的行动。

几分钟后，阿卡从电梯井下来了，他苦着脸，失望地对大家说道："上面也堵死了，根本上不去。"

意料之中的事情。

"那我们该怎么办？"阮山海着急地问道，他可不想被困死在这里。

陈柯明关上了自己的手电筒道："省着点用，一次只开一个手电筒就好了，先去找些其他东西做几个火把备用，再去找些吃的，饿着肚子没办法做事。"

陈柯明不知道他们会被困多久，只能先从长远考虑。

韩森浩用力点了下头："我们要加快速度，说不定那些囚犯早就这样做了，他们比我们想象的要狡猾。"

阮山海举起了手："我有问题，万一路上碰到加藤浩他们怎么办？"

韩森浩道："我们人多的话，我还是觉得应该先控制住他们，他们在这里对我们来说也是种危险。"

陈柯明问阮山海他们："同样是囚犯，你们是什么看法？"

阮山海摇了摇手，说道："我们没有任何看法，全由诸位决定。"

五郎的看法和阮山海一样，好也罢，坏也罢，做个老实听话的角色最好。

"咳咳，我觉得暂时不管加藤浩他们。"阿卡说道，"我们腾不出人手，还是应该先继续寻找出口，看看有什么能利用的。"就算他们是狱警，此时最重要的还是保障自己的生命安全。

"小韩，大家对加藤浩的想法都差不多，我也知道你被袭击了，咽不下这口气。不过现在真的不是对付他们的时候，等我们出去，我们一定会替你找回公道。"

"好吧。"韩森浩又一次妥协了。

不过狱警这方人还是没能顺利出发，因为阿卡发现了问题。他猛然察觉阮山海背后的人，他们都没有见过。

阿卡拿手电筒照着一直沉默不语的五郎："你是谁？"

"你也不知道他吗？"韩森浩问道。

阿卡摇了摇头，问了下陈柯明。结果陈柯明也不认识他。

"阮山海你带来的人是谁？"陈柯明问阮山海。

阮山海摇了摇头，说了下五郎的来历。

监狱内不可能有外人，除了囚犯就是监狱的工作人员。

韩森浩提出了一个假设："会不会是前天刚到的新囚犯？"

"陈柯明，你看过名单吗？"阿卡问，"有叫五郎的人吗？"

陈柯明也摇了摇头，新来的那一批犯人并没有分到他的管理区。名单虽然分发了下来，但他没有仔细看过。

"我记得是一批轻刑犯，来我们监狱只是个过渡，很快就可以出狱。"阿卡说。

阮山海搂着五郎说道："我为他做担保，他没什么问题。是我亲手把他救出来的，他失忆了，不会跑到加藤浩那边去，我会看着他的。"

陈柯明和阿卡连珠炮似的问了他不少问题，但五郎真的什么都不知道，看他那副懵懂、紧张的样子，不像是假装的。

终于，狱警们暂时接纳了五郎。

"先这样吧，我们还是四处逛逛，把所有用得着的东西都搜罗起来。"阿卡说道。

如果去得太晚，加藤浩他们可就要把能用的东西都搬光了。

"分成两组吧。"阿卡指着阮山海，"你小子跟我来，其他三人为一组。韩森浩，你有手表吧，我们四十分钟后再在这里碰面。"

韩森浩和陈柯明都戴着手表，陈柯明解开自己的表递给阿卡。

阮山海老老实实地跟着阿卡走了。

阿卡带着阮山海到的第一站是狱警休息区。

阮山海看到自动售货机就双眼发光。

"让我砸吧，我早就想这样做了！"阮山海请求阿卡道。

这台自动售货机安置在狱警休息区的角落，是投币式的。里面是一些小零食，现在又是特殊时期，最方便的做法自然是直接打烂玻璃，从里面拿食物。

阮山海突然就有了兴致，絮絮叨叨地说着胡话。

"我以前在外面就一直有这样的念头,自动售货机就这样摆在外面,透过玻璃窗,里面的商品一览无遗,这不是吸引人犯罪吗?我一直都想砸开它,尽情地吃喝。"

"那还不如去商店抢一把钱。"阿卡有点被阮山海的想法逗乐了,自动售货机里面最多就是一些零食和饮料,能尽情到哪里去呢?

"我没有抢劫过商店,它和砸自动售货机的感觉一定是不同的。但为砸自动售货机这种事情入狱,实在有些划不来,所以我一直都没有尝试。"

"现在有了这个机会,你就想砸一下?"

"是啊,让我来砸吧。"阮山海眼里露出精光,"一定要让我来砸。"

"其实我也想试着砸一次自动售货机,不是常常会有两种都想要但口袋里硬币不够的情况吗?"阿卡笑着对阮山海说道。

阮山海脸上流露出失落之情,看来他是没机会了。

"哈哈哈哈,要是有两台自动售货机就好了,一台零食,一台饮料,我们一人一台。可惜只有一台,可惜。"阿卡看到阮山海的表情,又忍不住笑了起来。

"好了,好了,你来砸吧,如果你砸不开,我再动手。"

阮山海就像得到心仪礼物的孩子一样,眉眼间是藏不住的笑意。他举起手里的木棍,铆足了力气砸向自动售货机的玻璃。

棍尖在半空划出一道弧线，落在玻璃上，"啪"的一声，棍子滑开了，玻璃震了两下，却安然无事。

阮山海又试了两次，还是没有打碎，他懊恼道："这玻璃不是国产货吧，质量怎么这么好？"

"你这样不行，打击中间那块的话，力就会分散开来，要打角落，这样子力才不会卸掉。"阿卡想做一个示范，立马被阮山海拦住了。

"我懂了，我自己来。"他生怕阿卡自己上手砸了自动售货机。

又试了一次，这次阮山海成功了。他立即拿了一袋薯片递给阿卡，自己也开了一袋，"咔呲咔呲"地吃了起来。

被困这么长时间，他们急需进食，维持体力。

阿卡吃着烤肉味的薯片，突然发问："你觉得接下来会怎么样？"

"不清楚。"阮山海回答道，"现在一层只有我们几个幸存者，其他人说不定都死了。我是不希望狱警和囚犯之间再出什么事，和平最好了，人又不是野兽，关在一个笼子里就会死斗起来。"

看样子，阮山海是个和平主义者。

阿卡沉思了一会儿，突然又笑了："一个满脑子想砸自动售货机的人，嘴上说着和平，总是不能让人信服。"

"自动售货机跟和平有什么关系。"阮山海反驳道，"只想着小事的人才不会犯大罪。一个窥视上司妻子的猥琐下属和满口仁义道德的政治家，前者一定比后者更加热爱和平。你说是不是？"

"好吧，你说的有一点道理。"阿卡把包装袋里最后一些碎屑倒进嘴里，"差不多了，我们走吧。"

阮山海也舔干净包装袋里最后一点点薯片渣："听你的意思是不准备向囚犯动手？"

"只要他们不来招惹我们，我们不会主动去找他们的。"

说到底，狱警也只是普通人，不想在绝境中直面残忍的囚犯。加藤浩他们最后说的话还是影响到了阿卡他们。

"整理一下就走吧。"阿卡结束了对话。

他们两人把膨化食物的食品袋都撕开一个小口子，让里面的填充气体都出去，这样能压缩体积，便于携带。口感不重要，受潮也不要紧，只要能食用就好了。

阮山海找到一大块破布，暂时拿它充当包袱皮，将东西包了起来。时间差不多了，阿卡和阮山海又搜罗了一阵，往约定地点赶去。

他们在约定的地点，看到了两团火光，那是韩森浩和陈柯明。他们各拿了一支火把，五郎走在中间，手里提了不少东西。

"你们都有什么战利品？"阿卡问。

两把消防斧，四件制服，两双鞋子，一箱矿泉水，不知从哪儿扒来的一大捆木条，应该是椅子、架子劈散后得到的，一小袋米，还有勺子、铁锅之类的东西。他们去迟了，食堂大部分都被埋了，散落在外的一些东西也多被其他人搜罗走了。

阿卡和阮山海这边，也换上了火把，他们有20多包薯片，10多块巧克力，20多罐咖啡、果汁，还有一些木头和塑料绳。

阮山海背后还拖着3块泡沫板，面积大概是1平方米。

阿卡曾问阮山海带上它们有什么用，阮山海说有大用处，两块泡沫板拼在一起就是一张不错的床，而且泡沫塑料这种东西易燃，到时候拿来烧也不错。据说流落荒岛的人都会收集一些漂到海滩上的塑料制品，等有船接近，就会把塑料制品丢进火里，塑料制品燃烧时冒出的滚滚黑烟，能提高人获救的可能性……

反正是阮山海出力拖着它们，因此阿卡也没多说什么。

总的来说，他们还算收获颇丰。阿卡将吃的丢给其他人，熄灭两个火把，只留下一个。他们开始休息，商量接下来该怎么办。

另一边，加藤浩率领的囚犯们也围坐在篝火边上休息。

火光映在他们脸上，把他们一个个的脸照得有些狰狞。曾几何时，这帮囚犯都幻想过砸了蜘蛛山监狱，没想到这个幻想以这种方式实现了，世事真是弄人。

情况对这帮囚犯并不利，地震过后，他们本打算趁着大乱就逃出监狱，但现在整座监狱都封死了，他们根本无处可逃。

这些囚犯好比是从一间小牢房跑到了一间大牢房，而且还惹怒了狱警。

加藤浩分析着现在的情况："我们被困监狱，逃离的方法无疑就两种，一是我们自己打开一条出路；二是等人救我们出去。第一种，现在不太现实，靠着我们手里的铁棍、斧头，有些难办。但是，第二种也让人头疼，之前也说过了，救援不知道什么时候才会来，而且我们被救出去也还是囚犯、越狱犯的身份，将来的日子不会好过。"

"除非知道我们越狱的人都死了。"皮耶尔冷冷地说道，话语中冒出凛凛寒气。

"不会被发现吗？"张启东问道。

"做得小心一点，毁尸灭迹。"皮耶尔说，"没有人会发现的。"

要杀了三位狱警吗？他们不是下不了手，只是有些棘手，而且就算杀了狱警，他们也不见得就一定能得救。

"对面也有五个人，我们失去了最好的机会，不一定就能赢。"加藤浩说道。

"那你觉得该怎么办？"昆山问。

这也不行，那也不行，他头痛死了。

"保守一点。"加藤浩说道，"如果救援迟迟不来，我们可以困死他们。"

囚犯们搜罗的东西远比狱警们的多，至少绝大多数药品都在囚犯手上，由于皮耶尔的伤势，加藤浩带人离开后，就去了医务室，拿走了剩下的全部药品。然后，他们到了食堂，拿到了不少的食物，节省一点，足够支撑一周左右。但囚犯们平时在监狱中受到不少限制，他们对一些区域并不了解，所以漏掉了一些地方，比如狱警的休息区。

"我们的物资比他们多，等他们饿了几天，我们再去对付他们也可以。"

"我同意，我们还是不要冒险了，自由虽然重要，但命更加要紧，就算救援及时赶到，我20年的刑期再加上10年，其实也没什么差别。"张启东道。

他们虽然是囚犯，但也是人，有些人在监狱待得久了，野性早就被磨干净了。据说，不少犯人在出狱后受到歧视、排挤，难以融入社会，本身又没有资本再度犯罪。犯罪也需要本事和资源，像一场大劫案，你得安排安全的出逃方式，你要有销赃的手段，这些都需要人脉和资金。有些囚犯出狱后，过得还不如在监狱。所以张启东对自由的渴望没那么大。

"太没出息了。"昆山站起来，看着张启东，有些不屑，"杀光狱警有些不靠谱，耗死他们也不实际。他们狱警平时可以吃肉喝酒，我们是囚犯，每天干足12个小时，吃糠咽菜，肚里没有半点油水，腰上没有一点膘，真要耗下去，说不定，狱警比我们坚持得久。"

加藤浩问："那你准备怎么做？"

"通道塌了，就换一条路走嘛；出口堵了，搬开石块、混凝土就好了，反正最古典最有效的越狱方法，就是挖洞。我们挖出去就好了。"

张启东反驳道："你知道这有多难吗？"

"总比什么都不干要好。"

"这都是有消耗的，你干得多吃得就越多，我们能坚持的时间就越短。"

两人激烈地争执了起来。

"安静，安静。"加藤浩说道。

但两人的争执已经到了白热化，谁来也没用，他们就差扭打在一起了。

在极限环境中，人的情绪更容易失控。

最后分开两人的是天意——世界再度剧烈地震动起来，囚犯们东倒西歪，抱着头，往墙角跑去。

是余震，余震来了。

土灰如雪般从上面纷纷扬扬地落下来，墙体也发出"咔咔"的惨叫声，仿佛下一刻就会坍塌。

木头堆起来的篝火被震散开来，燃烧着的木条如同在地面舞蹈一般，蹦跳着，火星四溅，照亮他们惊恐的脸。

上帝啊……

佛祖啊……

无论是谁，快降下神通阻止这场灾难，让蝼蚁一般的他们逃出生天吧。

上天仿佛听到了他们的祈祷,蜘蛛山监狱坚持住了,它没有塌。五六分钟后,余震平息。

篝火熄灭了,只剩下如萤火虫尾光一般的淡淡荧火。囚犯们检查着自己的身体,确认自己没有受伤。

"有什么东西?"张启东喊道。

"不对,是有什么动静。"昆山反驳道。

加藤浩道:"好了,好了,你们两人都对。"

那淅淅沥沥的不正是雨声吗?雨声和水流声清晰地传到他们耳中。

同时,囚犯们感到屁股一凉,有液体浸入了他们的身下。

是血?谁受伤了吗?

在地上一摸,液体是冰冷的,凑到鼻尖一闻,没有血腥味,只有一股淡淡的土腥味。

木柴上如萤火虫尾光一般的淡淡荧火也都灭了。

"哈哈哈……"加藤浩大笑道。

余震带来了意外之喜,水来了,雨声也透进来了。某处应该打开了一道口子,所以外界的声音才会清晰起来。

"哎呀,我们收集的木柴。"张启东打着打火机,借着微光去抢救木柴们,将它们放到高处。

加藤浩又生起了火,点燃了火把。他们能清楚地听到外面的雨声,说明这个口子应该离他们并不远。

"走吧,我们去看看这个口子在哪里。"如果这个口子足够大,那么他们的一切问题都会迎刃而解。

在余震中发生变化的其实是整座蜘蛛山监狱,加藤浩所在的区域地面产生了十度左右的倾斜角。

应该是地震导致地基不稳,加上暴雨的冲刷,让蜘蛛山监狱发生了倾斜。

加藤浩他们在低处,而另一边的狱警们在高处,如果整座监狱都开始渗水,那泥水就会往加藤浩他们这里汇聚过来。

地面渐渐积水,而且带来不少泥土。9月份的水并不冷,他们踩在水里,泥水浸湿了他们的鞋袜,让他们不是很舒服。

"就是这里。"昆山锁定了声音的来源。

"这边的位置好像是窗户吧。"张启东指出嵌在混凝土碎块中的窗框和铁栏杆。

从这里流出来的泥水是最多的,声音是最大的。

"应该就是这里了。"彭苏泉也认为是这里。

"开始吧,看看能不能从这里出去。"加藤浩挽起了袖子,"有个口子总比硬生生挖出一条路来要好,这值得尝试。"

囚犯们很快干了起来。皮耶尔因为有伤在身,就拿着火把在一旁替他们照明。没有手套的保护,他们的手指很快就受伤了,但想着自由就在面前,他们都没有任何抱怨,依旧热火朝天地干着。

忽然,远处有团火飘过来。火把的光在黑暗的监狱中格外醒目。

"是谁？"加藤浩朝着火问道。

"是我，阮山海啊。"

"你来干什么，投诚吗，跟着狱警不舒服吧？"昆山开玩笑似的说道，"想过来也可以，让我们看看你的诚意，至少带颗狱警的脑袋来。"

"这怎么可能呢？"阮山海站在远处不敢靠近，他挠了挠头，有些苦恼地说，"其实恰恰相反，是他们让我来劝你们。四处都在漏水，你们下面的水只会越来越多，天气又这么糟糕，万一再地震，这里八成保不住，你们还是向狱警投降吧。"

加藤浩打断了阮山海的话："你们没有伤亡吗？"

"什么伤亡？没有啊。嘿嘿，要是有伤亡，我也不会来找你们，那不是引狼入室嘛。"

狱警他们也安全度过了余震。

阮山海继续说道："电梯通道那边被震开了一道口子，说不定能爬出去。那个……接下来的话都是他们的意思，千万不要打我，我只是转述。狱警们一致同意，如果你们愿意把加藤浩和皮耶尔捆住交出来，那他们就对其他人既往不咎，你们要不要过来？"

一众囚犯冷眼看着阮山海，气氛有些微妙。

"既然没人愿意，那我就走了。"阮山海讪讪道。

"滚吧。"皮耶尔道。

"又不是我自己要来的,你们这群人也真是……"阮山海边说边走了,他对这个角色相当不满,但也没其他办法,五郎是新来的囚犯,和其他人没有交情,狱警前来又有不小的危险,只有阮山海合适。

"滚吧。"这次是加藤浩。

阮山海走后,加藤浩他们继续干活。阮山海提到的积水问题,确实是个麻烦,现在已经到了脚踝的高度,地面上也积了一层薄薄的淤泥,但不影响他们挖掘。

没有一个人愿意跟着阮山海走,阮山海见没人跟来,拿出了对讲机:"他们不愿投降。"

"冥顽不灵,算了,这也是意料之中的事。你回来吧。"是阿卡的声音。

"对了,他们好像在清理塌方,想挖开一条路。"阮山海报告道。

"嗯,你先回来吧。"

看样子,狱警这边并不在乎囚犯的挖掘。

阮山海的这个插曲很快就过去了,加藤浩他们的挖掘还在继续。囚犯们没有手表,无法掌控时间,但火把已经换了十多次,其间他们还吃了一些东西,应该是过了有几个小时了。

他们的成果还不错,塌方已经清理了一小半。然而一切都不可能那么顺利,失败还是造访了他们。

昆山正在搬动底下的一块混凝土，前面废墟发出了轻微的响声，然后如雪崩一般，碎石、残骸扑了下来，张启东早早逃开，还是彭苏泉用力推开了昆山。

最后，昆山没事，反倒是彭苏泉的大腿被划开了长长的一道口子，幸好伤口不深，血很快就止住了。

他们所有的努力付诸东流。

加藤浩双手捂面，跪在塌方前，全身颤抖，他觉得自己的头在发涨，就像一个气球一直被充气，即将到达极限。

"该死的！"昆山用力捶了一下墙，"你们就不能挖得小心一些吗？"

张启东靠着墙，吐出一口唾沫，不满道："这又不是小心能避免的，说话多动动脑子，万一我们钻过去的时候它再塌，出的事情不是更大？"

失败让他们心头都憋着火气。

"好了，好了，都给我闭嘴！"加藤浩出声制止了他们，"有力气吵架，还不如多花点力气清理。"

加藤浩看着这一片狼藉，心也凉了半截。前面一整片都倒了下来，几乎又恢复到之前的模样，还多了几条水柱，就像喷泉一样不住地往外面淌泥水。

不过塌方里不单单是混凝土块，还多了一些天然石块。这从侧面说明，这条路确实通往外面。

张启东丧气道："不行了，挖不开。我们还是放弃吧。"

"闭嘴！"加藤浩吼道，语气之中已经带了一股杀意。他站起身，脸上再也看不到一丝颓废和绝望，仿佛刚才下跪的不是他一样。

"继续干，只是一次塌方而已。"

水哗哗地流着，像是在诉说什么。加藤浩的手指掠过泥水，仿佛在感受自由。

"可谁也不能保证没有下一次。"张启东不满地说。

众人累积的不满和这一次的失败，让加藤浩的统治受到了影响。加藤浩缓和了口气："我们可以先检查下上方的情况，加固一下，然后再继续清理。出了事情，我会负责的。"

"呵呵，你负责，你拿什么负责？"张启东再次发问。他本来就不愿意花力气。

"用我的命！"加藤浩再一次变脸，凶相毕露，随手将手里的东西砸向张启东，"你说好不好？"

有些时候，对某些人强硬比退让更加有效。张启东被砸了一下，整个人都畏缩了，他不算是心狠手辣的职业罪犯，虽在监狱和穷凶极恶的囚犯待久了沾染了一些戾气，但本质上还是一个好逸恶劳的生意人。

"继续。"加藤浩说道。

这次没有人再有异议。

加藤浩见皮耶尔苍白如纸的脸色，同他说了几句话，让他去休息了。

对此也没有囚犯提出异议，皮耶尔伤在腹部，不方便行动，他留在这里除了举火把，也没什么用。

皮耶尔也没有推辞，他去原先找好的一间房间内休息了。

加藤浩他们的处境其实就和神话故事里的囚犯一样。在希腊神话中，西西弗斯因为触犯了众神，被罚将一块巨石推上山顶，但巨石每每被推到山顶时就会滚下去，前功尽弃，于是他就不断重复、永无止境地做这件事。另一位叫做坦塔罗斯的家伙被打入地狱，站在一池深水中间，水就在他的下巴下，可他只要弯下腰去喝水，池水立即就从身旁流走；在他身后长着一排果树，结满了果实，可等他踮起脚来想要摘取时，果子又会升到他触不到的地方；他头顶上还吊着一块摇摇欲坠的大石头，仿佛随时都会掉下来，将他压得粉碎——他永无休止地忍受三重折磨。

囚犯们也差不多，每当他们挖开一点，更多的土石就会夹杂着泥水堵住前面，无穷无尽。而且他们越来越累了，水位又越来越高，先前水还只到脚踝，现在已经升到小腿左右了，大概已经有十四五厘米高了。他们踩在水里，要多费不少力气。

原先他们还有干劲，一腔热血支撑着他们，但成功遥遥无期，他们的心也渐渐冷了，效率越来越低下。

挖开这里仿佛也成了一件不可能完成的任务。

这里一定出了什么问题，看着眼前的情况，加藤浩像是想到了什么，泥水为什么会以这样的状态泄出来，这都是有原因的。

"先停下手上的活。"加藤浩说道，"我们去四处看看。"

加藤浩将人分成两组，他和昆山一组，张启东和彭苏泉两人一组，去各处查看。

他们到上方查看了几处裂缝，这些裂缝都在往外漏水。

张启东和彭苏泉比昆山和加藤浩早回来，他们的脸色并不好看，如同躺在病床上等死的老人。

"和你说的一样，我们确实在绝境中。"彭苏泉道，"而且是不能再绝的绝境，我们都被困在了棺材里。"

"上去吗？"张启东问道。

狱警们在高处，情况应该比他们好一点。加藤浩意味深长地看了张启东一眼，这个张启东真的是一点也不让他省心，刚才阮山海对他们说过，狱警那边的电梯井震开了一道口子，张启东是想出卖加藤浩，转投狱警。

不过加藤浩没有戳破张启东的小心思。

"去吧，把皮耶尔叫来，我们商量一下。"这样的大事，加藤浩当然不会让自己的心腹皮耶尔错过。

"何必去叫他？我们上去找他就可以了，难不成还要待在这里等着被泡烂？"

"好吧，我们去找皮耶尔。"加藤浩无意再打压张启东。

越往上水便越浅，到了皮耶尔所在的房间前，水便又只到脚踝而已，但门前的走廊上积着一层淤泥，他们一路走来，留下了四串脚印。

房内暗着，皮耶尔没有生火。

"皮耶尔，你醒着吗？"加藤浩问道。

不对劲，皮耶尔没有给出回应，他睡得那么沉吗？

他们踏水走进房间，加藤浩察觉到了不对劲，他接过昆山手上的火把，往深处照去，跳跃着的火焰，渲染了一种恐怖、阴森的气氛。绕过柜子，加藤浩他们找到了皮耶尔。

皮耶尔趴在泥水之中，一动不动。

加藤浩立即蹲到皮耶尔身边，将他翻过来。

皮耶尔身上竟插着两把刀，一刀刺中他原本的伤口，另一刀刺入他的胸膛。他身上沾满泥水，五官扭曲，如同来自修罗地狱的恶鬼，睁着眼睛，眼中似有不甘，胸膛塌了下去，不再起伏。加藤浩摸了摸皮耶尔的颈间，没有脉搏，也没有温度。

皮耶尔死了，而且死于谋杀。

是谁，究竟是谁在蜘蛛山监狱杀人？所有人脑海中都盘旋着这个问题。

加藤浩替皮耶尔合上了双眼。

"是谁杀了他，是你吗？"

加藤浩望向彭苏泉。

"不是我。"彭苏泉连连摆手。

"那是你吗？"

他又看向了张启东。

"怎么会是我？"张启东也学着彭苏泉的样子连连摆手，但眼中隐隐露出怯意。

加藤浩的眼睛如扫描仪一般上下打量着张启东，想要将他看透似的。

最后，加藤浩长叹一声，放过了张启东。而张启东也松了一口气，刚才被加藤浩凝视的时间仿佛有一个世纪那样漫长。

加藤浩没再理会张启东，他盯着皮耶尔的尸体，陷入了沉思。

皮耶尔被害的地方是密室，门前的泥地上没有脚印，凶手如何进出不留脚印？他又为什么要对受伤的皮耶尔下手？这些才是最重要的问题。

在皮耶尔的尸体前，每个人都盘算着自己的想法。随着第一桩谋杀案的发生，本就不平静的蜘蛛山要彻底乱了。

"你们都不承认。"加藤浩冷冷道，"那凶手是谁呢？"

已知幸存人物：

序号	姓名	身份	爱好
1	陈柯明	狱警	下棋
2	阿卡	狱警	动作片
3	韩森浩	狱警	未婚妻
4	阮山海	囚犯	钞票的味道
5	五郎	囚犯	未知
6	加藤浩	囚犯	权力
7	昆山	囚犯	脆饼
8	彭苏泉	囚犯	台球
9	张启东	囚犯	漂亮女人

死亡人物：

序号	姓名	身份	死因
1	皮耶尔	囚犯	遭刺杀

第四章 未曾忘

他被困在了原地。

在他眼中，整个世界都不对了，他就像在漆黑的夜里行走，无论哪里都没有方向，无论哪里都存在束缚。

束缚如同那种极细的蜘蛛丝，随手就能扯下一大把，怎么也扯不完，越扯越多，越扯越密，直到变成一堵撼不动的墙。而自己扯下来的蜘蛛丝，全部变成了鲜血。

那些鲜血化作过去的影子，一直不肯放过他——

画地为牢。

他知道自己必须做些什么，才能打开心里的结。这样他才能继续前进，心才不会被蜘蛛丝绞死。

于是，他混进了蜘蛛山监狱，和仇人的距离也慢慢拉近。冥冥之中仿佛有天意，这场地震确实是大灾难，但他侥幸不死，仇敌也还活着，这就是一个好机会，一个手刃仇敌的好机会。

无论付出什么代价，他都不会放弃这个机会。

他一定要杀了仇人，用仇人的鲜血洗去自己的不甘。

第五章 暂低头

人生重来算了。

五郎依旧失忆着,但阮山海说他的症状有所好转,再用不了多久就能完全康复。

因为他在阮山海的引导下记起了不少奇奇怪怪的东西。

"假面骑士 Super 1 有哪五只手?"

"银色超级手、红色威力手、蓝色电气手、绿色冷热手、金色雷达手。"五郎犹豫着说出自己的答案。

"没错!"阮山海继续问道,"那主人公的经历呢?"

"他的父母是宇宙开发的先驱。他在父母过世后继承他们的遗志,成为宇宙开发的科学家,并主动将自己改造为用于行星开发的改造人 Super 1。手术成功后不久,邪恶军团就袭击开发小组所在的宇宙空间站,要挟博士交出 Super 1,遭到拒绝后向众人发动攻击。空间站被毁灭,Super 1 坠入地球。"五郎揉着自己的太阳穴,"然后我就记不起来了,什么印象也没有了。"

"那我告诉你好了,后来主人公拜拳法宗师玄海为师,渐渐学会控制改造人的力量和如何变身,以假面骑士Super 1的身份对抗邪恶军团。"阮山海道,"什么军团你还记得吧?"

"这个记不清了。"

韩森浩听着阮山海和五郎喋喋不休地讲着假面骑士,心生不满,他们仿佛根本不在乎现在的处境。

"够了,你们也该休息一下了吧。"韩森浩不住地咳嗽,他有些头晕,吃了阮山海的药,也没有什么好转。"都是成年人了,还沉浸在欺骗小孩的幻想里。如果真的有英雄,他怎么不来救我们?"韩森浩出言讥讽道。

阮山海不想和韩森浩争辩,闭上了嘴。

但假面骑士可以说是五郎仅有的记忆之一,这样被讥讽,五郎的脸上有些不好看。幸好监狱内昏暗的火光,让只有近处的阮山海才能看清五郎的表情。阮山海抓住五郎的手臂,示意他不要多嘴,不要去顶撞韩森浩。

但五郎却不愿就此沉默。

孩提时期,心智还未彻底长成,很多人只是浑浑噩噩、开开心心地活着。成年之后,要求生,各种压力压得人不能呼吸,绝大多数人最明亮的一段日子应该是在少年时期,故而记忆中,最鲜明的碎片大多来自于此。五郎失忆之后,最先回忆起的就是少年时看过的特摄剧。

如果一个人仅有一些东西了,那他必定会把那些东西看得极重。所以你可以从富人手中抢走一条珍珠项链，而不能从乞丐手里抢走半个面包。对于五郎来说，他的这段记忆就是乞丐的半个面包。

可他来不及反驳，不远处就传来了一阵脚步声。来人没有掩饰自己的脚步声，这里除了狱警，就只剩下囚犯了。根据阮山海的反馈，囚犯们应该是不想投降的，那么他们来干什么？开战吗？这就很糟糕了。

"你们来干什么？"韩森浩举起自己的手电筒。

手电筒的光晃得人眼晕。

"别照了。"张启东挡住光，"我们是来投降的。"

"哦？"韩森浩一头雾水。

"阮山海，你不是说他们没有投降的想法吗？"

阮山海立刻叫道："我可没有说谎，他们真的拒绝了我！"

"没错，阮山海没有说谎。"张启东低下了头，"之前我们确实拒绝了你们的好意，但我们后悔了。"

"为什么？"陈柯明开腔了。

张启东诚恳地回答道："因为我们被骗了，我们以为自己有可能逃出去，但是我们错了，大错特错！我们已经把那个骗子带来了。"

张启东、昆山、彭苏泉挪动身子，露出一直藏在他们身后的加藤浩。

"详细情况就让他告诉你们吧。"张启东道。

加藤浩与其说是躲在其他人背后，倒不如说是被张启东拖在身后，他鼻青脸肿，双手被捆了起来，绳索的另一端当然在张启东手上。

很明显，加藤浩被其他囚犯俘虏了。

"哈哈哈哈哈……"阮山海先笑了起来，"对不起，我本来想忍住笑的，但是我没忍住，你怎么变成这副样子了，简直就像一条狗。"

加藤浩也笑了，不过是自嘲的笑："说来话长……"

张启东轻咳一声，不满道："你给我老实一点，长话短说。"

于是，加藤浩长话短说："我对他们说跟着我，我可以带领他们逃出蜘蛛山监狱，结果我让他们失望了，非但没有带他们出去，反而还把他们拐上了绝路，所以他们以为是我骗了他们。"

加藤浩说得太简单，这更加让人摸不着头脑了。

韩森浩嘟囔道："他一直就在把你们往绝路上引，他想害死我们所有人。"

陈柯明对加藤浩说道："你还是详细说说吧，把来龙去脉说清楚。"

"我们被活埋了。"加藤浩依旧言简意赅。

张启东接过话头："都是加藤浩的错。我们愿意改过自新，我们是被他蛊惑了，以为听他的话能出去，结果我们出不去。"

"你们不是准备自己开一条路吗？"五郎还是没明白过来。

张启东苦笑一声，皱着眉头道："情况比我们想象的严重，你们知道吗，监狱在地下，而不是地上。在地震中，监狱下陷了，证据就是地面的倾斜。我们在下面挖永远也挖不出去，出口只可能在上面。加藤浩的计划只是让我们白费力气。"

"监狱确实倾斜了，但你们怎么确定我们就在地下？至少我们还有可能在地面上。"阿卡说道。

张启东蹲下在地上画了一幅简笔画："现在的监狱是这副样子。"

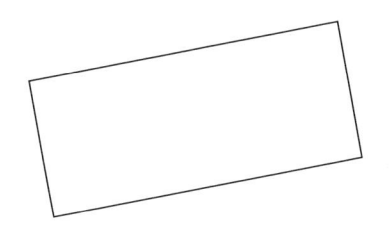

韩森浩挑刺道："这也太陡了，角度没这么大。"

"这只是示意图。原来加藤浩带着我们到了地势偏低的地方，阮山海来过，那里已经积水了。而你们狱警这里大体还是干燥的。"

陈柯明在简笔画上添了一条线，淡淡说道："也许只是你们运气不好。"

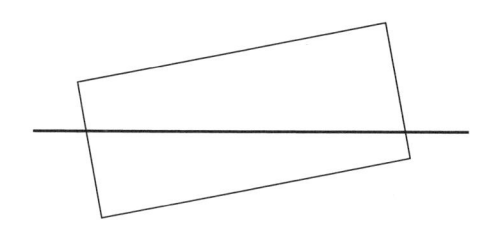

"这是地平线,你们刚好在地平线之下,整所监狱不见得就在地下。"

"这也是可能的。"张启东又道,"但还有其他证据,比如水,你们再想想水——上方能保持干燥,很有可能是因为你们头上有一块相对完整的楼板,它就像雨伞一样挡住了水,让水顺着楼板流到了一边……"突然,张启东顿了一下。

他听到了水声。

滴滴答答,那是不远处的水滴声。

一直安静着的彭苏泉抬起了头,与张启东对视一眼,他们想到了同一件事。

"其实我们也能确定这里是不是地下,看水就可以了。"彭苏泉道,"顺着墙壁流下的如果是清水,那就是雨水。如果不是清水,里面掺着泥沙,那就说明这水不来自天上,而我们都在地下。"

这是一个简单有效的方法。

"走吧,我们去看看吧。"阿卡提议道。

韩森浩摇了摇头:"我要休息一会儿,我就不去了。"

阿卡和陈柯明同意了,于是两位狱警带着六个囚犯往最近的滴水点走去,张启东牵着加藤浩。他们距离韩森浩并不远,大声叫喊,两方都能听到。

滴答,滴答,单调的水声让人窒息。阿卡拿着火把,站在一旁,陈柯明双手接了一抔水,捧到火边仔细观察,水的确不干净。

陈柯明又饮下半抔水，水冷得像冰一样，如剑一般刺入喉咙，一直凉到胃里。

阮山海瞅了一眼："也许就是雨水，从上面冲下来，带了些砂石。"

陈柯明拨弄着掌心剩下的污物："这是泥土，不是砂石，而且水中有股土腥味。我信了，我们确实在地下。"

其实，倘若是渗透而来的地下水，未必带着泥沙，反而顺着地表的径流容易携带泥沙。监狱沿山而造，又被地震震塌的山体压垮，所以流下的水，极有可能裹挟着泥沙。

他们也算误打误撞，得以证明自己的困境。

张启东点了点头，他在简笔画上又添了一条线。

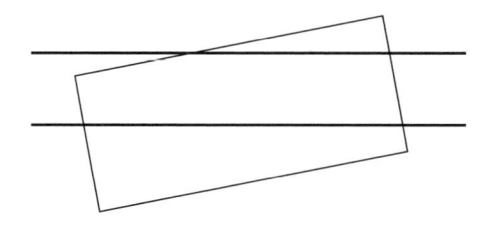

"只有大家齐心协力才有可能出去。"张启东说道。

监狱沉入地下，他们逃离的难度就又增大了。但失去自由总比死要好，再没有惩罚比死亡更可怕的了。

"我们错了，原谅我们吧，让我们和你们一起打开一条生路。"三个囚犯突然跪下了，恳求道。"给我们一次机会吧，我们只是太害怕了，想着早点逃出去，才会被加藤浩骗的。"张启东道。

"呵呵，你再看看谁才像狗。"加藤浩冷笑道。

然后，他就被张启东和昆山强按着跪了下去。

两位狱警已经知道了囚犯投奔的原因，也看到了他们的决心，现在轮到狱警下决定了。

陈柯明记得自己在书上看到过一组数据，在某地大地震后的抢险救灾中，抢救时间与救活率的关系大约为：

半小时：救活率95%；

第一天：救活率81%；

第二天：救活率53%；

第三天：救活率36.7%；

第四天：救活率19%；

第五天：救活率7.4%。

以上数字说明，时间就是生命，耽误的时间越短，人们生存的希望就越大。

谁也不愿再待在这里，他和阿卡应该给囚犯们一个机会，他们还不知道自己被困得多深，正需要人力。

"你们袭击的人是韩森浩，我们先回去听听他的意见，看他会不会原谅你们。"阿卡说道。他的左手又开始隐隐作痛了，痛得连火把都拿不住，只能换了一只手。幸好，没有人注意到阿卡的这个弱点。

一行人返回狱警的营地,然后,他们发现韩森浩不见了。

"怎么回事?"狱警一方的人顿时紧张起来了。他们的第一反应是中了加藤浩的调虎离山之计。

来的只有四个人,加藤浩的得力手下皮耶尔不在。

"你们好像少了一个人,他去哪里了?"阿卡问,"快说!"

陈柯明像是想到了什么,他按下躁动不安的阿卡:"冷静。韩森浩可能去小解了,我们先去找找。"

囚犯和狱警之间的信任本就脆弱,既然想要接纳他们就不宜再生事端,皮耶尔不来,可能是因为他打伤韩森浩,怕被报复,于是和其他人分道扬镳了。

再者,韩森浩是自愿留在原地的,这点没人能想到,加藤浩他们也就不可能使出什么调虎离山计。

陈柯明与阿卡耳语几句,把自己的想法告诉了阿卡。两人达成一致。

"皮耶尔的事待会儿再说,先找韩森浩吧。"阿卡黑着脸说道。

张启东面露难色,皮耶尔已经死了,这让他怎么开口?也许狱警们会以为是他们杀了皮耶尔,这样一来,狱警还会接纳这群有杀人嫌疑的囚犯吗?

"韩森浩……韩森浩……"

喊声回荡在空荡荡的监狱之中,混杂着水声,听起来有些诡异,像极了某些恐怖片里的音效,也许下一刻就会有面目狰狞的怪物从黑暗里跳出来。

这一支各怀鬼胎的队伍行走在漆黑的废墟中。

"你们听到什么奇怪的声音了吗?"阮山海说道。

远处传来疑似干呕的古怪声音。

他们找到了韩森浩。

"别叫了,我在这里。"韩森浩出现了,他没什么事,面色依旧苍白,扶着墙,慢慢走向他们。

阿卡快步上前,扶住韩森浩,他的体温偏高,有些烫手。

"你病了?"阿卡有些担心。

"没事,只是感冒。"韩森浩瞥了眼囚犯们。

"小心一点,也可能是伤口发炎引发的,让我看看你的伤口。"陈柯明解开韩森浩的绷带,问道,"有些发白,吃药了吗?"

"已经吃过了,有些发烧而已,我没事。"

"你干什么去了,怎么不在原地等我们?"

"我后悔了,觉得自己还是应该四处看看,证实一下。"韩森浩说道,"你们怎么样,是坏消息吗?"

"坏消息。"阿卡答道,"我们确实被埋在地下。"

"我倒是有个好消息,跟我来。"

韩森浩的好消息与生路有关,之前电梯井的通路被封住了,因为不久前的余震,开启了一条裂缝,成人无法穿过,但花点时间清理的话说不定就能打开一条通路。在监狱沉入地下的情况下,向上逃生是相对理想的策略。

韩森浩又爬了上去仔细看了看电梯井里的情况。

"上面是大块的混凝土板,可能有难度。不过不需要整块打碎,它只挡住了一点,用蛮力把边缘敲掉一些,开一道人能挤过去的口子就够了。"韩森浩说道,"值得一试,有这么多人应该够了。"

"所以你同意接纳囚犯?"阿卡问。

韩森浩咧开嘴笑了:"你们两个都赞成吧,就我一个人反对,我才不做这个恶人。再说了,逃出去比个人恩怨重要。等出去,我还是狱警,他们还是囚犯,我总能找到机会报复的。"

囚犯们都后背一凉。

阿卡环视一圈:"现在你们该交代皮耶尔的去向了。"

没有办法,张启东只能实话实说:"皮耶尔被杀了。"

一石激起千层浪。

"谁干的?他不同意你们的做法,所以你们杀了他?"阿卡怒道。

"这怎么可能呢?"昆山连忙否认道,"我们都没对加藤浩做什么,又怎么会杀皮耶尔呢?"

"什么叫你们没对我干什么,你们揍了我一顿!"

"你就不要添乱了!"昆山又踹了加藤浩一脚。

"皮耶尔真的不是我们杀的。"张启东继续说道,"而且我、我们也不知道谁是凶手。"

陈柯明和阿卡交换了几个眼神——谁会在监狱废墟中杀人？自救还来不及，谁会迫不及待地开始自相残杀？

陈柯明叹了一口气，说道："带我们去看看案发现场吧。"

监狱废墟中，只剩下他们几个生存者，而他们之中就可能藏着一个杀人凶手。因此，他们无法对这桩谋杀案坐视不理。

"韩森浩，这次你也不去吗？"陈柯明问道。

"我不去了。"与上次一样，韩森浩想留下来休息。

"我也不想去。"加藤浩说道。

阿卡直接否决："不，我们统一行动，这次韩森浩也去。所有相关者都要去，包括五郎和阮山海都去。"

先前他们已经因为韩森浩的失踪而受到了惊吓，现在监狱中发生了命案，阿卡不想其他人再出什么意外。毕竟一个可能性也不能排除，也许除了他们之外还有幸存者，他杀害了皮耶尔，在等下一个机会再杀一个落单者。

"好吧，这次我也去。"

一行九人前往现场，越往下走，积水越深，泥沙也越多。

门口走廊的脚印还存留着，在水流的冲刷下，脚印已经有些模糊了，但还能看出四进四出的八串脚印，证明除了加藤浩、张启东他们之外，没有其他人进去过。

张启东走在最前面，伸手一指："皮耶尔的尸体就在里面。"

陈柯明和阿卡一前一后走进房间，倘若里面藏着活着的皮耶尔突然发起袭击，他们也能做出反应。

但皮耶尔确实是死了。

柜子和椅子被放倒，排在一起，拼成一张床，沾满泥水的皮耶尔就躺在这张简易床上，他身上的两把刀没有被拿出，保持着原样，一把刺入他的腹部，另一把刺入他的胸膛。

张启东念了一句"阿弥陀佛"，将盖在皮耶尔脸上的毛巾拿开。

一旁的陈柯明倒吸了一口寒气。

皮耶尔的表情狰狞，五官扭曲得就像抽象画，线条像要飞起来了一般，他应当遭受了极大的痛苦。

一路上，张启东已经把大致情况告诉阿卡他们了。

他们在干活，皮耶尔体力不支，一个人来这里休息了。后来，挖掘没有结果，他们发现监狱废墟已经沉到地下了，于是就准备找皮耶尔一起讨论下，结果发现了他的尸体。皮耶尔原先躺在泥水当中，是加藤浩让人把他放到了柜子上。

三位狱警仔细检查了皮耶尔的尸体。皮耶尔身上的伤口不少，他好勇斗狠，留有不少旧伤，在地震中，他身上也留下了不少挫伤、擦伤。只有两处刀伤是致命的。

阿卡说道："皮耶尔死前应该和凶手进行了激烈的搏斗。"

"怎么看出来的？"韩森浩问道。

"皮耶尔身中两刀，两刀都在致命位置，如果没什么原因，凶手为什么要这样做？"

"也许凶手觉得皮耶尔死得不够快……"

"那也不需要特意刺入皮耶尔原有的伤口，你看看里面已经被搅得一塌糊涂了。"阿卡说道，"你们在街头打过架吗？那群小混混打起来可不讲什么规矩，看到你脚受伤了，就专门踹你的脚。以死相搏的时候，也是如此，因为搏斗激烈，凶手就故意攻击皮耶尔腹部的伤口，皮耶尔想必疼痛万分，阵脚一乱，凶手就用另一把刀彻底杀死了皮耶尔。"

"有道理。"陈柯明点了点头。

"这凶手还用双刀？"韩森浩提出另一个疑点，"手拿两把刀？"

"一把是皮耶尔自己的，另一把是凶手的。"阿卡推测。

凶手手持刀具，皮耶尔能和他相持不下，总不可能是赤手空拳。

加藤浩道："谁知道呢，也许凶手刚好就是有两把刀，刚好就都带在身上，然后又刚好都派上了用场。杀人这种事情又不是都需要精确计算的，意外和巧合一直存在。"

陈柯明紧皱着眉头："比起两把刀，另一个问题更加重要，凶手是怎么进来杀害皮耶尔的，又是怎么离开的？"

案发现场是一个密室，阖上"密室"大门的不是锁，而是外面的一大块泥地。

这……这大概能算是"泥地无足迹诡计"？

"这是一个密室。"陈柯明道。

"这是现实,又不是——"阿卡还没把"推理小说"四个字说出口就察觉陈柯明说得没错,这确实是推理小说的展开。

皮耶尔被刺死在房间内,当时门虚掩着,泥沙被隔绝在外,房内只有浑浊的泥水,没留下脚印。但门外的走廊上积累了一层泥沙,这里应该会留下凶手的脚印。

阿卡说道:"水是流动的,时间一长,水流就会把凶手的脚印抹去。"

"可我们的脚印都还在。"加藤浩说道,"我们发现皮耶尔的尸体,张启东制服我,向你们投降,这么长时间过去了,脚印都还在。这说明水流并不大,短时间内不可能消去脚印。"

阿卡低着头看着自己的手表:"你的话可信度不高,我不是不相信你,而是不相信你的感官。我们被困10个小时了,这里没有阳光,除了表,没有权威的参照物,你的时间很有可能是错乱的。"

阮山海举手:"我觉得可以把时间估出来,我不是来过下面吗,以这个时间为节点就可以推出大概的时间。"

阮山海去找加藤浩劝降,是阿卡命令的,而在这样的环境下,阿卡会时刻注意着时间。倘若阮山海太久没回来,那剩下的人就会去找阮山海。所以阿卡是清楚时间的。

"我走的时候是什么时间?"

阿卡认真回忆了下:"应该是14:40。"

阮山海又问张启东:"你们从上面走到这里花了多长时间?不

要想，凭感觉告诉我们。"

"大概是 15 分钟吧。"张启东摇了摇头，他吃不准，又改口道，"20 分钟吧。"

"那就 20 分钟。"加藤浩下决定道，"其他人还有异议吗？"

20 分钟是几位囚犯都认可的时间。

阿卡猜到阮山海想干什么了，他给出了答案："正确的时间应该是 15 分钟。"

囚犯们的估计已经很准确了，只有 5 分钟的误差。

"我记得我去找你们的时候皮耶尔就不在了吧？"

"没有，皮耶尔还在，他缩在角落，一言未发。"彭苏泉纠正道。

"哦。"阮山海再问阿卡，"那我回去又是什么时间？"

"大概是 15：20。"

"那我就走了 40 分钟，路上磨磨蹭蹭浪费了一些时间。"阮山海继续问囚犯，"我走之后过了多久，皮耶尔离开的？"

"大概一个小时吧。"彭苏泉说道。

"修正了 5 分钟的误差吗？"

"哦，我修正下，之前我们把 15 分钟当成了 20 分钟，如果按每个 20 分钟会有 5 分钟的误差，我们刚才说皮耶尔是一个小时后离开的，那就有 15 分钟的误差，皮耶尔应该是 45 分钟后离开的。"彭苏泉回答道。

"然后呢，你们干了些什么？"阮山海问。

彭苏泉回答道:"我们在泥水里挖洞,过了很长时间。"他不太能确定具体时间,"有两个小时吧。我已经修正误差了。"

之后,囚犯们在估计时间时都考虑到了误差。但实际上,这个误差并不准确,人对时间的把握受很多因素的影响,比如环境和心理状态……但他们没有条件和精力逐一对照得出准确的误差,只能选取一段路的误差来当作通用误差,尽可能精确地估算时间。

昆山摇了摇头:"我觉得不止两个小时,三个小时多吧。"

阮山海挠了挠头,这样一来误差就太大了。

陈柯明想了想,说道:"继续吧,假定就是三个小时。接下来?"

张启东咽了口口水:"加藤浩见行不通就让我们四处查看,再商量下一步该怎么做。这大概也是 40 分钟吧。"

彭苏泉修正道:"50 分钟吧。"

"既然要讨论下一步行动,我们准备叫上皮耶尔,结果发现了他的尸体。"张启东说道,"在发现皮耶尔的尸体后,我们很快就达成了一致,制伏了加藤浩。这个过程大概是 10 多分钟,算 15 分钟吧。"

"路上花的时间也是 15 分钟。"

阮山海说道:"凭借这些信息,我们就可以列出一张时间表了。14:40,我担任说客出发。15:20,我又回来了。这说明我来回一趟花了 40 分钟,单程是 20 分钟,那我劝说囚犯的时间就是 15:00 左右。"

时间	事件
14：40	阮山海担任说客，出发。
15：00	阮山海劝说囚犯，遭拒绝。
15：20	阮山海回到狱警方营地。
15：45	皮耶尔离开，去休息。
18：45	加藤浩带领众人继续挖掘，失败。
19：35	加藤浩等人发现皮耶尔尸体。
19：50	张启东等人制伏加藤浩。
20：05	张启东等人向狱警投诚。

阮山海问阿卡："他们找上我们大概是什么时间？"

这是最重要的一个时间节点。

阿卡说道："20：45。"

阮山海道："误差比我想象中的要小，按照你们的说法能排出大致的时间表，不过最后你们来找我们的时间不是20：05，实际上是20：45。只有40分钟的误差，但我们不知道误差具体来自哪些阶段，暂时将它放到一边吧。我们再把两队人会合后的时间表大致列出来。"

时间	事件
20：45	张启东等人向狱警投诚。
21：12	众人确定监狱沉入地下。
21：27	张启东带着众人回到案发现场。

确定了时间,他们就可以进行简单的推理了:15:45后,皮耶尔一个人独处,而其他囚犯都待在一起,直到18:45,加藤浩和其他囚犯分头行动。如果凶手在他们当中,那他们只有18:45到19:35这段时间可以下手。但是在这段时间内泥地的脚印无法消去,因为这段时间只相隔50分钟。

张启东带着大家回到案发现场,此时泥地上还有四进四出的脚印,虽然模糊了,但未消去。从他们留下脚印到再度回到这里都过去72分钟了,既然72分钟都不足以让水流彻底消去脚印,那么50分钟就更加不可能了。因此,囚犯都不可能犯罪。

得出这个结论后,张启东道:"所以说,我们绝不可能是凶手。"

五郎摇了摇头道:"这也难说,也许凶手有什么手段能过泥地而不留下足迹呢?"

阿卡和陈柯明的注意点在其他地方,陈柯明沉思一会儿,说道:"你们隐瞒了什么?为什么发现皮耶尔的尸体后,你们立刻就达成了一致,制伏了加藤浩?"

加藤浩忍不住笑了起来,看着张启东他们:"这可不是我说的,他们看出来了。"

阿卡变得严厉起来,责问张启东他们:"你们到底隐瞒了什么?"

"其实也不算隐瞒。我们之前就有过一场讨论。"张启东解释道,"所以才那么容易就达成一致。"

"不是讨论吧。"加藤浩拆穿他,"那是争吵,你不满我的决定,觉得我错了,然后我就小小教训了你一下。"

"什么时候的事?"陈柯明问道。

"皮耶尔走之前。"

"那真的只是一场讨论而已。"张启东有些心虚地说道。

"我更相信是争吵,加藤浩镇压了你,你怀恨在心。而他的暴力让你们感受到了危险,既然他错了,你们就再也不想听他指挥了。"阿卡插嘴道。

"你想说什么?"张启东有些不安。

"我在想也许凶手就在你们当中,皮耶尔是加藤浩最大的帮手,而且受伤了,你们当然会想着先制伏皮耶尔,再对付加藤浩。结果你们遭到了皮耶尔激烈的反抗,错手杀了他。"阿卡推理道,"然后你们趁着加藤浩看到皮耶尔的尸体而失神之际,制伏了他。"

彭苏泉、张启东、昆山都否认道:"皮耶尔真不是我们杀的。我们没有足够的作案时间。"

说到底这些都是一面之词和猜测,没有任何证据。

"这就要回到最初的问题了,谁有办法踏过泥地不留足迹地杀害皮耶尔?"陈柯明道。

"根据刚才排出来的时间表,已经排除了水流冲刷掉痕迹的可能性。"阮山海道,"反正不可能跳过去。那么凶手会不会挂条绳子,从上空荡过去,就像人猿泰山一样?"

陈柯明拿出手电筒,照了照走廊上方。

"没有悬挂绳子的支点,再说这么长的距离也需要荡好几次,实际操作上太困难了,这里又没有杂技演员。"阿卡不自觉握了握自己受伤的手,痛楚仍然像一条乖张的蛇一般不时吐着芯子。不过就算他没有受伤,他也不可能通过这种方式越过泥地。

"那撑竿跳怎么样?"阮山海继续天马行空。

"还是长度的问题,你用撑竿跳,只有足够的高度和足够长的杆子才能做到。多用点脑子吧,不要再说些不可能的假设了。"阿卡道。

阮山海却继续说道:"是啊,监狱里没有那么多东西可以使用。如果不是在监狱的话,就可以从上面飞过去了,用热气球直接飞过泥地……"

五郎的眼睛亮了起来:"没准真的可以。"

"这怎么可能呢?"韩森浩不满道。

"其他泥地不可能,但这块说不定可以。"五郎解释道,"热气球飞起来,依靠的是空气的浮力。我们脚下的泥地也不是单纯的泥地,它分两层,下层是沉淀下来的泥,上层还是水。水能产生的浮力比空气大得多。"

"你的意思是凶手只触及水,而不触及泥,从水面上漂过?"阿卡转头对阮山海说道,"看来你的泡沫塑料派上用场了。"

"这、这……这怎么会是我的泡沫塑料呢,我可没有杀人!"阮山海急忙反驳道。

五郎也替阮山海说话:"他回来后就一直和我在一起。再说了,他拖回来的泡沫板一直放在原地。"

"我不过是开个玩笑。"阿卡讪讪道。

"不要拿这种事情开玩笑。"阮山海不满道,"万一我真的被当成凶手了怎么办?"

另一边,陈柯明沉思片刻,抬头道:"那可行性呢?泥的深度过了脚背,大概是9厘米,上面的水是7厘米深。成年男子的体重在65公斤左右,我们都知道浮力定律,水产生的浮力等于物体排开水的重量。需要支撑起65公斤的重量就必须在7厘米的水深中排开足够的水。65公斤除以7厘米约等于928平方米,需要底面积近千平方米的泡沫,阮山海拿的明显不够。"

听到陈柯明这样说,阮山海松了一口气:"我就说我不可能是凶手。"

又一种可能性被排除了。

已知幸存人物：

序号	姓名	身份	身高（厘米）	血型
1	陈柯明	狱警	162	A
2	阿卡	狱警	180	B
3	韩森浩	狱警	171	A
4	阮山海	囚犯	165	AB
5	五郎	囚犯	171	O
6	加藤浩	囚犯	170	AB
7	昆山	囚犯	175	O
8	彭苏泉	囚犯	176	A
9	张启东	囚犯	164	A

死亡人物：

序号	姓名	身份	死因
1	皮耶尔	囚犯	遭刺杀

第六章 蛇抬头

皮耶尔一开始并不叫皮耶尔，可已经没人知道皮耶尔的原名了。

这有一段往事，可以简略地提一下。从皮耶尔诞生起，就没多少人喜欢他，实际上，很多人都鄙视他，鄙视他的血脉，将他视作杂种。这是一种很微妙的仇视感，皮耶尔的存在让他们想起自己被征服、被视作二等公民的岁月，为此，皮耶尔受尽了白眼和欺凌。他失去了成为好人的机会。

长大成人后，皮耶尔开始在城市的街头厮混。他想到了利用自己外貌的方法，把自己的名字改成了皮耶尔，学了三个月的法语，然后背着包，穿着T恤、衬衫，开始假冒法国人四处行骗。

尽管他的法语很蹩脚，有时候连他自己都不知道自己在讲什么，尽管他身上的名牌都是假的，但很多人还是被他骗得团团转。

这是一件很值得玩味的事情，皮耶尔还是那个皮耶尔，但当地的混血儿是下贱的，而国外的混血儿却是高贵的，后者说什么都总会有傻瓜相信。上当的人多了，皮耶尔的骗术也就失效了。

人怕出名猪怕壮，这真是一句至理名言。

皮耶尔只能继续在街头厮混，最后做起了抢劫的生意，可他总控制不住分寸，犯了几个大案子，被丢进了蜘蛛山监狱。他一生都在被嫌弃，他也一直在给其他人添麻烦，哪怕是在他死后。

皮耶尔被害的疑云笼罩在每个幸存者心头，情况本来就够糟糕了，现在又多了个杀人凶手……尽管是在闷热的9月，他们的心头也冒出了一股寒气，寒气随着心跳慢慢浸染大脑。

"咳咳。"又是阮山海打破了寂静，"我们干瞪眼也不是办法。至少我的脚泡在脏水里都快要泡烂了。"

穿着鞋袜长时间泡在脏水里确实不舒服。

"我们已经查看过现场和皮耶尔的尸体了，讨论还要进行很长时间。"五郎提议道，"我们可以先上去。"

"好吧，我们上去。"阿卡道。

"那皮耶尔的尸体怎么办？"阮山海问。

"就留在这里吧，把他搬上去也没什么用。"韩森浩冷冷说道。

陈柯明摇了摇头说道："还是要把他搬上去，万一水一大把他冲走了就不好了。"陈柯明想得更远一些，皮耶尔的尸体留在这里不利于保存。狱警虽然也有个警字，但根本没法和警察相比。尸体是一部无字天书，专业人士应该能读出更多更重要的内容。

其他人没有异议。

搬尸体的活自然落到了阮山海身上，谁让他最先提出要上去。

加藤浩跟在阮山海身后，他常常望着皮耶尔的尸体，不知道在想什么。

10多分钟后,他们回到了相对干燥的上方。陈柯明用自己打火机里最后一点油,生起了火。

"有烟吗?"阿卡问陈柯明,他的烟刚好抽完了。

陈柯明从怀里掏出烟,他的烟也不多了,只有七八根。陈柯明借着火堆,点燃了香烟,又丢给阿卡一根。

"也能给我一根吗?"阮山海厚着脸皮地问道,"好歹我也搬了尸体,没有功劳也有苦劳。"

"好吧。"陈柯明看了他一眼,也给了他一根。

在紧张的环境中,烟民对烟的渴望更加强烈,尤其是在监狱中难以得到香烟的囚犯。阮山海得手后,其他囚犯也想抽烟。陈柯明索性把烟都分出去了。

韩森浩不抽烟,只在一旁闭目养神。

火光跳跃着,众人脱掉鞋子、袜子,将脚伸向火堆,让火来烘干发白的脚掌。在烟草和脚臭味中,他们继续之前的讨论。

"之前我们讨论到哪了?"阿卡将烟蒂丢入火中问。

"刚刚在讨论如何在泥地不留痕迹,撑竿跳、筏子什么的,都被排除了。"阮山海回答道。

陈柯明点头道:"其实最重要的一点是皮耶尔的状况,凶手在外面做这些事情,皮耶尔不会察觉吗?凶手应该会用更加巧妙和悄无声息的方式走进房间。"

"咦，我刚刚还想说用简易高跷，凶手的行动会不便吧，这样就做不到悄无声息了。"阮山海道，"反正我是没主意了。"

细究之下，众囚犯都有杀人动机，但作案时间却是个问题，脚印是如何消去的呢？

"也许凶手不在张启东他们当中。"一直没说话的五郎开口提醒道，"你们忘了一半人，我们呢？"

阮山海瞪了五郎一眼，忙伸手捂住五郎的嘴："他随口乱说的，你们不要在意。"

"不对，这家伙说的没错，在监狱中的每个人都有嫌疑。"加藤浩唯恐天下不乱。

出人意料的是，陈柯明和阿卡都点了点头："没错，我们还是做得公平些，把我们每个人的行动都说一下吧。不然两批人也不会真心实意地合作。"

时间	事件
14：40	阮山海充当说客，出发，其余人待在原地休息。
15：20	阮山海回到狱警方营地。
15：40	众人分头行动。阮山海和韩森浩留在原地。
17：55	陈柯明回来，韩森浩离开。
18：40	众人集合，休息。
20：45	张启东带人向狱警投诚。

狱警这边的做法比加藤浩他们的做法要保守，收集资源，养精蓄锐，等待救援。这导致狱警这边的时间比加藤浩他们充裕。

15：45，皮耶尔离开去休息。

19：35，皮耶尔尸体被发现。

在这段时间内，没有不在场证明的人都有嫌疑。

15：40，阮山海和韩森浩留在原地，阿卡和五郎一起行动，只有陈柯明独自一人。

72分钟不足以让脚印消去，但更长时间便足够了。陈柯明17：55才回来，如果他去杀人了，那就有足够的时间，让水流消去脚印。

陈柯明坦然道："我没有杀害皮耶尔，我有什么理由杀他？"

囚犯们心里可不这样想，皮耶尔曾打伤狱警，狱警将他视作肉中刺，会杀害他也不奇怪。

"那你都干了些什么？"

"也没干什么，就是四处看看有什么可用的东西，有什么地方可以出去。"陈柯明道，"况且我也不知道皮耶尔在哪里。"

这句话顿时让狱警方的嫌疑少了一半。阮山海返回时，皮耶尔还和其他人待在一起，陈柯明又怎么知道皮耶尔落单了，然后看准机会去杀害皮耶尔呢？

"也许他只是碰运气，想去找找囚犯的麻烦，结果正遇到皮耶尔独处，于是……"昆山道。

张启东反驳道："陈柯明一直都试图缓和与我们囚犯的关系，他不像是凶手。"

众人七嘴八舌地议论起来，一时间也得不出结论。

"那阿卡和五郎呢，你们干了什么？"

五郎道："我们，我们也只是四处逛逛，看看废墟的情况。"

韩森浩和阮山海留在原地，嫌疑不大。

陈柯明回来后，韩森浩一人离开了。算算时间，他也可能杀害皮耶尔，而且他有动机。但还是时间问题，韩森浩自由行动的时间是17：55到18：40，距离19：35也就100分钟，除去路上花掉的时间，只剩下一个小时左右，脚印也不会彻底消去。

陈柯明问道："你们确定自己没看到脚印，会不会是水太浑、环境太暗？"

"不会，我们发觉不对劲后，仔细检查过。"彭苏泉如实回答道，"泥地上只有我们几人的脚印，没有任何可疑的痕迹。"

"那就是没办法了。"阿卡道。

调查陷入死地，狱警和囚犯都有嫌疑。

阿卡往火堆里添了根柴，他不想再在这件事上浪费时间了。

"我们只有这些情报，无论如何也找不出杀死皮耶尔的凶手，与其坐在这里，倒不如先做一些实事。比如加藤浩怎么处理？"

"关起来吧。"陈柯明道。

"这不错，我可以名正言顺地偷懒。"加藤浩也赞同，"反正待会儿有你们忙的。"

阿卡他们只是狱警,不是警察,不是法官,无权审判加藤浩,他们也只能暂时将加藤浩关押。

囚犯们也没有异议,他们向狱警投诚,是为了让两方的力量合在一起,从这里出去,而不是找出杀害皮耶尔的凶手……

但合适的牢房不容易找,如果关押加藤浩的地方离他们太远,那也不妥当,万一地震发生,加藤浩无法逃生。毕竟他们的队伍中还有不少囚犯,若将加藤浩故意置于险地,怕是会让其他囚犯反感。张启东看了看四周,最后提议道:"这旁边不是有个小屋子吗?就把加藤浩关在里面吧。"

张启东指的是管道间,里面有不少水管,只需用手铐将加藤浩铐在管道上。

陈柯明点了点头,同意了。阿卡也没有异议。

就这样,加藤浩就被推进了管道间,锁了起来。

"喂,你们连个火都不留给我吗?"

"不留。"阿卡冷冷道。

"这比关禁闭都狠……"加藤浩抱怨道。

阿卡关上了门。手铐的钥匙共有两把,阿卡自己留了一把,另一把交给韩森浩保管。

"好了,我们该商量另一件事了——怎么从这里出去?"阿卡说道。

狱警先前希望养精蓄锐，等待救援，但此刻他们处在地下，若不自救，一味等待，可能不是上策。

"只能硬挖了。"昆山道，"就从电梯那个位置出去。"

张启东说道："可电梯是不是最好的位置？"他不想再像之前那样白费工夫了。

韩森浩有些不满："你们可以自己去找。反正我觉得那里是最好的。"

陈柯明打圆场："好好，这不是问题，磨刀不误砍柴工，我们再检查一遍就好了。"

"把人分成四组吧，我和昆山一组，陈柯明、彭苏泉一组，韩森浩和阮山海一组，五郎就和张启东一组吧。"阿卡说，"确定挖掘地点后，按照这样的分组工作。"

众人没有异议。

经过一番勘察，他们还是选定了电梯井，但施工并没有立马开始。

因为时间已经不早了，将近22：00。从地震发生到现在，他们一直都处于紧张情绪下，就算是休息也绷着一颗心。逃生、内讧、谋杀……这些事纷至沓来，他们都不是铁人。

"我们先休息一晚吧。"阿卡提议，"大家轮流休息，就按刚才的分组，两个小时一组留下看火，休息8个小时。"

每个人都可以睡6个小时。其实狱警还是不太信任囚犯们，从分组上看，8个小时中，必有一个狱警方的人清醒着。

韩森浩睡得并不安稳，就算到了梦里，他也没有摆脱监狱和地震。

他的梦境像是在船上，船航行在火海内，处于飓风之中，稍有闪失，就会倾覆。韩森浩就在这样的梦境中狂奔，身后是一群不可名状的怪物，它们紧追其后，仿佛下一刻就会抓住他，把他撕扯成碎片。

韩森浩气喘吁吁，心肺像是快要爆炸般难受，吞咽的唾沫中带着铁锈的涩味。终于，韩森浩摆脱了身后的怪物，瘫在角落，大口喘着粗气。

突然，刺痛从他脑后传来，他的脊椎突然有种酥麻的奇异感觉，像蛇爬过他的脊背。

韩森浩愣愣地看着自己的右手，像是不认识自己的手。就在他目光的注视下，右手变成了一条五彩斑斓的大蛇，吐着猩红的信子。韩森浩尖叫不断，连连甩手，最后竟将整条右手甩下。

右手所化大蛇迎风便长，不一会儿，变成了一条数丈高的巨蛇，张开血盆大口，朝韩森浩袭来。韩森浩一生从未见过如此可怕之物，一时间忘了反抗，心中只余惊恐。

蓦地，天边掠过一道光，落在地上化作一个武士，穿着黑色重甲，拿着刀，挡在韩森浩面前。武士一手揪住巨蛇的蛇头，一脚踩中它的七寸，寒光一闪，手起刀落，巨蛇分成两段。武士一扭头，关切地问："没事吧？"

他居然长得和阮山海一样。

"你没事吧？"武士阮山海再次问道。

韩森浩抖了一抖，突然觉得这个世界真滑稽。哪来的大蛇？哪来的武士阮山海？

他醒了。刚才的一切不过是一场梦而已。

阮山海摇着他的肩膀，把他摇醒了。

"你没事吧？"阮山海问道，"我看到你嘴里一直在嘀咕什么，睡得也不安稳。"

"没事，不过是做噩梦了。"

阮山海小心翼翼地问道："要不要再睡一会儿？"

韩森浩看了看表，7：05，时间已经差不多了："不用了，再过20分钟把其他人都叫起来吧。"

韩森浩和阮山海是最后一组，韩森浩在守夜时不知不觉便又入睡了，做了一场噩梦，幸好阮山海叫醒了他。

"不睡了，你有药吧，替我换个药。"韩森浩说道。

阮山海取下韩森浩脸上的脏绷带。

韩森浩已经吃过了消炎药，但伤口的情况还是恶化了，有些化脓的迹象。阮山海替韩森浩洗净了伤口，又用干净的绷带替他包扎。这下又用掉了阮山海一小半的绷带。张启东他们投降，将他们搜刮的物资也都交了出来，至少药品这一块，他们暂时还不缺。

"这样下去说不定会留疤。"阮山海对韩森浩说道,"不过我倒是觉得有疤的男人比较有味道。"

"女人可不会这样想。"韩森浩想到了自己的未婚妻,她应该没事吧?如果自己脸上多了条疤会不会被她嫌弃?

20分钟转瞬即逝。韩森浩坐着发呆,不知道在思考什么,最后还是阮山海提醒了一句,他才和阮山海去叫醒其他人。他们吃了些东西,稍作准备,就往电梯走去,去打开一条属于他们的生路。

唯有加藤浩被铐在这里,没有离开。

真正的黑暗是不存在的,再深的夜,没有月光,也会有星光,哪怕乌云密布,总有零星的光能照入。而在地下,被铐在暗室中的加藤浩感受到了真正的黑暗。

手电是不可能留给加藤浩的,火把就更不可能了,太危险了。所以加藤浩所处的地方一片漆黑。

这比他待过的任何一间禁闭室都要可怕。

失去了视力,他的其他感觉变得极其敏锐。水声成了外界唯一的声音,加藤浩不是哲人,在单调的水声中感悟不到什么,只觉得聒噪。他只能闭上眼睛,想用睡眠来消磨时间。

他很累了,一放松,立即就遁入了梦乡。只是一觉醒来,四周还是一片漆黑,他手上的手铐和铐着的铁管都已经被焐热了。

他不知道时间,只觉得难挨。

"喂,外面的人还在吗?"他试着大喊,没有回应。

管道间回荡着他自己的声音。

"他们都走了吧?"加藤浩喃喃自语道,用指节叩着铁管,想给这里多加些声音。

过了一段时间,加藤浩又无事可做了。与外界隔绝的唯一效果是,加藤浩倍感乏味和空虚,据说古时就有类似的酷刑,将罪人囚禁在地牢中,没有光亮和声音,活生生将其逼疯。

加藤浩不想变成一个疯子,就只能停下胡思乱想,闭目养神。

人真是奇妙,屏除了外界的声音,体内的声音越发厚重,心跳声和血液声,前者如雷鸣,后者如江流奔腾,这身体之中仿佛还有光存在。活着的生物无时无刻不在向外辐射的热量,这就是光。加藤浩深感自己有多么健康和完美。

"我想要活下去!"加藤浩下定了决心。

对此,他已经有了布置,此刻的他就像是一只坐在蛛网中心的大蜘蛛。就算被囚禁了,加藤浩也还是加藤浩。想到这一层,加藤浩在乏味的黑暗中找到了一丝安慰。他头靠着铁管,又昏昏沉沉起来。

黑暗中不知时间,一个影子蹑手蹑脚,提着一把利器,摸着墙角一点点往管道间走去。他轻轻推开门,放缓了呼吸,生怕被加藤浩发现。影子停留了一小会儿,见管道间内没有异动,小心地调整着自己的方向,确定自己在向加藤浩前进。只有目睹过加藤浩被铐的人,才能在黑暗中知道加藤浩的位置。毫无疑问,这个影子就来自阿卡、张启东这些人当中。

影子举起斧头,向记忆中加藤浩的位置砍去,势必要将加藤浩一刀两断,结果了他的性命。

只可惜加藤浩命不该绝。影子的记忆出现了些许偏差。

失之毫厘,谬以千里。斧头砍到了铁管上,迸射出点点火星。

影子借着火星之光,确认了加藤浩的实际位置。可加藤浩也被惊动了,他虽被铐住,但也还有躲闪的余地。

加藤浩大喊大叫,影子也慌了神,第二斧依旧没有砍中加藤浩。

"来人啊!快来人!"加藤浩拼命呼喊着,"杀人了!"

影子又试着砍了几次,照样没能结果加藤浩。他怕和加藤浩扭打起来被人发现,只能退走了。

影子离开后没多久,距离加藤浩最近的阿卡和昆山赶了过来。

阿卡问:"怎么了?"

"我差点被杀!"加藤浩将手铐摇得咣咣响,"那家伙用斧头砍我。"想起刚才发生的事情,加藤浩还心有余悸,"就差一点点,差一点,我就被杀了。"

加藤浩真的是捡回一条命。

阿卡并不相信加藤浩:"真的有人袭击你?"

他们赶来时没看到可疑身影,只见加藤浩一个人在管道间大吼大叫。

加藤浩的声音提高了八度，指着铁管上的痕迹："这东西我一个人能弄出来？"

阿卡亲手将加藤浩铐在铁管上，有没有痕迹，他自然知道。看到斧痕，他沉默了，眉头紧锁。

"你们来的路上就没看到袭击我的人？"

"没有，我们什么人都没看到。"昆山道。

其余的人也陆续来了，先是陈柯明他们，然后又是阮山海……五郎和张启东还在电梯井内干活，还需要一会儿才能赶到。

"你知道是谁干的吗？"陈柯明问道。

"不知道，我怎么可能知道？"加藤浩又生起气来，"你们连火都不给我留，我什么也看不到。"

"有人要杀我，你们不能就这样算了。"加藤浩吐出一口气，语气缓和了一点，现在他还是阶下囚，一味地指责，对他并不利。

陈柯明阴沉着脸，向阿卡点了下头："我们会揪出犯人的。"这个团体本就建立在不稳定的信任上，行凶这种事情已经触及他们的底线了，况且他们是狱警，不是罪犯，不可能坐视不理。

"这事有些难办，你什么都不知道。"阿卡问道，"哪怕有一点线索也好，你没听到什么响声？比如他的声音。"

"没有，我借着火星和铁管上的痕迹，知道那个混蛋用的是一把斧头，消防斧。"

"我看先把其他人都集中起来询问一遍吧。"陈柯明建议道。

"又是询问啊,这又有什么用处?"加藤浩心凉了,没了火气。这是最恰当的方法,但是不一定有效。想要做出不在场证明太简单了,对于这点,作为罪犯的加藤浩最清楚不过了。这样调查很难取得什么结果。

如先前安排的一样,众人分成四组,阿卡和昆山一组,陈柯明和彭苏泉一组,韩森浩和阮山海一组,五郎就和张启东一组。

每组在电梯井中工作一个小时,其余人理论上可以自由行动。

加藤浩遇袭时正轮到第四组,所以大概是他们起床三个小时后。张启东和五郎很快被叫了过来。

"我有一个问题。我和五郎还在电梯井里,韩森浩呢?就缺他了。"张启东问阮山海。

"我不知道。"阮山海如实回答道。

韩森浩被皮耶尔打伤后,习惯一个人独处。就算是阮山海,韩森浩也不想和他待在一起,恐怕韩森浩是不想让别人看到他狼狈的一面。

"你们是一组。"陈柯明叹了一口气。

"你们之前也没说同一组要一直在一起。"阮山海挠了挠头。

"我们把你和他分在同一组就是希望你能看着他。"

"可你们之前也没告诉我。"

陈柯明瞥了阮山海一眼,心想这种事情怎么可能直说,让韩森浩怀疑自己被监视了吗。

"韩森浩是把消失当作习惯了吗?"阿卡对韩森浩的行为有些不满,"先不管他,除了五郎和张启东外,剩下的人都在干什么?"

他们都只是在四处乱转,随意做些事情。果然这一圈问下来,什么有用的线索也没得到。

加藤浩皱着眉头:"还要继续问吗?韩森浩不敢出现,他就是那个袭击我的人。"

阿卡瞥了加藤浩一眼,没说什么。现在韩森浩的嫌疑确实最大。

"韩森浩什么时候会过来?"彭苏泉问道。

阮山海挠了挠头道:"这不好说,我又不知道他在哪,也没人通知他过来吧?不过他有表,知道时间,等轮到我们干活时,他应该就会过来。要不然我去找找他?"

"唉,算了。"陈柯明叹了一口气,"先等等他吧。"

"那我怎么办,你们不准备给我一个交代吗?"

阿卡道:"这个简单。"他把管道间内的人都赶出去,站在门前,"放心,我们不会让你再受到袭击的,这门的钥匙只有一把,就在我身上,门一锁上,只有我能打开,就算有人要强行破门进来,你也有反应时间,这应该可以保护你了吧。"

"等等,你这样就是在包庇韩森浩。"加藤浩不满道。

阿卡冷哼一声:"我是在包庇你们所有人,就这样了,你继续休息。"他重重甩上了门,上了锁,"无论是谁,无论你们和加藤浩有什么仇,我都希望这样的事不要有下一次了。"

陈柯明道:"接下来我们每组都尽可能待在一起,两人最好不要再分开,彼此有个照应。"

关好加藤浩后,挖掘的事情又回到了正轨,毕竟逃生才是现在的重中之重。

轮到韩森浩干活时,他就准时出现了。但他对加藤浩的事一无所知,反而还问了一些问题。

五郎直接抛出了他们最想知道的问题:"这真的不是你干的吗?"

"不是。"韩森浩摇了摇头,他头上缠满绷带,没人能看到他的表情,"张启东他们押着加藤浩来的时候,我还有些失望,因为我没法报复他了。"

韩森浩坦然接受众人的扫视,仿佛这样就能让人看到他内心深处,让他们知道自己说的并不是谎言。

陈柯明又叹了一口气。这段时间内,他们叹气的次数比过去一年都多。

"我们三个人好好谈谈吧。"

陈柯明和阿卡把韩森浩拉到角落。

韩森浩的形迹确实太可疑了,但如果他真是袭击者,那为洗清嫌疑,先前他就应该出现。拖到现在才出现,太不明智了。因此，陈柯明更加乐意相信韩森浩真的对此事毫不知情……但如果韩森浩是故意这样做的，那他的心机也太深了吧……

"你前段时间刚订婚吧，打算什么时候结婚？"阿卡问道。

"三个月前才订婚的，准备明年正式结婚。"韩森浩回答。

"不担心她吗？"

"担心啊，你们不也一样，不过像我们这样的小地方，又不是什么大城市，没什么楼房。一两层的小屋子就算塌了，也不容易压死人。"

"你要明白我们不用做些什么，他们也会得到惩罚，如果我们做了什么反而会惹麻烦。你在外面还有未婚妻。"

韩森浩读懂了他们的言外之意，有些不快地说道："你们还不相信我吗？我之前也说过了等出去了我有机会对付那群囚犯。我不傻，不可能做蠢事。"他握紧了拳头，"我未婚妻还在外面等我，我怎么可能为了几个烂人而毁掉这一切。"

"我们和你共事这么久了，也觉得你不是那样的人。不要再动不动就一个人待着了。"阿卡搭上韩森浩的肩膀，"谁也不知道在这里还会发生什么事情。"

"放心吧，除非我死了，不会再有第三次的。"

事情就这样搁置到了一边，韩森浩的回归就像一条小溪汇入了大河，河依旧朝着既定的方向前行。若是让加藤浩得知是这个结果，不知道他会露出什么样的表情。有人去休息，有人钻进电梯井干活，在逃生面前，一次失败的袭击显得微不足道。

"时间到了。"

彭苏泉和陈柯明换下了阿卡和昆山。电梯井内空间有限，一拥而上反而不利于施工。因此，阿卡安排两人为一组，每组轮流挖掘。挖开电梯井上的混凝土板并不是一件容易的事，困难不单单在于混凝土板的坚固，也在于他们所处的位置。

两人爬上电梯井，在狭小的空间内，撑住自己，小心翼翼，不让自己掉下去，然后腾出手，往上敲击。

与往下敲击不同，撑着身子往上敲击只能使出一部分力气。他们觉得自己不像逃生者，面对的也不是丑陋的混凝土，而是玉石，他们就是雕刻师，拿着锤子一点点地雕琢。

彭苏泉缩着身子，试着往里面钻，结果刚到肩膀处就被卡住了，离让一个人钻出去还有不少差距。

"这洞好像没变大多少。"他从洞里撤出来，"他们是不是偷懒了？"

陈柯明没什么表示，只是说道："开始干吧。"

电梯井内叮叮当当的声音又响了起来，石屑纷纷往下落，落到水中，激起一圈圈的涟漪。

死亡没有实体，但有阴影。比如疫区内的某一户人家，主人发病去世，送走了遗体，其他人目光呆滞，在一旁瑟瑟发抖。这就是被死的阴影笼罩了,他们当中有的也染上疫病,有的因失去了依靠,穷困潦倒,也难逃一死。再比如说战争。一旦战争打响,不仅仅是士兵,参战国的所有人都会被置于阴影之下,会因为这样或那样的理由死去。轰炸也好,饥荒也好,暴动也好,这就是死亡阴影的力量。

在和平年代,余震也算是一种死亡的阴影。

地震过后,幸存者们还来不及松一口气,余震便接连而至,如浪花不断拍打河岸一般,一波接着一波。虽然想到可能还会有余震发生,但当余震真的来临时,众人还是不免惊慌。

好比人人都知自己必有一死,但死亡到了眼前,还是会痛哭流涕、手足无措,做出种种丑态……

正如现在,余震一来,整个世界又都摇晃起来,顷刻间天旋地转,废墟发出咔咔的悲鸣,不知又是什么地方崩塌了。在电梯井外的张启东和五郎脸色都变了,张启东抱着头躲到一个相对安全的角落。

"别乱转了,快过来!"张启东扯着嗓子对五郎喊道。

五郎仿佛没听到张启东的声音,如无头苍蝇一般乱转。

他头晕目眩,站立不住,瘫坐在地上,脑内喧闹非凡,如果说他脑中是河,那此刻河水翻起丈高的浪花,一个个巨大的漩涡将舟船吞没,滔天的巨浪涌入城内摧毁一切……

张启东与五郎的关系也不佳,他提醒一句,已经尽了责任,于是不再管五郎了。

五郎的双目失去了光彩,他捂着头又站了起来,摇摇晃晃地往电梯口走去,鬼使神差地想探进去看一眼。

忽然,一道黑影从五郎面前落下。五郎受惊连退几步,摔倒了,脑袋磕在地上,失去了知觉,晕了过去。

余震中最可怜的还是电梯井内的人,他们在高处,直直坠落地下室的话,落差足有七八米,很难生还……在激烈的晃动中,他们只能用发白的手指抓住任何可以抓住的东西。

刚刚落下的黑影不知道是彭苏泉还是陈柯明。

强烈的余震持续了4分钟。众人觉得自己又在鬼门关前走了一趟。

张启东跑过去扶起了五郎,问:"你没事吧?"

五郎张开沉重的眼皮,眼里清明,但这丝清明一闪即逝,他捂着头,嘶哑道:"没事,我就是头晕,还有头疼,疼得像要裂了一样。"

"余震已经停了。你刚才是怎么了?"

"不知道,我刚才吓坏了,脑子一片空白。"五郎不想多说,便转移话题,"他们呢,彭苏泉和陈柯明呢?我好像听到了惨叫声。"

"不清楚,我还没来得及看。"

从刚才开始,电梯井里就没有任何响声。

五郎朝电梯井喊道:"你们没事吧?"

只有陈柯明的声音传下来,"我没事,马上下来。彭苏泉呢?他刚才掉下去了。"

陈柯明很快就爬下来了,他手上全是血,手指僵着,还保持着抓紧的状态。

"我下去看看。"见陈柯明这副样子,五郎主动道。

张启东默不作声,给五郎让路。电梯井危险重重,彭苏泉是生是死还不得而知,余震可能还未结束,上方塌方,一块落石就能置人于死地。张启东巴不得其他人下井,他就可以待在安全区域。

陈柯明朝下面喊了几声,没收到回应:"彭苏泉八成是出事了,太危险,你不用下去了。"

"我下去看看,万一他只是昏迷……下面都是水,他撑不了多久。"话刚说完,五郎已经往井下去了。

陈柯明紧张地注视着电梯井里面。

"怎么样?"陈柯明问道。

五郎的声音传了上来,带着不安:"叫其他人过来吧,彭苏泉死了……"

又一个人出事了,余下几人心胆俱寒。尤其是张启东,脸色煞白,仿佛死的是他一般。他们加入狱警这边后,加藤浩遇袭,彭苏泉又在余震中出事,不得不说他们的运气实在是太差了。

彭苏泉虽然是杀人犯,但很难将他定性为恶人。彭苏泉家境不错，他与人合伙做生意，挖到第一桶金后，他贸然扩大了规模，结果赔得血本无归，还欠下了一屁股债。逼债者闯入彭苏泉家，辱骂、抽耳光、鞋子捂嘴，用各种方法凌辱彭苏泉和他的家人。事态进一步恶化，他们又准备对彭苏泉的妻女下手，甚至已经剥下了彭苏泉妻子的衣服。情急之中，彭苏泉摸出一把水果刀乱刺，致三人受伤，其中两人因失血过多休克死亡，就这样，彭苏泉被判无期，进了蜘蛛山监狱。同情彭苏泉的人不在少数。

但无论如何，彭苏泉还是死了，就让上天再审判一次吧，上帝的归上帝，撒旦的归撒旦。

"好的，我知道了，"陈柯明对下面的五郎喊道，"你快上来吧，小心余震。"

不一会儿，五郎就上来了，身上沾着些血污。

陈柯明拿出了对讲机，呼叫阿卡。阿卡那里也因为余震而产生了小骚动，他知道彭苏泉的事后，表示会立刻赶过来。

张启东趁陈柯明和阿卡交流的当口，悄悄贴近五郎耳边，意味深长地说道："你觉得下一个会是谁？"

"什么？"

"没什么。"张启东立刻走远，当作什么事情都没发生一样，坐到地上开始休息。

大概10分钟后，阿卡、昆山他们赶来了。

余震已经造访两次了，第二次甚至比第一次还要强烈，而且有了伤亡,众人惶恐不安。

"不会再震了吧,天知道这破监狱还能撑多久。"张启东满脸愁容。

"别说了,这不是我们能控制的。"阿卡道,"谁和我一起去替彭苏泉收尸?"

总要有人去把尸体背上来,阿卡依旧身先士卒。

昆山举起了手,说道:"我和你一起去吧。"彭苏泉曾救过昆山一命,现在替他收尸,这算是报答吧。

电梯井的豁口黑乎乎的一片,透出阵阵寒气,仿佛是通向地狱的甬道。搬运尸体,两个人足够了,阿卡和昆山一前一后爬下了井道。没过多久,两人就在下面找到了彭苏泉的尸体。

"帮我照着点。"阿卡把手电塞到昆山手里,开始了尸检。

"他背部有大面积损伤,应该是大平面粗糙物体作用形成的。左腿和肩膀上的损伤,具有明显的方向性,是钝性棱边快速擦划而形成的,这些都是高处坠落常见伤。"阿卡说道,"致命伤在头部,彭苏泉在坠落过程中脑袋撞到了什么地方,这让他送了命。"

阿卡通过这段话宣布彭苏泉的死只是一个意外而已。最后,他又简单地替彭苏泉整理了下遗容。这个动作赢得了昆山的一点好感。

"昆山,现在还剩下几个囚犯?"阿卡突然和昆山说,"五郎和阮山海一开始就站在我们这边。皮耶尔不知道被谁杀了,加藤浩现在被关在管道间,彭苏泉又在余震中出了事。现在只有你和张启东了。"

"你想说什么？"

"你是个老实人。"阿卡道，"你不喜欢张启东吧，我也不喜欢他。"

"你是想让我……"

"没错，我想让你帮我看着他，他那边已经没有多少人了，跟着他们没有任何前途。但我怕张启东还会搞些小动作。"阿卡拍了拍昆山的肩膀，"所以就需要你帮忙了。"

"我一直都站在你们这边，如果他有异动，我一定第一时间就告诉你们。"

阿卡满意地点了点头，他现在就怕有些人居心不良，借彭苏泉的死生事。

两人背着彭苏泉的尸体回到了上面，阿卡将尸检的结果又说了一遍，表示彭苏泉的死只是一个意外。

一些人或许对这个结果抱有疑问，但也没有什么明确的证据表明彭苏泉的死与什么阴谋有关，于是他们保持了沉默。

"那上面怎么样了？"张启东问，"我们挖的地方会不会塌了，我们该不会要重新找个地方吧？"

陈柯明拿出手电筒，探进电梯井，一小块石头恰好落下，蹭着他的头皮掠过。

"这次轮到我了，我上去看看。"陈柯明把手电叼嘴里，爬了进去。

东方有句古话叫福祸相依，一场余震造成了彭苏泉的死，但也带来了意外之喜。

"这场余震带给我们的不光是坏事。"陈柯明的声音传了下来，听起来有点发闷，像是隔了一堵墙。

阿卡有些奇怪，他探进电梯井内看了看情况，但是没有看到陈柯明的灯光。

这就很有意思了。他心一颤，有了个猜想，难道通路阴差阳错之中被震开了？

"你什么意思？"他打开手电查看，结果只看到陈柯明的双脚。

"余震震开了一点。"陈柯明下半身还在这里，但头已经到达二楼了，所以他的声音隔了一道墙，"但还不够。"他从那条缝隙中退出，爬了下来，灰头土脸，脸上和手背上有几处擦伤。"比之前大了一点，我半个身子能过去。我看到了二楼，最起码电梯厅的情况还好，至少不像一条绝路。"

阮山海露出了没心没肺的笑容："谢天谢地，我们终于遇到了一件好事。"

陈柯明道："我们只需要再轮几次就能挖通。五郎，你和张启东把尸体搬走吧。"

实际上，余震带来的事并不仅仅这些，如果阮山海知道外面发生的事，他就说不出"谢天谢地"这样的话了。

由于这次余震，死亡的倒计时又加快了。

已知幸存人物：

序号	姓名	身份	讨厌的食物
1	陈柯明	狱警	奶制品
2	阿卡	狱警	青椒
3	韩森浩	狱警	大蒜、葱
4	阮山海	囚犯	胡萝卜
5	五郎	囚犯	未知
6	加藤浩	囚犯	芥末
7	昆山	囚犯	没有
8	张启东	囚犯	辛辣的食物

死亡人物：

序号	姓名	身份	死因
1	皮耶尔	囚犯	遭刺杀
2	彭苏泉	囚犯	坠落死

第七章 神离弃

又一组人从电梯井里下来。

离打开通道只剩一点了,再打开一点他们就都能到二楼去了。

下一组是五郎和张启东。

五郎伸了一个懒腰,拿起工具,准备爬进去。但张启东却掉链子了。

"等一等。"张启东捂着肚子不进去,"我肚子不太舒服,你先去吧。"

"那你早点回来。"五郎没有起疑心。他们吃的是搜刮到的食物,喝的又是不干不净的雨水,肚子不舒服再正常不过了,"我等你。"

五郎也不想一个人进去让张启东可以偷懒,他准备等张启东回来。当他倚在墙边拨弄指甲时,陈柯明和韩森浩他们来了。

陈柯明没听到电梯井里的敲击声,只看到五郎在一边偷懒,皱了皱眉:"怎么还不去干活?"

"在等张启东。"

"张启东呢?"

"他去上厕所了。"现在已经没有厕所了,五郎想,张启东应该是躲在某个角落解决自己的问题。

"去了多久了?"陈柯明继续问。

"去了有一段时间了吧。"

"你和他上去过了吗?"

"没有,我刚要上去他就说想去方便下。"

陈柯明隐隐约约觉得其中有问题,就拿出了对讲机,开始呼叫阿卡。

"昆山还在你身边吗?"陈柯明问道。

阿卡回答道:"怎么了,出什么事了吗?"

"你快回答昆山在不在你身边!"

阿卡见陈柯明如此严肃,急忙说道:"昆山不久前刚离开,说去方便一下。"

两个囚犯几乎是在同一时间提出要去方便,这实在是太可疑了。陈柯明像是想到了什么,脸变得煞白,问:"你现在在哪里?"

"我在B区走道这里等昆山。"

"快点离开那里,用你最快的速度到关押加藤浩的地方,我们在那里碰面。"陈柯明补充道,"如果碰到张启东他们,千万不要靠近,及时用对讲机和我联系,我们尽快会合!"

"张启东他们又和加藤浩混在一起了?"阿卡听出了陈柯明话里的意思。

"也许是误会,总之不要掉以轻心。"

"嗯。我马上赶过去。"

当阿卡快到管道间时,他放慢了脚步,甚至灭了灯,轻轻靠过去。

附近好像没有人,阿卡摸到了门,门开着,锁已经坏了,估计是被人用蛮力打开的,他的心一下揪了起来。接着,他听到了脚步声,整个人立刻缩到角落。

对方也察觉到了阿卡,将视线投向黑暗。

"谁在那里?快出来!"

阿卡松了一口气,走了出去,那是陈柯明的声音。

"是我。"

"你一路上有遇到他们吗?"

"没有,他们八成又躲起来了。"阿卡回答道。

借着火光,他们可以看到门锁彻底坏了,是用铁棍之类的器械硬生生撬开的,扭曲的金属像是猛兽嘴中的利牙,仿佛下一刻就会咬伤他们。铁管上又多了一道口子,估计有人砍断了手铐,让加藤浩重获了自由。

"唉,这地方又要乱了。"陈柯明又叹道。

阿卡眯起了眼睛,回想不久前发生的种种,脸色越来越难看。

他铐住加藤浩,又在加藤浩受袭后锁上了门,说是为了保护加藤浩,其实也是为了控制住加藤浩。阿卡不想他有机会再和其他囚犯接触，蛊惑他们。

但从现在的情况来看，他们应该蓄谋很久了。换句话说，从一开始，他们就在演戏。

加藤浩竖起耳朵，贴在铁管上。

囚犯们都没有手表，除了一开始可以估计时间，越到后面，偏差就会越大，双方根本不能约定时间互通信息。

不过加藤浩被铐在管道间，也不能做其他事，所以头可以一直靠着铁管，防止漏掉任何信息。

张启东建议阿卡把加藤浩关入管道间，这本就是计划的一部分。管道四通八达，他们借鉴了敲击墙壁的做法。

他们没时间约定太多的暗号，光靠敲击，并不能传达多少信息。

加藤浩和张启东他们只不过粗略地将连续敲击几下和刮擦约定成什么意思。

外面有动静了，加藤浩提起十二分的精神，避免错听、漏听。

咚咚咚。

加藤浩也敲了三下，回应张启东。

囚犯们被打散了，三人被分到了不同的小组。敲一下表示昆山找他，敲两下表示彭苏泉找他，敲三下自然就是张启东。加藤浩回应相同的次数，表明可以沟通了。

从敲击声上来看，外面又出事了，这次是"彭苏泉出了大事"。

具体是什么大事，张启东没法表达出来。

不过监狱废墟中能出的大事，加藤浩闭着眼睛也能猜出来。彭苏泉无外乎是死了或者重伤。

接下来，张启东的敲击声让加藤浩确定彭苏泉是死了，而且死得蹊跷。

因为张启东有意联合其他囚犯将加藤浩救出来。

加藤浩是囚犯们送给狱警的投名状，救出加藤浩的意义不言而喻。

黑暗中，加藤浩又喜又悲，露出了一个古怪的表情。他喜的是自己的布置没有白费，其他囚犯还是站在他这一边的；悲的是，计划永远也赶不上变化，在他的计划中，狱警们也不该这么快采取激烈的行动……那不该是他们囚犯才会做的事吗？

事到如今，他们也只能走一步看一步了。

加藤浩被困在这里，除了零星的敲击声，收不到任何消息。之前余震发生，他躲在角落瑟瑟发抖，好在这里坚固，他才能保住性命。事后，阿卡也只是开门查看了一下，什么情况也不肯透露，让加藤浩恨得牙痒痒。

收到消息之后，加藤浩清醒了过来，时不时掐自己一把，不敢再陷入浑浑噩噩的情况。然而黑暗中的时间不好度过，不知时间的状况下，每一秒都无比漫长。

人人都想长命百岁，或求仙问道，或推动医学的发展，若真要百岁，不如将自己丢入昏暗的洞窟中，半月就够，洞中一日，如世上一纪，也够让人尝尝长寿的滋味了。加藤浩不怀好意地想着。

阿卡将人分成四组，他自己和昆山一组，陈柯明、彭苏泉一组，韩森浩和阮山海一组，五郎和张启东一组，彭苏泉已死，陈柯明一人一组。

手表只有两块，分别在阿卡和韩森浩的手上，张启东和昆山不知道时间，他们两人又被分在不同的小组，不方便会面，身边又有监视者，想挑一个时间一起出手，实在困难。

好在他们投靠狱警前就商量好了暗号，敲击声只是其中一种，还有手势和眼神。而时间就根据换班来定，每一组刚好是一个小时，轮到张启东时，他就偷偷溜出来。而昆山就在阿卡身边，他可以装作不经意地询问时间。

两人约定在管道间前见面，先把加藤浩救出来。门锁很快就被撬开。

加藤浩露出了一个笑容："你们终于来了。"

"手铐怎么办？"昆山问。

"砸开吧。"加藤浩伸手，"你小心点，千万不要砸到我的手。"

昆山略一瞄准，举起手中的家伙，砸向手铐的链子，链子应声而断。

加藤浩活动了下身子，断掉的手铐，像两只手镯一样还留在他的手腕上。加藤浩摸了摸，感觉有些不自在，但也没什么办法。

"到时候找把钳子，把铐环钳断就可以了。"

"也只能这样了，你们把最近发生的事情详细告诉我。"在加藤浩的带领下，张启东和昆山再度走进了黑暗中。

张启东他们救出加藤浩逃跑了，狱警这里产生了一阵骚乱，但很快平息了，因为无论怎么看，狱警这方都占据优势。电梯井在狱警的控制下，论人数，原先五比五的局面已经荡然无存，彭苏泉和皮耶尔已经不在了。

短暂的讨论后，他们准备继续按计划行事，不过让阮山海和五郎整理下物资，换个地方。

阮山海怒道："真是岂有此理，他们居然把仅有的几包番茄味的带走了。"

废墟之中没有太多的食物，阮山海和阿卡从自动售货机里掏出了一些零食，薯片大多是牛肉味或者烧烤味，仅有几包是番茄味的，阮山海特地留着想最后再吃，结果却被加藤浩他们顺手牵羊带走了。

"不过是薯片而已。再说都压成碎末了，又有什么好吃的。"

"这你就不懂了，苦中作乐，如果没有什么东西支撑着你，在这种绝境中，早晚会被击垮。"

"不过拿番茄味的薯片作为支撑也太……"五郎看着阮山海

道,"难道你有这么喜欢番茄味?"

"没有,我更加喜欢黄瓜味,但这里不是只有番茄味嘛。"

五郎放弃这个没有营养的话题,另起了一个话头:"你对最近的事情怎么看,为什么事态会发展到这一步?"

"八成是囚犯们为了报复吧。"阮山海道。

"我也有些想法,我们相互交流一下吧。"

阮山海不清楚五郎的想法,但看他虚心求教的样子,理了理脑海中的东西,道:"从动机上看,韩森浩当然最可疑。"

"嗯。"五郎点了点头,期待着下文。

"先是皮耶尔的死,凶手就在我们之中,不是你就是他,不是他就是我。"阮山海露出了狡黠的笑,耸了耸肩,"当然了,我不是凶手,我可以发誓,虽然在这里誓言并不可信。韩森浩无疑就是凶手。"

"为什么这样说?"

"我重新排了一下事件,发现了一个问题,你看。"

时间	事件
15:45	皮耶尔离开,去休息。
18:45	加藤浩带领众人继续挖掘,失败。
19:35	加藤浩等人发现皮耶尔尸体。
19:50	张启东等人制伏加藤浩。
20:05	张启东带人向狱警投诚。

时间	事件
15：40	众人分头行动。阮山海和韩森浩留在原地。
17：55	陈柯明回来,韩森浩离开。
18：40	众人集合,休息。
20：45	张启东带人向狱警投诚。

时间	事件
20：45	张启东等人向狱警投诚。
21：12	众人确定监狱沉入地下。
21：27	张启东带着众人回到案发现场。

"凶手不就明摆着吗？"阮山海说道，"之前对于时间的推理有个大错。狱警们作弊了，在计算囚犯们的作案时间时用的是囚犯的时间表，而在计算狱警时，前半部分用的是囚犯的时间表，后半部分则是狱警的时间表，他们堂而皇之地偷走了40分钟。"

"什么意思？我没理解。"

"囚犯和狱警的时间表，前半部分的基准点都是我去劝说囚犯。囚犯的时间表后半部分就没有基准点了，而狱警的时间表则把囚犯来降的时间点设成了新的基准点。所以双方产生了40分钟的误差。"

根据狱警时间表可知，韩森浩自由行动的时间是17：55到18：40，距离19：35，也就100分钟。

这是错误的，加上 40 分钟，韩森浩能自由活动的时间就有 140 分钟。

"那个时候水位正在上升，水的流速也相对较大，这样一来，脚印不就消掉了吗？"阮山海说道，"而且加藤浩受到袭击的时候，韩森浩刚好出去了。世上哪有这么多的巧合，一切都是狱警的阴谋。"

"说不定这就是巧合呢。"五郎道，"你的说法不对，这里有个问题，40 分钟的误差不是狱警提的，而是根据囚犯报的时间点计算出来的，如果当时囚犯说自己是 20：20 来投靠的，那误差也就 25 分钟，就不满足你的假设了。所以我觉得你这个假设不能成立。"

"这倒也是。"阮山海有点丧气。

"再者，如果我是狱警，根本不需要如此拙劣的障眼法。"五郎接着说道，"在这里，只有两位狱警有手表，他们对时间有解读权，而我们被困在黑暗里，对时间的敏感度会越来越低。"

"没错。"阮山海点了点头。

"狱警完全可以不报 20：45，而说 20：20 或者 20：10，这样不就没有你所说的漏洞了吗？"

"哦哦，你是说他们在确定时间节点时说谎，根本不给正确的时间？"

"是的。"

"如果这样做的话，我的推论还是没错，凶手应该是韩森浩。"但阮山海又想到了新问题，"不对啊，如果囚犯们提出看一看时间不就露馅了？"

五郎摇了摇头："你的脑筋还没转过来，现在的时间怎么能验证过去的时间呢？这是20：00左右的事，而我们列时间表已经在深夜了，差不多一个半小时之后。"

"最后的时间是正确的，而之前的时间点是作假的？"

"是啊。"五郎进一步说明道，"如果我一个小时前让你去办点什么事，然后现在告诉你，你花了15分钟，但实际上是10分钟，你觉得你能察觉吗？"

"有点困难，你告诉我过去20分钟我也判断不出来。"阮山海道，"毕竟这是很主观的东西。"

"所以说狱警们可以用这种方法来掩盖一些问题，他们明明可以抹平所有疑点，却没有用，恰恰说明他们问心无愧，我想张启东他们就是想到了这点，所以没在乎那40分钟。"

"所以你的看法是什么？杀害皮耶尔的不是狱警，而是囚犯？"

说来说去，五郎最后还是站到了狱警这边，他不认为狱警是凶手。

五郎点了点头："我们从开端开始慢慢梳理，首先张启东为什么要来找我们，而不是等我们去找他？"

"第一，我们当时还不知道情况，他们在地势相对低的地方，比我们早了解到监狱的状态,为了不浪费太多的时间,他们就来找我们了。第二,我们是不可能找他们的。"阮山海道。

"正是如此。"

局势便是如此,有时候,你觉得选择很多,但一接触才知道自己毫无选择。在外界看来,无论后面你遭遇什么,都是你的选择所致,怪不得其他,这就是一大偏见。

在监狱中,就只有囚犯向狱警投诚,绝不可能让狱警向囚犯低头。

囚犯是什么人?被关在笼子里的洪水猛兽,他们从来都不喜欢狱警。如果他们掌权,他们会怎么对待狱警,不言而喻。

他们不是好人,不值得信任,所以狱警绝不会投向他们。

但狱警呢,他们不喜欢囚犯,但他们恪守自己的责任,最多继续关押囚犯。

如果要逃出去,幸存者势必需要大量的劳动力。综上所述,囚犯们只能选择屈服,投靠狱警。有些不愿屈服的囚犯,反而会被其他囚犯制伏,无须狱警动手。

这就是正义和制度的力量,在战场上,一支仁义之师更容易招降敌人。在敌我实力相差巨大的情况下,敌人知道自己投降后会得到相对不错的待遇,便会放下武器;反之,敌人会殊死搏斗,直到全军覆没。模范监狱里的狱警就是仁义之师。

五郎道:"囚犯向狱警投降,这个结果是确定的,但过程很难说，我们现在遭遇的事就和过程有关。我怀疑我们都被骗了，张启东他们集体说了谎。为什么张启东他们抓住了加藤浩向我们投诚，为什么他们又离开了，还救走了加藤浩，他们前后的行为是矛盾的。唯一的解释是，加藤浩和张启东他们一直是一伙的，加藤浩可能掌握了张启东的把柄。借此，我们可以做出大胆的假设，皮耶尔死了，是在加藤浩和张启东他们的冲突中死的。"

"是张启东他们杀了他？"阮山海不解道，"这说不通，如果张启东他们杀了皮耶尔，那么加藤浩为何甘愿被制伏，不说出真相？"

"加藤浩退让了一步，他们还是一伙的。他们会起争执的原因是什么？加藤浩领着他们开挖却没有打通生路，他们后悔了，于是想来找狱警。加藤浩和皮耶尔当然不会同意。五人争执起来，皮耶尔身上本就有伤，双拳又难敌四手，被杀害。"

五郎顿了一顿，像是想到些什么，摸了摸下巴继续说道："皮耶尔身上有两把刀，就是因为当时有两个人对付皮耶尔，恰好一人一刀。杀了皮耶尔后，他们会怎么做？"

"恶向胆边生，顺便也把加藤浩干掉？"阮山海猜测道。

犯罪者的想法真是直接。

"那么他们去找狱警，狱警问起加藤浩和皮耶尔怎么办？"

"就说他们两人逃跑了，藏起来了，他们也不清楚在哪。"

"狱警可能会和他们一起寻找加藤浩和皮耶尔，如果让狱警发现尸体，那囚犯们的罪行就都暴露了；如果没找到尸体，狱警也不会完全信任囚犯，认为他们可能是加藤浩派来的。进也不是退也不是，加藤浩就抓住这点，主动让步，向张启东他们提出了一个建议——他甘愿被制伏，被送给狱警，同时也会替张启东他们隐瞒，条件是张启东他们不能再伤害他，而且倘若情况有变，他们必须救出加藤浩，继续对抗狱警。"五郎说道，"但是这样还有一个问题，就算他们制伏加藤浩押送给狱警，但皮耶尔已经死了，而且一眼就可以看出是他们所为。狱警不会接纳一群杀人凶手，于是泥地无足迹密室产生了，有这个密室在，不破解手法的话，人人都有嫌疑，换句话说，人人也都可能是清白的。正因为有这个内情在，凶手才会不怕麻烦地搞出一个无足迹密室。"

"有道理！那泥地无足迹到底怎么做的呢？"阮山海一直都想搞清那个密室的手法。

"一般说到无足迹，大家都会想到雪地吧，所以也将雪地的手法往泥地套了，可监狱废墟内的泥地是不同的。泥地也好，雪地也好，压上去的重物越重，留下的痕迹就越深，但这里不一样，实际上泥地分三层，最上面是水，之前提过利用水完成无足迹诡计，可惜不现实，水不够深。我们不管最上面的水，仔细看看中间层的泥和最下面的水泥地。"

"那又怎么了？泥就薄薄一层。"突然，阮山海恍然大悟，"是脚印深浅！如果他们合伙骗人的话，这个无足迹密室根本就不存在，他们当中有人把皮耶尔的尸体背到了屋里，所以进去的脚印就四行，深浅还是一致的。再加上流水的冲刷，破绽就永远消失了。他们简单布置下现场，对一下口供，就来找我们。"

"没错，就是这样。"五郎道，"只有四人进出痕迹的泥地密室就完成了。"

"确实是这样，只有他们四人合伙才能解释得通。"阮山海拍了下脑袋，"他们实在是太狡猾了，不过现在是情况变糟的时候吗？他们没必要离开。"

"你觉得彭苏泉是怎么死的？"五郎问道。

"意外死的，不是你下去确认的吗？难道你看到什么疑点了？"

"没有。"五郎看了阮山海一眼，"但是对一些人来说，没有疑点就是疑点。"

阮山海沉思一会儿，想到自己的身份，突然明白了过来，叹了一口气："确实，这是无可奈何的事情，就算尸体上没有疑点，彭苏泉的死亡就是疑点。我们都是坏人，按照坏人的逻辑，余震来临，陈柯明和彭苏泉待在一起，陈柯明只需要轻轻动下手，就能让彭苏泉掉下电梯井。狱警可以解决一个麻烦，事后又不会留下任何证据，何乐而不为？这叫什么？这就叫以小人之心度君子之腹。"

"人的求生意志是相当强烈的，彭苏泉坠落的时候刚好是震动最激烈的时候，我不认为陈柯明有能力松开一只手去偷袭彭苏泉。"五郎想起了陈柯明下来时抽搐的"鸡爪子",继续说道,"只要囚犯们怀疑,原先的团队就必定会分裂,他们来投靠狱警就是因为狱警守规矩,如果狱警不守规矩了,他们当然会逃跑。尤其不守规矩的事还发生了两次。"

"两次?"阮山海歪着头问,"不是就一次吗?"

"还有加藤浩遇袭那次。"

"为什么我觉得那是加藤浩的苦肉计?"

"这也有可能。"

"不过他们为什么现在就要离开?等通道彻底挖开不是更好?"

五郎道:"电梯井上的道开了一点,他们认为自己也能打开,所以更加要走。这就是囚犯们用心险恶的地方,满满都是算计。"

如果通道彻底打开,狱警先跑到外面。他们只要守在外面,就能把囚犯一网打尽。囚犯钻出来一个,他们就铐上一个。加藤浩他们根本就没有反抗的余地。

为什么不能是囚犯先到外面?因为狱警不是傻子。囚犯就是想逃跑,先到了外面怎么会乖乖待着?说不定还会封住洞口不让狱警出来。所以狱警一定会先出去,如果发展到这一步,那囚犯们就真的没机会了。

因此,他们必须在还差最后一点的时候背叛。

回想当时的情况,囚犯们的目的就很明确了,他们打算先救出加藤浩,以多打少,逐个击破。

当时阿卡落单了，只抓住阿卡也够了，加藤浩他们可以用阿卡这个人质逼其他人就范。只可惜被陈柯明识破了，囚犯的劣势不仅仅在人数，也在器械，如手表、电棍，还有对讲机。因为惧怕狱警的电棍，加藤浩他们才准备以多欺少。可只要有一个人察觉，就可以通过对讲机通知阿卡……囚犯们功亏一篑。

加藤浩又叹了一口气，他已经数不清最近自己叹气了多少次。

当他同张启东、昆山去找阿卡时，阿卡已经不见了。然后他们悄悄潜回管道间附近，又发现阿卡和其他人会合了。无奈中，他只能带领其他人离开。

错了一步，步步都错。一步慢，步步都慢。

他走到这一步都是计算、巧合和错误的结果。

投靠狱警其实是大势所趋，张启东、昆山、彭苏泉只是越狱的从犯，他们不会受到多少惩罚，而他和皮耶尔对狱警来说，才是罪魁祸首。

受伤的皮耶尔失去了威慑力，在当时的情况下，他被其他囚犯背叛只是时间问题。

加藤浩只能设法自救。仔细一想的话，就会发现囚犯们的作案时间都是加藤浩赋予的，如果他不让大家分头行动的话，那囚犯们也就没作案时间杀害皮耶尔了。

没错，皮耶尔是加藤浩害死的，为了增强囚犯们的凝聚力，为了嫁祸狱警，为了让张启东他们不会真正倒向狱警。

加藤浩设法杀了皮耶尔。

发现皮耶尔的尸体后，众人都很慌乱。加藤浩率先接近皮耶尔，余下的都是他的演技。

皮耶尔身上插着两把刀，一刀刺中他原本的伤口，另一刀刺入他的胸膛。皮耶尔身上沾满泥水，五官扭曲，如同来自修罗地狱的恶鬼，睁着眼睛，眼中似有不甘，胸膛塌了下去，不再起伏。加藤浩摸了摸皮耶尔的颈间，没有脉搏，也没有温度。

皮耶尔死了，明显死于谋杀。

是谁，究竟是谁在蜘蛛山监狱杀人？

加藤浩替皮耶尔合上了双眼。

"是谁杀了他，是你吗？"

加藤浩望向彭苏泉。

"不是我。"彭苏泉连连摆手。

"那是你吗？"

他又看向了张启东。

"怎么会是我？"张启东也学着彭苏泉的样子连连摆手，但眼中隐隐露出怯意。

"啊，到底是谁干的！"彭苏泉有些情绪失控。

"冷静，先都给我静静，闭上眼睛，和我倒数 10 下，10,9,8,

7，6，5，4，3，2，1。"加藤浩说道，"好了，睁开眼睛吧，冷静了吧？你们是想投靠狱警的吧，如果他们认为我们杀了人，他们会怎么对我们？为了避免麻烦，我们要留下证据。"

"证据是什么？"张启东问道。

"脚印，就是我们的脚印，它们能证明我们只进来了一次，皮耶尔绝不是我们杀的。再仔细看看屋子里有没有可疑之处。"

"比如？"

"比如凶手现在还藏在这里，等我们出去后，他再踩着我们的脚印离开。再比如凶手在屋内设置了机关，皮耶尔触动了机关，两把刀射出，杀了皮耶尔。"加藤浩说道。

房间并不大，众人往四周扫了一眼。这里没有能藏人的空间，所有可疑的地方都被他们打开看了看，第一种假设不成立，第二种也不可能，这里也没有类似机关的痕迹。更何况，谁能制作出准确刺入皮耶尔要害的机关呢？他们什么也没有找到。

加藤浩说道："至少我们已经排除了两种可能性。我们离开这里找个合适的地方再讨论下，总之不要踩乱了脚印，让狱警误会我们是凶手。"

四人出去，留下了四进四出的脚印。他们停下来。

"那么凶手是谁？反正废墟是封闭的，不是我们就是阿卡他们，你，你们不会是凶手吧？"张启东问。

"彭苏泉，你怎么看？"加藤浩没理会张启东。

彭苏泉道："我们当中不会有凶手吧,本来我们就势弱,就算真的有分歧也该先试着说服才对,没必要直接下杀手。"

"昆山,你又怎么看？"

"狱警也不像会动手。"昆山道,"难道就因为我们拒绝了阮山海的招降？之前他们一直不愿和我们发生冲突啊。"

"有道理。"加藤浩又问,"张启东,你又怎么看？"

"我也认为凶手应该不在我们之中。"

"看来三对一了,我也认为凶手在狱警那边。"

张启东道："那我们怎么办,我们还能相信狱警吗？"

昆山问加藤浩道："你有什么想法吗？"

加藤浩低头沉思片刻,像是在犹豫："我有个猜想。"

"说来听听吧。"

"我觉得这个无足迹可能只有狱警才能做到。"

"为什么？"

加藤浩说道："我们在下方,只有狱警在上方,他们可以利用高低落差用水流将脚印消去。"

昆山想不明白这是怎么做到的,他接着问道："具体怎么做？"

"用最自然的方法,用流水消去脚印。狱警方的某人潜入屋内和皮耶尔搏斗,杀害了他,然后出来回到地势高的上方。水流短时间内无法消去痕迹,但凶手可以想办法加强水流,比如他在上方将通道的另外几个出口堵住,积水只能往案发现场的那条走廊流。堵门的话，用门板、废桌面之类就可以了。当然也可以将往下流的门都堵住，那么水就都积攒在上方，只要积攒足够的水，然后再打开一个口子，让水流冲刷走廊，数次之后，脚印也就消失了。用这种方法就能在短时间内完成无足迹密室。"

"为什么只有狱警能用？我们也能绕到上方。"彭苏泉问道，他还没想明白其中的关节。

"因为狱警不用再回到下面。"加藤浩说道，"如果凶手在我们当中，那他就还要回来，在某条通道上留下脚印。我们可以查看下，倘若真的有脚印，那凶手就在我们当中；反之，凶手就在狱警那边。"

加藤浩陪他们走了一圈，没有看到任何可疑的脚印。

"这该怎么办，那我们还要去找狱警吗？"张启东问道。

现在杀害皮耶尔的凶手就在狱警当中，他们跑去，岂不是自投罗网、自寻死路？但处在他们这个位置，也只是被困在废墟中。现在时间不长，他们还有余力，如果救援迟迟不到，他们最后只会被困死，而且真到了那时，他们连一搏的力量都没了。

"我们还是可以去找狱警。"加藤浩说道，"刚才昆山也说了，狱警一直不愿和我们动手，所以我在想杀害皮耶尔不是狱警集体的意思，只是其中某人的个人行为。再者，如果我们能展示出足够的诚意，他们也不会再贸然向我们出手，毕竟他们也需要人手。"

昆山道："什么是足够的诚意？我们可没什么好东西。"

加藤浩叹了一口气，指了指自己道："我就是诚意，你们把我交给狱警就可以了，这样你们就能换取他们的信任。"

"你会如何？"

"我不会如何。"加藤浩笑了笑，"如果狱警不傻的话，有你们在，他们顶多把我关起来。"

狱警对加藤浩出手，反而会引起其他囚犯的不满，导致幸存者们再次分裂。

"我们就蛰伏起来，到关键时刻给他们最后一击，为了皮耶尔，为了自由。"

"为了自由。"

"为了自由。"

"为了自由……"

"看来你们都没有异议。"

"我们没有异议，毕竟最危险的是你。"

就这样，他们按照计划行事，但很多事情超出了他们的预料，加藤浩遭袭击，狱警们的态度更加让他们确信凶手就在狱警当中。余震后，彭苏泉的尸体被发现，通向二楼的口子又将要开启，他们觉得时机差不多了……

想到这些，加藤浩又叹了一口气。他实在不知道自己该怎么做了。

"加藤浩,加藤浩……"昆山在叫他。

"有什么事情?"加藤浩抬起了头,从他离开管道间到现在,只过去了一个多小时,他脸上却多了几分沧桑。

"那群狱警一定是想杀光我们。"昆山道,"我们不能坐以待毙。"

"昆山,冷静下来,这件事你已经说过了。"

"彭苏泉一死,阿卡就来拉拢我,这一定有问题。"昆山怒道,"随便做个检查就说彭苏泉的死是意外,我哪有这么容易糊弄。他们要杀彭苏泉根本不需要别的什么手段,只需要轻轻一推就好了。"

"是的,阿卡当时找你谈话就是想分化你和张启东,他们可以各个击破。"加藤浩冷冷道,"就像我之前和你们说过的那个斯坦福大学的监狱实验一样,狱警和囚犯就是一对天敌,在没有约束的条件下,狱警是不会放过我们的。"

斯坦福大学的监狱实验指的是1971年心理学教授菲利普·津巴多开展的心理学实验。教授找来了24个心理生理健康的大学男生,以抽签的形式将他们分成两批,12个人扮演囚犯,12个人扮演狱警。双方很快就进入角色,由于监狱的特殊环境,狱警开始以惩罚犯人为乐。最后因社会的多方干扰,该实验不得不提前结束,原定14天的实验,事实上只进行了6天。事后,作为囚犯的参与者称这个实验为可怕的梦魇，对他们造成了不同程度的伤害。

"我从来没有后悔过相信你，你一定要带我们出去。"

"我会的。"加藤浩直起身子，眼中掠过一丝不易察觉的恨意。

两人谈话间，水又漫了上来。

"我们往上挪挪吧。"昆山道。

加藤浩看着污糟的水面一点点地涨上来，没来由地感叹道："这幅场景简直就像是世界末日。"

洪水毁灭世界，是一种惯例。

《圣经》里说："耶和华见人在地上罪恶极大，于是宣布将使用洪水，毁灭天下地上有血肉有气息的活物，无一不死！"

巴比伦人预言："当行星排成一列，汇聚在天蝎座时，地球上的一切人类将会死亡；而同样的汇聚在摩羯座时，地球将被大洪水淹没。"

玛雅人的神圣典籍《波波武经》中也有洪水的记载："天神在开天辟地初，先用木头雕成人像。这些木头人不再敬神，于是天神决定发起一场洪水，以毁灭人类……"

因此加藤浩有这样的感叹——这个世界要毁灭了。这里就是所谓的神弃之地，无论是祈祷还是忏悔都没有用，现在水位已经到了他们的小腿。

原先水位还只是慢慢上升，余震过后，速度却快了数倍。他们被水驱赶着，只能往上走。加藤浩知道他们必须要面对狱警了。

"你说狱警他们现在在干什么？"

昆山答道："大概在电梯井内挖掘吧。"

"是啊，希望我们这次不要再迟到了。"加藤浩道，"你知道怎么抓田鼠吗？把鼠洞都堵死，只留下一个洞口，然后往里面灌水，田鼠就会从洞口窜出来，被轻易网住。我们就是田鼠。"

加藤浩一生经历过无数的冒险，如果从次数上来看，他是成功者，因为他成功的次数远多于失败的次数。可从结果上来看，他无疑是失败者，如他这般的冒险者只要失败一次就足以万劫不复了。

"无论如何，我们总要试试，坐以待毙不是我的风格。对了，张启东呢，他跑到哪里去了？"加藤浩问道。

加藤浩和昆山有一段时间没有看到张启东了。

当五郎和阮山海在搬运物资时，陈柯明和阿卡也没有闲着。他们在蜘蛛山监狱废墟巡视了一周，发现了一些不好的迹象。

阿卡倚着墙，抬头看着陈柯明，面色有些灰暗："这时候有根烟就好了，你不应该把烟分给那群混蛋。"

空烟盒还躺在陈柯明的口袋里，他没回应阿卡的责备。不过是几根烟，他倒是希望能有几根巧克力棒，糖分对思考更有帮助。

"你觉得水位上升是怎么一回事？"阿卡问道。

监狱内的水越来越多了，连一直干燥的上方都已经被水浸没了。

"我们还能听到水声，水也一直向下流，但水位还在上升。"对此，阿卡有些不安。

"一层之下还有地下层，灌满地下的空间后，我们这里的水位才会上升，现在监狱的情况有些特殊，它是倾斜着的。所以有很长一段时间，原来囚犯的地方被水淹没了，我们的地方还是干燥的。"陈柯明又画了一幅简笔画。

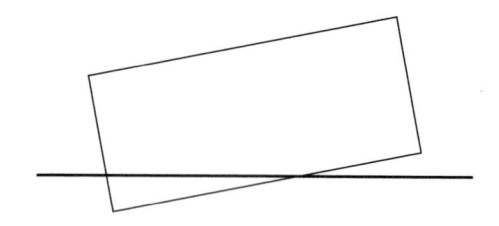

"中间有裂缝，水都流到了地下室，但现在地下也全是水了，所以我们这里水位上升了。"

这种解释和事实相符，一层水位上升，上升到一定阶段后，通过裂缝或者本身就有的通道，多出来的水都流到了地下室。而现在地下室的水满了。

"就算如此，上升的速度太快了吧。仿佛这几天周围落下的雨水都汇聚到了一起，然后一股脑儿都灌入废墟里。"

"是啊。我怀疑是余震的影响。"

"余震怎么可能让水突然变多？"阿卡不解道。

陈柯明道："你的话给了我一个提示，有个地方收集起了附近的雨水。"他想明白了,"是湖,我们上面有个湖——堰塞湖。

"监狱附近就是山,蜘蛛山是一座小山,但附近是连绵的群山,山体崩塌形成了一片湖。本来雨水会四散流开,我们这边虽然地势比较低,也只有一部分雨水会流到监狱这里来,水量还是有限的。但有了湖,山区的水就都聚集在一起了,如果余震震开了一道口子,而这道口子刚好在监狱附近,那湖中存着的水就会灌入监狱了。"陈柯明道,"这图只是示意图,监狱一层的高度只有4米左右。照这样的速度,这里也很快会被淹没,如果我们不及时离开的话,我们就会被淹死……危险还不止这些,水位的上涨还会逼着加藤浩他们做最后一搏。"

阿卡若有所思:"这说不定是件好事,他们只能往我们这边跑,我们只要挖开通道,在上面等他们就够了,他们也算是聪明反被聪明误。"

"这就要看韩森浩那边的进度了。"

陈柯明和阿卡没有见到韩森浩。韩森浩丢下工作,又不知道跑到哪里去了。

阮山海和五郎早就搬运好了物资,正在休息。

"你们见到韩森浩了吗?"陈柯明问道。

阮山海和五郎摇了摇头。

韩森浩又一次失踪了……

已知幸存人物：

序号	姓名	身份	星座
1	陈柯明	狱警	处女座
2	阿卡	狱警	天蝎座
3	韩森浩	狱警	巨蟹座
4	阮山海	囚犯	双鱼座
5	五郎	囚犯	双子座
6	加藤浩	囚犯	天秤座
7	昆山	囚犯	处女座
8	张启东	囚犯	摩羯座

死亡人物：

序号	姓名	身份	死因
1	皮耶尔	囚犯	遭刺杀
2	彭苏泉	囚犯	坠落死

第八章 求生念

张启东是个普通的蛇头，收了佣金，把人带到欧美。护照和他国身份证是办不出的，张启东没有这么大能耐，他只能把人偷渡到目的地。没有证件的偷渡客很难找到正规工作，于是张启东就可以收另一笔钱了——他以介绍工作为借口，再收一笔佣金，然后将偷渡客转手给当地的黑帮。

张启东知道自己这样做不仗义，但其他蛇头都这样做，他也就没有负担了。再者，他把偷渡客带到他们心目中的"天堂"，偷渡客感谢他还来不及，而且在黑帮手下做事也不是永无出头之日。

张启东送出去的人，也有带着巨款回到家乡，建起房子，娶妻生子的。但出去闯，哪有每个人都闯出名堂的？风险和收益是对等的。而张启东只是赚钱而已。就这样，他无视了其他的失败者，那些被黑帮压榨、客死异乡的可怜人。

也许冥冥中真的有天谴，也让张启东落到了叫天不应叫地不灵的境地，让他屡次濒死，辗转求生。

我还不想死，想要活下去，不，是一定要活下去。

享受世上所有美好的事物都是在活着的基础上。蝴蝶被谋杀做成标本放进盒子里，没人知晓它的痛苦。羊羔肉躺在餐盘之中供人享用，没人去想它活蹦乱跳的可爱模样。

能观赏蝴蝶标本，能品尝羊羔肉的只有活人，唯有生者能享受死亡带来的好处，而死者只是通过死亡失败得更彻底。

无论如何都要活下去，就算你拥有的不多，但与死人相比，也是富翁。

在夏天，活人可以吃西瓜，可以跳进河里游泳，这是最廉价的享受。如果死了，那就连这些也没有了。

最黑暗的莫过于死亡，最寒冷的莫过于死亡。

活下去，咬紧牙关地活下去，拼命活下去，歇斯底里地活下去。

谁也不能叫我去死。

哪怕丢了一只眼、少了一条腿，我也一定要活下去。

张启东正是这样想的，也是这样做的。他静静蛰伏在监狱的阴影里。

"哟，你来得太慢了。"对方终于来了，张启东故作轻松地和他打招呼。

这是他留在世上最后的话语。

真可怜啊，无论多强的意志，多大的决心，都敌不过冰冷的现实，越珍视的，结果越容易失去。

张启东的心脏停止了跳动,他还不明白自己为何而死。

他这般怀着强烈的心愿不明不白地死去,如果世上真有鬼,他一定会化成恶鬼。

看看他的眼睛,多可怜啊。

第九章 将盖棺

废墟里面已经有足够多的死亡了，不知有多少人死在地震中，仅余的几个幸存者也已经死了两个——皮耶尔死了，彭苏泉也死了。人命有时如秋叶一般，当世间的冷风吹来，叶片便会落下。

饶是如此，昆山也没有想到，自己还能再目击一场谋杀。

加藤浩手下人手本就不够，因此加藤浩和昆山决定先找到张启东再说。在路上，昆山先是听到了水声，在水里唯一的好处就是脚步声变得明显了，只要仔细听，就能知道不远处来人了。

在黑暗中亮光过于醒目，昆山知道这里是狱警的活动范围，所以特意只举了一个小火把，火把上的火焰和豆粒一样大，只够照亮跟前。当他听到水声后，第一件事就是把小小的火焰熄灭了，然后偷偷顺着声音潜过去。

昆山看到了光，冷冷的光经过水面和墙壁的漫射，形成一圈淡淡的光晕。昆山知道自己的方向没有错，于是更加小心了。没过多久，他自觉追上了对方，小心翼翼地探出了头。

严格来说，这称不上目击凶案，因为凶案已经发生了，身穿狱警警服的男人一手握着快要燃尽的火把，另一只手拖着什么东西，正在往前走去。

从轮廓上看，那应该是一具尸体，一半沉在水下，一半浮在水上，只露出半张可怖的脸——那是张启东的脸。

张启东居然被杀了。

昆山强压下内心的悸动，再回过头仔细观察那位狱警，从身高和脸来看，绝对是韩森浩。

他握紧了拳头，韩森浩是一连串事件的核心人物。事件的起始就是他和加藤浩等人袭击了韩森浩，导致他们这些囚犯很长时间内不得不站在狱警的对立面。而韩森浩也因为此事恨上了他们。最有可能杀害皮耶尔、袭击加藤浩的人就是韩森浩。

与其坐以待毙不如拼死一搏，反正总要和狱警兵戎相见的。想到这层，昆山忍不住冲了出去。

但韩森浩仿佛受到了惊吓，丢下尸体，立即逃了，他灭掉了火把，遁入了黑暗之中。

见此情况，昆山反而不敢去追，他害怕自己落入韩森浩的陷阱，于是摸黑离开，去找加藤浩了。

"他是什么时候不见的？"

"不知道，我们搬完物资的时候，他就不见了，我以为你们和他在一起。说不定他现在在乱转，想抓住加藤浩。"阮山海说道。

阿卡懊悔道:"早知道我就该把我的对讲机给他,这样我们就能时刻联系到他了。"

"谁也不知道他还是这样任性。"陈柯明道,"我们不能丢下他,必须去找他。"

五郎问道:"那电梯井那边怎么办?"

阿卡皱眉道:"先放着。"

阮山海有点不满:"可是……"

"你和他是同组,你应该看着他的。"陈柯明又提到了这点。

听到陈柯明这样说,阮山海哭丧着脸道:"分组不是早没了吗,张启东他们都跑了,再说,我不是和五郎在一起干活吗?"

五郎继续说道:"如果我们都出去的话……这也许是囚犯的计划,他们就是想引我们出去,然后挖开通道,逃到外面去。"

阮山海点了点头:"有道理,我们不能就这样去找人。"

陈柯明瞥了他们一眼:"我们绝不会丢下韩森浩。而且你们的担心不成立,韩森浩本来就该在电梯井那边,如果是囚犯带走了他,那么囚犯早就已经占了电梯井。他们应该不知情,我们只要在囚犯察觉之前找回韩森浩就可以了。"

"不对,这里还有一个问题。"阿卡提出异议,"韩森浩离开了,他可能在路上被囚犯抓住了。他们知道我们早晚会发现韩森浩不见了。"

"对。"五郎道,"他们就在等着我们去找韩森浩。"

"阿卡,你的意见是?"陈柯明问。

"我们只能兵分两路了。"阿卡说道,"我带一个人去,你留在这里。我会抓住他们的。你们谁和我一起去?"

阮山海举起了手:"我,让我去吧。"

"那我留下来,到处乱跑太危险了。"五郎说。

"好的。"阿卡说道,"五郎和陈柯明就到电梯井里去,如果发生什么事情,我们就用对讲机联络。"

"你们小心。"陈柯明对阿卡说道。

"你也小心。"

兵分两路不算是个好选择,加藤浩他们有三个人,阿卡他们又分成了两人一组,失去了人数上的优势,所幸,他们还有工具上的优势,两人都配上了电击棍和警棍。

阿卡和阮山海结伴而行,手持火把,注意着左右。耳边尽是水流声和涉水声也太乏味了,阿卡同阮山海压低声音交谈。

"你出去后最想干什么?"阿卡问。

阮山海挠了挠头,头一直没洗,汗水、污水、油脂将他的头发粘在一起,阮山海摸上去就像在摸一把脏拖把。

"吃一顿热饭,洗个热水澡,钻进被子里,好好睡一觉。"

"真质朴。"阿卡叹道。他们被困在冷水中,最简单的想法当然就是吃顿热饭、洗个热水澡、安心睡觉。

"你就没有什么其他的想法吗，比如见见家人？"阿卡继续问。

家人是压在阿卡心上的一件大事，他不知道家人是否安好，虽然他之前和人交流时都认为他的家人应该没事，但地震中什么都可能发生，阿卡还是担心他们的。

"这个……我看不到吧。"阮山海说道，"我毕竟是囚犯，出去之后，也不能随意活动。借着地震，我就想舒舒服服地在外面多待一段时间，给你们做苦力实在太累了。"最后，他嘀咕了一句，"我也没有想见的家人。"

阮山海又问阿卡："那么你想干什么？"

"先得到家人的消息吧，如果他们出事了，我就得去找他们。"阿卡补充了一句，"当然了，我们也会替你和五郎争取福利的，减刑必不可少，还会让你们好好休养。"

阮山海点了点头，突然苦笑道："我觉得要完。"

"要完？"

"我以前听人说过，古时候要让士兵拼命，将军总会在战前封官许愿，一般描绘的前景越美好，死的人就越多。现在我有点害怕了。"

阿卡转过身，郑重地拍了拍阮山海的肩膀："至少我不会躲到你背后，看着你去拼命。"

"这是唯一的好事了。"

两人达成了某种默契。又往前走了一段，他们看到水中漂着什么东西。

那是一具尸体。

"这不是张启东吗,他怎么会死在这里?"阮山海惊道。

张启东的尸体浸泡在水中,已经死了一段时间了,致命伤在他头部左侧。阮山海替他合上了眼睛。

漆黑的废墟,浑浊的泥水,还有尸体……第三具尸体,这一切都像一部恐怖片。虽然是9月,但一股寒气还是钻进了他们体内,使他们打了一个寒噤。

"会不会和韩森浩有关?"阮山海猜测道,他觉得狱警里只有韩森浩会杀害囚犯。

"无论如何,韩森浩危险了,我们要加快速度。"阿卡说道。

张启东被害,无非三种可能:其一,囚犯们内讧;其二,韩森浩主动杀了张启东;其三,张启东他们袭击韩森浩,韩森浩在反击中杀了张启东。

二和三都说明韩森浩和囚犯已经势成水火,亦说明加藤浩他们已开了杀戒,韩森浩遇到他们,也是羊入虎口。

"韩森浩也是个怪人啊。"阮山海又嘀咕了一句,"我的预感不太好。"

自从地震发生后,韩森浩的表现就一直很奇怪。也许是因为被袭击,又被困在废墟中,他精神紧张,脑子终于出问题了,他做事一直都不太合逻辑。

"别管你的预感了,地震后,我眼皮一直在跳,继续走!"

抛下张启东的尸体,两人继续前行。

另一边,昆山还在黑暗中乱转,他没有对讲机,无法及时联系上加藤浩告知张启东的死讯。在这样的乱转中,他遇到了阿卡和阮山海。昆山的心一下子就揪了起来。

先是韩森浩,然后又是阿卡和阮山海,昆山害怕了,在他看来,狱警们倾巢而出,就是要杀光他们这些囚犯。他转身便跑。

阿卡和阮山海也看到了昆山,双方一个短暂的照面后,昆山拔腿就跑。

"他一定是心里有鬼!"阿卡和阮山海都这样想。

"站住!"阿卡命令昆山。

昆山跑得更快了,快要消失在蜘蛛山的黑暗里。

"我们分头追!"阿卡道。

两人紧追不舍,分头去追,阮山海跑向另一个方向,准备去堵死昆山的前路。

监狱由多栋连体建筑组成,比一般的建筑要大得多,通道也复杂得多,就像一只狡猾的大蜘蛛织出的死亡之网一样。而且由于地震,不少地方都有损坏,一些通道堵死了,只能绕道,一些必须弯腰或者爬过去,这大大增加了行动的难度,增加了耗时。泥水减缓了行动的速度,但阿卡和昆山两人都豁出命去奔跑,倒像两条灵活的泥鳅在水中飞快地游动。

阿卡伸出手,想要抓住昆山衣角,昆山猛地发力躲开阿卡的擒拿。阿卡见状,双腿也使劲发力,做拼死一搏,扑向昆山。

阿卡宛如一发炮弹狠狠砸到了昆山的背上,将昆山打倒在地。两人翻滚在泥水中,没有任何章法,只是推搡、撕扯,像两只粗鲁的野兽。阿卡将昆山压在身下,积水流入昆山的喉咙和气管,他开始剧烈地咳嗽,肺部如被火烧般疼痛。

昆山昂起头,拼命挣扎,挥舞着双手,在阿卡手臂和脸上留下一道道伤痕。阿卡强忍着不松劲,一次次将昆山的头按入水中。

昆山觉得自己的灵魂正在离开他的身体,他感到无限的眩晕和痛苦。

"韩森浩呢,他在哪里?"阿卡问道。

"我不知道……"昆山挣扎着说道。

昆山又被按回到了水里,更多的泥水灌入昆山的喉咙里,这意味着更多的痛苦。

"加藤浩在哪?"阿卡问道。

"不清楚……"昆山的体力一点点在流逝,他觉得自己四肢末端越发凉了。

"张启东呢?"阿卡再问。

"被,被韩森浩杀了。"昆山觉得自己就要死了。

这次阿卡没把昆山再按回水里。

"韩森浩干了什么？你看到了什么？"阿卡向昆山吼道。韩森浩变成杀人凶手，这对阿卡是一个不小的打击。

如果要在好人和坏人之间画一条线，那这条线绝对是"杀人"。现在，韩森浩堕落成了真正的"坏人"。

昆山低声啜嚅几句。

"你说什么？"阿卡没能听清，"快点，再说一遍！"

昆山又啜嚅了几下。

阿卡皱了皱眉头，只能将耳朵贴近昆山的嘴唇。

被阿卡折磨到半死的昆山突然双目一亮，拼出最后一口气，张大嘴，咬向阿卡。饶是阿卡胆子再大，看到一张大嘴直直冲他眼睛过来也会害怕。他下意识松开手，放开了昆山。

昆山在泥水中翻滚，如同鳄鱼撕扯猎物一般，不过昆山只是为了脱身，带起全身的力量，顺利摆脱了阿卡，然后连滚带爬又逃了。

阿卡手上本就带伤，抓不住昆山。阿卡抹干净脸上的泥水，起身去追。

看着昆山越来越远的背影，阿卡想，阮山海那个混蛋跑哪里去了，怎么还不出来？

昆山看到阿卡紧追不舍，心里暗暗叫苦。他在水里泡了这么久，受了酷刑，体力早就透支。

无奈之下，昆山竟不再逃跑，反而转身举起拳头砸向阿卡。

阿卡一路狂奔，来不及刹车，直直撞到了昆山的拳头上，他眼底冒出了无数的星星，仰着身子倒了下去。昆山乘胜追击，揪住阿卡的领子，朝他的鼻梁猛挥拳，一拳接着一拳。

昆山在发泄自己的愤怒。

"你们想杀了我，你们要杀了我们所有人！"

阿卡左右躲闪道："我们没有，你以为我们是你们吗？"

昆山将阿卡抵在墙上，狠狠地揍他。

"你们这群疯子，对我们赶尽杀绝。"

"你们才是疯了，不依不饶的是你们。"两个人朝彼此怒吼。

阿卡护住自己的要害，不断反驳，同时寻找着反击的机会。

"你们杀了韩森浩！"阿卡抢先告状。

"胡说八道，谁杀韩森浩了，明明是他杀了张启东！"

阿卡套出了昆山的话，现在他知道韩森浩没落到囚犯手上。

"张启东是韩森浩杀的？"

"不然会是谁？"昆山说道。

"你亲眼所见？"

"当然。"

这事情充斥着大量的疑点。

阿卡的反击也开始了，他扬起一脚，踹向昆山的小腹，昆山的脸皱得像一张旧钞票，五官扭曲在一起，随即重心不稳，跟跄着向后倒去。

阿卡落下来，爬到昆山身边，反剪住他。他贴在昆山耳边："又轮到我了，你说我该怎么对你？"

昆山咬紧牙关，没有说话，但意料之中的打击没有来。

"告诉我你都知道什么？"阿卡冷冷地说，"把始末一五一十都说出来。"

他解下自己的皮带，把昆山捆了起来，押着他，去寻找加藤浩。

至于阮山海，阮山海还没出现，不知道钻到什么地方去了，阿卡也得顺便找一下阮山海。

迫于无奈，昆山只能将自己知道的事情和盘托出，不过对于阿卡的意义不是很大，毕竟他们想袭击狱警、张启东被韩森浩所杀这样的事情，他已经知道了。

阿卡皱起了眉头，事件就像一团乱麻萦绕在他脑子里。张启东和韩森浩，他们一起失踪，这也太奇怪了。他们两个怎么会搞到一起去？

"这么说你们没有特意对韩森浩下手？"

"没有。"昆山露出一个苦笑，"应该是我们要下手，结果被韩森浩抢先了。"

"加藤浩还在找张启东，之后你们就没有碰过面？"

昆山摇了摇头。

那么现在在蜘蛛山废墟中游荡的囚犯，只有阮山海和加藤浩了，情形是对狱警有利的。阿卡通过对讲机告诉了陈柯明这个情况，让他重点注意加藤浩。

昆山低着头走在前面，他意识到阿卡不会肆意杀人，就暂时安下了心。

但常言道，福无双至，祸不单行。厄运就是一串珠子，当你遇到了第一件坏事，第二件坏事一定已经在路上了。这并非耸人听闻，而是有一定依据。当厄运袭来，人刚被打击，处于脆弱期，判断力、智力，乃至体力全面下降。这时稍有不顺，哪怕是平时能轻易解决的小事，也可能失误，导致坏事接连不断地出现。这就是最常见的祸不单行。但也有例外，有些人真的厄运缠身，昆山遇到的就是宿命般的巧合。

昆山问道："还需要再往前走吗？"水已经到了他们的胯部。

阿卡道："继续吧，不要耍花样，这水还没到难以忍受的深度。"

昆山也只能硬着头皮继续向前，在走过一个拐角后，他们遇到了一个黑黢黢的物体，半沉半浮，在泥水之中，露出大致的模样，像个麻袋。

吧嗒，吧嗒……随着水流，物体一下下撞着墙，发出轻微的响声。

阿卡照向它，靠近它，那是一具尸体，穿着狱警制服。阿卡将尸体翻了过来，看到了韩森浩的脸。

他们找了这么久韩森浩，结果只找到了他的尸体。

阿卡立刻变了脸色，仿佛有一座火山在他脸上喷发，熔岩和火山灰覆盖了他的脸庞。

"这是怎么回事？"

"我不知道，我真的不知道！"昆山的脸色也变了，他发誓道，"是加藤浩干的，和我无关！"

"是啊，除了他还有谁？"

从时间上来看，这些命案不可能是狱警方的人犯下的。阮山海和五郎之前在搬东西，只有一段空闲时间，然后又被阿卡他们叫走了。那段时间也许足够杀害一个张启东，但不够杀害韩森浩，再把韩森浩的尸体搬到这里。因此，最大的可能是韩森浩杀害张启东后，再度深入，遇到了加藤浩，被加藤浩杀害。

"也有可能是韩森浩和张启东打得太激烈，他杀了张启东，自己也受了重伤，然后想着临死前再找个垫背，走到了这里。"昆山想推卸责任。

"恐怕不对。"阿卡发现韩森浩的致命伤就在胸口，刺穿了他的心脏。没有人能在心脏被刺穿的情况下还走这么多路。

阿卡握紧拳头，昆山感受到一股股杀气从阿卡每个毛孔中冒出来。

"你一直在说韩森浩杀了张启东，但也可以说是韩森浩落单，张启东袭击了韩森浩，你们一开始的打算不就是这样吗？"阿卡道，"说不定韩森浩也是自卫杀人。"

"你这是什么意思？"昆山有些害怕，"你准备把屎盆子都扣到我们头上？"

"无论如何，你们不应该杀人，尤其是杀狱警。"阿卡打断了昆山的话。

"可皮耶尔……"

"皮耶尔是谁杀的，你们心里清楚，绝不可能是韩森浩。"阿卡说道，"我绝不会放过加藤浩。"

阿卡又对昆山说道："你给我老实一点，不要乱动。"

阿卡嘴咬着手电筒，一只手抓着昆山，腾出一只手拖着韩森浩的尸体，将他拖进一个房间里，拖到了桌子上，安置好韩森浩的尸体，让韩森浩不再在泥水中浮沉。

两人继续在废墟中前进，昆山感到气氛明显不同了，空气像生铁一样又重又冷，压在他的胸口上，让他无法呼吸。他琢磨着阿卡最后几句话，不寒而栗。

韩森浩已经死了，死者为大，阿卡可能会选择保护韩森浩的名声。等他们出去后，阿卡的证言里韩森浩不会是杀人凶手，反而会是一个烈士，死在囚犯的暴动里。比起囚犯，外界肯定更加乐意相信狱警的证词。

加藤浩终于出现了。

昆山看到加藤浩躲在阴影中了。他和加藤浩分头寻找张启东，当然商量好了会合地点。昆山领着阿卡，有意将他带到这个地方。时间已经过去很久了，张启东也死了，他相信一无所获的加藤浩已经在那儿了。

加藤浩的确等了昆山一段时间了。警觉的他在听到昆山和阿卡脚步声的时候，就选择躲了起来。

昆山与加藤浩目光相接，阿卡未能发觉这一点。昆山的心绷了起来，就等加藤浩出手，他好配合加藤浩，拿下阿卡。

然而，监狱废墟又一次震动起来，黑暗和泥水被搅动成一团。

余震又来了？不，不对，不是余震，感觉完全不同。

这次震动就像是大地打了一个嗝，如同灌满烈酒的胃袋抑制不住烧心、反酸和滞胀，最后将里面的东西一口气喷了出来。

震动只有两三下，很快就停止了。

阿卡和昆山龟缩在角落没动，大约一分钟后，一股暗流打向了阿卡和昆山，他们两个精壮男子被冲得一个踉跄，可见这道水流的强大。

阿卡站稳身子，正准备催促着昆山继续前进，后背突然一痛，他翻滚着跌入水里。

阿卡冒出冷汗，不单单是痛，更有后怕，因为对方一开始瞄准的不是他的后背，而是他的脑袋。对方从下而上，想把他的脑袋击飞。若不是他动了动，对方为避免击空，最后一刻改变了方向，改打他的背，他很有可能就死了。

在监狱中，谁会下这样的杀手？

阿卡忍着剧痛，翻滚着和袭击者拉开了距离。

"加藤浩，你可算出现了！"阿卡朝加藤浩喊道。

刚才就是加藤浩趁着震动袭击了阿卡，他解开了昆山。

加藤浩看着气势汹汹的阿卡道："我劝你放弃吧。"

"然后像韩森浩一样吗？"

加藤浩笑了笑："我不知道你在说什么。"

"你杀了韩森浩！"

"我根本没见过韩森浩。"加藤浩说道。

昆山扯了扯加藤浩的衣服，提醒道："路上，我们找到了韩森浩的尸体。"

"这和我无关，我一路上都没看到什么人。"

"快闭嘴吧，你从头到尾都在说谎。"阿卡满是怒气，"你以为我还会再相信你的鬼话？除非这里还有第三方的人，不然还有谁会杀人？"

加藤浩耸了耸肩，不再辩解，在这种敌对的环境下，他们已经没有和解的可能性了，多一条人命就多一条人命吧。

"今天我绝对不会放过你。杀人者注定也会死于他人之手，当你动手之时就该做好了日后被杀的觉悟。"阿卡道。

"说得好像现在是你包围了我们。"加藤浩握紧了铁管，又不知从哪找出一截木棍交给昆山，"阿卡狱警，你一个人包围了我们，我们好害怕啊,哈哈哈哈……"

阿卡腰间的电棍在水里用不了,充其量只能当一根普通的短棍。

加藤浩和昆山拿着武器,一左一右逼近阿卡。阿卡的情况很危急了,他早已偷偷打开了对讲机,可等陈柯明和五郎赶过来也要一段时间,阿卡必须撑下去。

被围攻时,最好的应对方法就是挑准一个人猛击。阿卡冲向了昆山,他和昆山交过手,知道昆山的体力还没有恢复,如果他能抢先击倒昆山,那将获得一些优势。加藤浩洞悉了阿卡的想法,他手里的铁棍就像一条难缠的毒蛇,吐着鲜红的信子,打断阿卡的计划,给阿卡带去危险。

由于加藤浩阻挠,阿卡挥舞着短棍,也没能击败昆山,反而重重挨了几下。阿卡无奈,只能躲开,灰头土脸地在泥水中滚开,跌跌撞撞地想站起来。他的体力也不足了,手上的伤和背上的伤,无时无刻不在折磨他,尤其是背上那道伤,加藤浩打得太狠了。阿卡每一次发力牵动背上的肌肉都感觉自己在被电烙铁烤一样。

"不自量力。"加藤浩对阿卡说道,"你要是放弃,我们还能给你一个痛快。"

"呸。"阿卡扶着墙又站了起来,吐出嘴里的脏水,他靠着墙,挪着后退。加藤浩和昆山慢慢将阿卡逼入死角。三人短兵相接,阿卡吃力地抵挡来自两方面的攻击。

被打中的地方都火辣辣地疼,阿卡知道自己撑不了多久了,他感到冷和眩晕，他机械地挥舞棍子，阻挡加藤浩和昆山的进攻，但他眼前的景象越来越模糊，与之相反，脑海中掠过的画面越来越多，也越来越清晰，有太阳、喧闹的街道、他父母的面容……

千钧一发之际，一个黑影如流星一般冲进来，加藤浩和昆山连忙躲开，阿卡得救了。

"你没事吧？"黑影正是阮山海。他扶住阿卡。

阿卡轻轻推开阮山海，用力晃了晃头，示意阮山海，他没事，还能继续战斗。

"你还知道来？"阿卡松了一口气。

阮山海无奈地笑了笑："迟到总比不到好。不小心走错了路，想着跟不上你们了，就去拿了点东西。"阮山海将一把斧子交给阿卡，"我以为你一个人就能对付昆山。"

"我一个人当然能对付昆山，这不是多了一个加藤浩吗？"

"现在就是二对二了，只要你不拖后腿，我觉得我们能赢。"阮山海说道。

阿卡和阮山海各拿着一把斧头，拿着棍子的加藤浩和昆山警惕地看着他们。

阿卡又掏出了对讲机，对陈柯明说道："你打开通道了吗？我和阮山海已经会合。"

"还没有，我和五郎正往你那边赶。对了，你那边水位也在飞速上涨吗？"

"是的，好像刚才的震动之后，水位上涨的速度又变快了。"阿卡和加藤浩他们对峙时也在不断往上走。

"刚才可能是堰塞湖决堤了，我尽快过来。"

堰塞湖决堤远比想象之中要可怕得多，先前可能只是一道小小的口子，让湖水有了倾泻点，奔涌而出。现在口子被冲刷得越来越大，水流也越来越猛。淹没这里的时间也缩短了，时间有些紧张，因此陈柯明准备赶过来帮阿卡。

加藤浩和昆山交换了眼神，立刻冲了上去，他们必须速战速决，不然等陈柯明和五郎赶到，他们就是二对四了。

阿卡也是求之不得，他想手刃杀害韩森浩的犯人。这个世界是存在底线的，阿卡画出的底线便是囚犯不可杀害狱警，越过这条线的人都该遭重罚。但如果陈柯明赶到一定会阻止自己的。

"你们知道吗，据说古时破案，只需抓到恶贯满盈的嫌疑人，然后一个劲地用刑让他们开口说实话就够了，那可真是执法者的黄金时代。"阿卡说道，"如果用这样的方式，我也能听到你的实话了吧？"

"少说废话。"加藤浩道。

阮山海附和阿卡道："最好的办案形式应该是拿着枪，一个个询问嫌疑人，'是你吗，你说谎了吗？'稍有不对，就崩了他。好比有10个人，你这样崩掉5个，如果再无受害者了，那凶手就死了，如果谋杀案继续发生，那就再崩掉3个，案子就能圆满解决。我们这里就只有你们两个嫌疑人,反正不是你就是他,你们又是同党。一起被砍了,也不算无辜。"他抚摸着斧头。

消防斧绝对是最有情怀和杀伤力的武器之一,首先它的存在就是为了劈开一些堵死的通道,这就使得它拥有不错的杀伤力;其次,看看它的样子,全身鲜红,就像燃烧在火焰中似的,躺在消防柜里,就有种摄人心魄的美感。

"我以前看着消防斧就想从消防柜里取出它,挥舞它。"阮山海道。

"我对付加藤浩,你来对付昆山。"阿卡道。

阮山海点了点头。

"你们不要太过分了!"加藤浩不满他们两人的态度,招呼着昆山上前。

阿卡和阮山海有利器在手,自然不会退让。阿卡对上了加藤浩,阮山海对上了昆山。

昆山拿着的不过是木棍,怎么抵得上铁斧?昆山左闪右避,只用棍子试探,几次之后,那根木棍上满是砍痕。

阮山海一鼓作气,木棍应声而断,而昆山并不在乎自己的武器,他趁阮山海余劲未消,活动不灵便时,侧身闪到阮山海的身侧,抢夺阮山海的消防斧。两人相持不下,纠缠在一起。

他们在水里翻滚。阮山海吃力地将斧刃朝向昆山,但昆山也使出了吃奶的力气,躲避斧刃,抢夺斧头。昆山无所不用其极,甚至张嘴去咬阮山海的手。阮山海只能用头槌狠狠地撞昆山。两个人扭打在一起，活生生成了野兽。

另一边，加藤浩和阿卡的斗争则要更加激烈，铁棍与铁斧每一次碰撞都发出清脆的鸣叫声。倘若在干燥的环境中，说不定还会迸射出无数的火花，就像烟花一样。

阿卡感到越来越吃力，他一直隐瞒自己的伤势，在劳作时也尽量和其他人保持一致，但在激烈的打斗中，阿卡仿佛能感受到手骨上的裂缝越来越大。

他发出一声声怒吼，想要尽快解决掉加藤浩。可加藤浩就像是激流中的顽石，不肯退让。

水的阻力，让他们的搏斗看起来就像古怪的双人舞，动作笨拙而迟缓，浸泡在水中的副作用显现出来了，他们的呼吸越发急促，感官则越发迟钝。

咔嚓！

阿卡听到从自己左手传来的细微响声。手骨上那条裂缝随着他一次次发力终于裂开，一阵撕心裂肺的疼痛让他的眉头紧皱了起来，眼泪湿了他的眼睛。他骨折了，手上的消防斧变得沉重无比，一只手已成了摆设，单手挥舞斧头实在吃力。

一点点小问题最后成了关键。

阿卡只能单手抡斧，他的速度不再那么快，力道不再那么足。加藤浩见阿卡这副样子，知道自己的机会来了，他趁着阿卡抡空的当口，朝着阿卡的脑袋又是一棍。

破空声如狼啸一般。如果这一棍真砸到阿卡头上，那他凶多吉少。

阿卡下意识地用手挡了一下，巨大的力量，让他手里的斧头摔了出去。阿卡鲜血直流。加藤浩举起铁棍又狠狠打了阿卡几下。阿卡漂浮在水里，无力地抽动，他觉得自己又有好几根骨头被打断了，他想要起身，身体却根本不听使唤。

加藤浩已经从水里捞起了阿卡的斧头，准备给他最后一下。

阮山海大声呼喊想唤醒阿卡，可阿卡还是恍恍惚惚的。情急之下，阮山海松开了斧头，昆山没想到阮山海会松手，他因用力过猛踉跄着向后倒去，又摔在了水里。阮山海扑了上去。

昆山还没来得及捡起斧头就被阮山海狠狠按在水里，等他挣扎着探出水面时，斧头又回到了阮山海手里。

阮山海和昆山的战斗终于落下了帷幕。

阮山海抢回了斧头，他高举斧头，红色的斧头在半空画出一道完美的曲线，破开空气，劈向昆山。

昆山的反应只慢了半秒，躲闪不及。他能看到斧头向自己劈来，身体却不听使唤，怎么也避不开了。

红的、白的……喷射到半空中，昆山的尸体落到水中，他这一生结束了。

其实昆山是这么多人当中最平凡的一个，他不过是个傻瓜。

比起木讷的哥哥，他的父母更加疼爱昆山，这让昆山度过了一个相对不错的童年。他父母逝世之后，他哥哥也尽力照顾他，实际上是他不懂珍惜，平白浪费了很多机会，终于，他成了家里唯一的累赘。哥哥和嫂子埋怨他没为家里出一分力，他不满他们对自己恶语相向。他忘了唯一会无条件对他好的父母已经死了，他该为自己挣饭吃。一天，趁哥哥嫂嫂在睡梦里，他把他们都捆了起来，然后用漏斗把农药灌进了他们的肚子里。昆山冷静地看着哥哥和嫂嫂毒发，觉得自己报了仇。

后来，他被警察抓住丢进了监狱，才明白当初来自家人的冷言冷语有多温柔，嫂嫂嘴巴虽然毒，但吃穿用度都没少了他。一切都太迟了，大错已经铸成，他被困在监狱里，连给哥哥嫂嫂上炷香、磕头、祈求他们原谅的机会都没有。

昆山死前脑海中掠过他杀害自己亲人的场景，那一刻，他觉得自己死在斧下，也是一种报应。

阮山海用最快的速度结果了昆山，立刻赶去救援阿卡，但已经迟了。尽管阿卡在最后关头恢复了神志，躲开了加藤浩致命的一击，可他也成了强弩之末，他手里的棍子也对付不了斧头。

胜负早就注定了，加藤浩破开阿卡的防守，劈下了一斧。

阿卡只来得及本能地躲避了一下，身上便被砍出一道又深又长的口子，从左肩到腹部。他成了一条被剖开肚子的鲤鱼，再怎么蹦跶也难逃一死。

阮山海跑到阿卡身边,扶着他。

"阮山海,你已经迟了。"加藤浩喘息着说道。他为了杀死阿卡也费了不少力气。

"闭嘴。"

加藤浩继续说道:"阮山海,你帮我杀了阿卡。我们都是囚犯,何必为他们卖命。你想想你和他们在一起,充其量就是减刑。你和我一起出去,直接就可以重获自由。"

阮山海沉默不语。

加藤浩劝说道:"阿卡必死无疑,在脏水里受了这么重的伤,不可能幸存。那个五郎挺听你的话的,那么囚犯就有三个人了,只剩下陈柯明一个狱警,你还有什么顾虑?"

"我刚刚杀了你的手下,你这么快就招揽我,这真的好吗?"

"我总不能现在就替他报仇吧。"加藤浩对阮山海说道,"我们都应该理智一点。"

"可我从来就不是理智的人。"阮山海握着斧头,"作为囚犯,我也不太喜欢狱警,但是我更加不喜欢你。"

阮山海摆好了架势。

"没得谈了?"加藤浩叹了口气。

"没得谈。"

这时,阿卡扶着墙,颤巍巍地站起来,他的生命之火正在慢慢消逝,冷水透过伤口灌入他的体内。他摸出对讲机,呼叫陈柯明:"你们先走吧。"

"怎么了?"

"我可能活不了了。"阿卡说道,"别过来了,反正也迟了。"他关上了对讲机,没多做解释,没理会陈柯明的询问。

"阿卡,你别这样瞪着我,你这样也瞪不死我。再说,我们之间本来就是你死我活,我们也只是想活下去而已。"加藤浩说道。

阿卡拼着最后一口气反驳道:"不,想活下去无可厚非,可你们要的活是让其他人死。这就太自私,太贪婪了。"

一个人可以对神祇祈求任何东西,但是涉及第二人时就该慎重行事。对神尚且如此,处事行事更该慎重,不能麻烦他人,不经他人的允许不可替他人做决定,不可将他人置于祭坛之上。

"说得冠冕堂皇,我们这边死了好几个人了,你们才死了一个……"

阿卡打断了加藤浩的话:"砍了他,阮山海,能做到吧?上次我让你砸了自动售货机,作为回礼,你就杀了加藤浩吧。"

"有点强人所难了,不过砍加藤浩确实比砸自动售货机有趣。"阮山海说道,"外面所有的自动售货机都加起来也比不上一个加藤浩。我会试试的。"

加藤浩听到阮山海把自己和自动售货机相提并论,眉角抖了两抖,举起斧头向阮山海发动了攻势。

水已经齐腰,两人在水中扑腾,手电的光被水花分割成无数块。

两人在看不清对方的情况下只能凭借直觉攻击,时而纠缠,时而分离,时而怒吼,时而缄默……也许因为这是最后一场战斗,压轴的总归是最好看的。

两人在水中碰撞了无数次,最后因体力不支而停下,这时,无论是加藤浩还是阮山海都伤痕累累,身上满是长长短短的伤口,但都不致命。

"是你!"加藤浩指着阮山海说道,"当时袭击我的人是你。"

"这都能看出来?"阮山海没有否认。

"你的斧头很眼熟。"

消防斧都是一个模样,加藤浩的意思是说阮山海用斧的动作和气势很眼熟。

阮山海吐出一颗断牙:"就是我。"这时候再藏着掖着也没什么意义。

"是狱警让你来砍我的?"加藤浩问道,"我在这个国家也没有什么仇人。之前,我一直以为是五郎干的,毕竟他可能是日本人,我在日本可有不少仇人,说不定是哪个家伙要赶尽杀绝,就派了五郎过来。"

"不是五郎,他没有足够的时间溜回来找你。而且杀你也不是狱警的意思,是我的意思。"

"你也没有,不对……"加藤浩摇了摇头,自嘲道,"我们都被你骗了。"

其实，现在想来，袭击加藤浩的嫌疑人也就韩森浩和阮山海两个，不过当时他们把注意力都放在了韩森浩身上。

"韩森浩是你放出的烟幕弹，你借着韩森浩一个人行动的事掩护自己。不过我想不通，你为什么要袭击我？在监狱里我们碰面不多，一直都是河水不犯井水的状态，你总不可能为了狱警就杀我，你到底是谁？"

这些问题问到了点子上。

"其实我到蜘蛛山来就是为了你，就是为了杀你。不过一直没合适的机会罢了。"阮山海道，"地震恰好给了我一个机会，我要亲手杀死你。"

"我不认识你。"加藤浩不解，"你我之间有什么深仇大恨？"

"我就是一个无名小卒，你不认识我，但我说一个名字，你就会明白我为什么要杀你了。"

"谁？"

"你还记得丸山吗？"

"哈哈哈。"加藤浩想起了一段往事，露出残忍的笑容，"原来是他。那件事，我确实做得过分了点，你要为他报仇也不为过。不过你这人也太可怕了，我都在监狱里半死不活了，还不依不饶。我再问你一遍，你是谁，你是他的谁？"

"我是他兄弟。"

"我记得他没什么兄弟姐妹,你们没有血缘关系吧?"加藤浩又笑了起来,"就一个认的干亲,你有必要为这样一个'大哥'做到这份上吗?我认的小弟可能够从街头排到街尾。"

"就算你有那么多'兄弟',可现在你落难了,有一个人来看你吗?丸山死了很多年了,可我还是费尽千辛万苦来异国杀你,替他报仇。"

"我开始有些羡慕丸山了。你是日本人,告诉我你的真名吧,现在再藏着掖着也没意思了。"

"本田俊二。"

"你的汉语实在太好了,一点口音都没有,我完全被你骗了。"加藤浩转向阿卡继续说道,"阿卡你还没死吧,怎么样,被人背叛的滋味怎么样?"

阿卡已经很虚弱了,每过一秒,死神就离他更近一些。

"砍得好!"阿卡道,"我只可惜他没能砍死你。"

阿卡全然忘了狱警会和囚犯闹翻,加藤浩遇袭是导火索之一。而且为此,他们还一直误会了韩森浩。又或许他没忘,因为加藤浩一开始就在欺骗狱警,他们本来就打算在合适的时机和狱警再度对立。

"别欺负快死的人了,你的对手是我。"

两人休息够了,激烈的搏斗再度开始。胜负以一种戏剧性的方式分出,当他们扭打在一起经过阿卡时,垂死的阿卡爆发出一股巨大的力量偷袭了加藤浩。

当本田俊二（阮山海）和加藤浩再次停下时，生死已定，两人嘴唇发白，靠在墙上，不住地喘息。

加藤浩的伤口从肩膀一直延伸到腹部，他一手紧紧捂着伤口，妄图止血，但效果不大。也许真有报应，他身上的伤口几乎和阿卡的一样。而阮山海半张脸已经烂了，他抱着斧头，大口喘气，腰上的伤口处正大股大股地向外涌血。

他们都没有再动，因为没有意义，不出意外，他们的时间都只剩几分钟了。

"阿卡的命怎么这么硬，还瞪着我。"加藤浩瞥了一眼阿卡，不满道。

"你看清楚了，他已经死透了。"阮山海吃力地挪到阿卡身边，替他合上双眼，"他推完你之后就死了，我觉得那一下就是回光返照。"

现在阿卡只是没闭上眼睛而已，某种程度上说，这又是一个死不瞑目的家伙。

加藤浩因为剧痛抖了一下，不由得苦笑："为什么我总招惹这种和我不死不休的家伙。"

"你运气不好。"阮山海对加藤浩说道，"我能问你些事情吗？"

加藤浩满不在乎地说："问吧，反正你我都快死了，把秘密藏到死也是件寂寞的事，接下来，我有问必答。"

"皮耶尔究竟是怎么死的？"阮山海直截了当地问道。

"这么直接？"

"你说你会回答的。"

"好吧，皮耶尔可以说是我杀的。但也不是我。"加藤浩告诉了阮山海实情。

塌方后，对加藤浩的决定产生怀疑的不单是张启东，加藤浩自己也从塌方中看出了不对劲，但他还是选择镇压了张启东，让他们继续挖掘，因为他别无选择。在废墟里，这种无奈一直伴随着他。

塌方后，他已经意识到自己被困地底，需要获得狱警方的力量才能逃出生天。可之前他已经狠狠得罪过狱警了，就算狱警肯接纳囚犯，最后他也一定会被清算，所以他不可能直接去找狱警。

这是他需要解决的第一个问题。

另一方面，张启东他们再多失败几次，也会想明白自己所处的境地，那时候，他们便会联手对抗他加藤浩。或许他们为了得到狱警的支持，就会将他捆起来送给狱警。想到这一点，加藤浩内心就不安起来，这是他绝对不允许发生的事。

经过深思熟虑，一个计划在加藤浩的脑海里渐渐生出雏形，他必须用巧妙的方法控制住其他囚犯，让他们不彻底倒向狱警。

"我只能制造一桩命案，让其他人相信凶手隐藏在狱警之中。

这样张启东、昆山他们就不会相信狱警了，我和他们也有了继续合作的基础。"

"那无足迹密室到底是怎么回事？"

"不论你信不信，我能隔空杀人。"加藤浩说道。

"别逗了，你拿着斧头，也才和我两败俱伤。"

"斧头也比不上我杀皮耶尔时用的凶器。"加藤浩低垂眼睑，露出一些哀伤，"言语也是凶器。我害死了他，我劝杀了他。"

看似复杂的东西往往有最简单的解决方案，只不过一个复杂的答案比简单的答案更让人信服。加藤浩就用一个复杂的解答哄骗了张启东他们。

什么无足迹密室，皮耶尔自杀不就有了吗？

"我没有办法，所有人都对我不满，若我不能控制住他们，他们就会把我撕碎。一开始，我们没对韩森浩说谎，皮耶尔真的受伤了，而且伤得不轻，他后来的表现给了你们一个错误的印象，以为皮耶尔只是轻伤。如果我们不能逃出去，皮耶尔就得不到及时的救治，他只有死路一条。于是……"

于是，加藤浩就利用了皮耶尔对他的忠心……加藤浩把自己的计划告诉了皮耶尔，让皮耶尔独自一人离开，自杀。

两处致命伤只是为了隐藏皮耶尔腹部的重伤，用新伤口混淆旧伤口，不让其他人在验尸时发现问题，毕竟费力杀死一个将死之人太过可疑了，所以必须隐瞒皮耶尔重伤的情况。两把刀也是特地为皮耶尔准备的,只有一把刀的话,不方便皮耶尔刺自己第二刀。为防止意外产生,加藤浩给了他两把刀,让他能直接刺两个致命伤出来,而皮耶尔也不愧为硬汉,最后顺利完成了这个任务。

阮山海对真相已经有了准备,他和五郎的推理也很接近真相,但亲耳听到加藤浩如何算计自己人,那种感觉还是完全不同的。

"你真可怕。"

"我再怎么可怕,也是这个下场。"加藤浩道,"人算不如天算,而且皮耶尔也是自愿的。像我们这样的幸存者也没有余力假清高。"

"什么人算不如天算,你是罪有应得。"

"哈哈,也许真的有因果报应呢。不过我现在信上帝或者皈依佛门也来不及了吧,地狱已经替我腾出位子了。"加藤浩自嘲道。

"那韩森浩是你杀的吗?"

"不是我。除了一开始,我们没有对韩森浩下过手。这个时候,我没有必要说谎。也可能是昆山或者张启东自作主张的,我并没有下命令让他们引韩森浩出来。韩森浩的死,问题应该出在你们那边。"

的确,韩森浩是狱警中最仇视囚犯的人,他不太可能私下和囚犯见面。

阮山海若有所悟,他从阿卡的尸体上摸出对讲机。这防水对讲机还能用,比电击棍靠谱多了。

"事到如今,你还想干什么?"

"要相信别人。"阮山海开始呼叫陈柯明。

"沙沙沙……喂,阿卡吗?你总算和我联系了,你那边怎么样了?"陈柯明的声音从对讲机里传出来。

"你怎么还没到?"

"别提了,刚才的堰塞湖的决堤让监狱里面的通道又坍塌了,我正在清理出一条路来。"

"别清理了,快走吧。"

"你,你不是阿卡。"

"我是阮山海。"

"阿卡呢?"陈柯明忙问道。

"他已经死了。"

陈柯明已经猜到了这件事。

"我也不会回来了,加藤浩也是。我们都快死了,别再赶来了,没有意义,早点从这个地方离开吧。对了,要小心……"

"要小心什么,我没听清。"

阮山海铆足劲,把对讲机往墙上丢去。

"哗啦"一声,对讲机摔得四分五裂,落入水中彻底报废。

陈柯明不知道阿卡、阮山海那里到底发生了什么,只听见一声巨响,然后对讲机就没了声音,只有沙沙声。

"喂,喂!小心什么?"陈柯明徒劳地追问道。

阮山海没法回应陈柯明了。

加藤浩饶有趣味地看着这一切，按捺不住好奇心问道："我想想，你是因为陈柯明没有离你们而去，而出言提醒，但为什么只说一半？"

"我是谁？"阮山海突然发问。

"你是本田俊二。"加藤浩没多想，挑了最简单的一个答案。

"不对。我是谁？我是罪犯，是囚犯。"阮山海解释道，"太帮着狱警是不是不太好？我出言提醒半句已经是仁至义尽了，他对我仁至义尽，我也对他仁至义尽。"

两人不再言语，准备静静等死。就在此时，他们一直惧怕的余震终于再度出现了，而且这次余震是最强烈的一次。阮山海觉得自己每个细胞都在随着余震颤抖，他的内脏就要顺着伤口跳到外面去。他们不像前几次那样惊恐，反而静下来感受这威力。

加藤浩大笑起来："这样的余震为什么不早点来，省得惹出这么多事，平白多了这么多麻烦。"加藤浩眼角泛着泪花，不知是不是笑出来的。

余震后两分钟，阮山海和加藤浩所在的地方坍塌了，两人几乎同时离世。

已知幸存人物：

序号	姓名	身份
1	陈柯明	狱警
2	五郎	囚犯

死亡人物：

序号	姓名	身份	死因
1	皮耶尔	囚犯	自杀死
2	彭苏泉	囚犯	坠落死
3	张启东	囚犯	重击死
4	韩森浩	狱警	遭刺杀
5	昆山	囚犯	被砍杀
6	阿卡	狱警	被砍杀
7	阮山海	囚犯	被砍杀
8	加藤浩	囚犯	被砍杀

第十章 山椒鱼

陈柯明待在电梯井当中，看下面的水越来越深，上面的通道越来越大，它就快成型了。

接到阿卡的消息后，陈柯明就带着五郎离开电梯井，赶去救援。

五郎建议他留下来，因为时间不等人。可他拒绝了，尽管那是对他来说最有利的做法。

可是救援之路并不顺利，通道堵住了，他和五郎试图绕路，在废墟中转悠了好一会儿，直到陈柯明收到了阿卡的第二条信息。五郎又建议他先回到电梯井，毕竟这次是阿卡亲口让他走的。

陈柯明心里有自己的想法，地震夺走了太多人的性命，内斗又让不少幸存者离他而去，他不想再放弃任何一个人了。他命令五郎和他一起搬开通道里的石头，尝试着开一条路出来。

只清理了一小半，对讲机又响了，这次是阮山海的信息。

一边的五郎终于松了一口气，他们都回不来了，他和陈柯明也就不用泡在水里浪费时间了。

陈柯明还坚持了一会儿，他大概是想见到阿卡和阮山海的尸体才肯死心。

然后余震发生了，这次的震动比前几次都要强，况且废墟遭受多次震动早就脆弱不堪，尤其是电梯井。五郎知道他不能再等了，于是，他放弃了劝说陈柯明，一个人往电梯井跑。

陈柯明看着五郎离开的背影，权衡之后，他追上了五郎。

"等等。"

五郎没有停下来等陈柯明的意思，现在时间就是生命。

蜘蛛山监狱废墟中各处都在渐渐崩坏，他们狂奔而过，好几次与落石擦肩而过。

五郎迫不及待，钻入了电梯井。

这个时候钻入电梯井并不明智，也许下一秒电梯井就会崩塌，可这是他们最后的机会了，如果他们不赶在崩塌之前进到二楼，那他们就会被活活淹死。

"等等，我先上去。"陈柯明拉住了五郎，挤在五郎前，爬进了洞里。他仿佛不怕受伤，用最快的速度钻了过去。然后，五郎脸色古怪地跟在陈柯明身后，也爬了进去。

两人用血肉之躯撑开了最后一段路。

这次余震大概持续了7分钟，在陈柯明和五郎钻出电梯井后，上方就有一大块混凝土落下，堵住了通道。

他们的运气不错。

待余震平息之后，五郎立刻离开，去寻找出路了。而陈柯明坐下来冷静思考阮山海未说完的话。

不多时，陈柯明听到了五郎的惨呼声。

"为什么会这样？"他跌跌撞撞地回来了，像是失去了灵魂，"我们没能逃出去，呵呵，我们没能逃出去。"

"怎么了？"

五郎一指走廊："你可以自己去看看。"

陈柯明走出电梯厅，走到走廊里，前面就是塌方，堵住了他们的生路。

陈柯明感到全身无力，他的灵魂也被抽走了，绝望包裹住他的心脏，这里是另一条绝路。

"你知道这是什么吗？俄罗斯套娃，我们被扣在了套娃里，钻出一层，外面还有一层。"五郎脸上满是绝望，眼泪在他眼里打转，他来回踱步，像是在找一个宣泄口，"我们逃不出去了，逃不出去了！死了，死了，我们死定了，不过是早晚罢了！"

他头抵在墙上，开始用拳头敲击墙面，咚咚咚咚咚……

他的情绪有些失控，精神在崩溃的边缘。

陈柯明捡起一块石头，藏到背后，冷冷看着发狂的五郎。

"放下吧，我都看到了。"五郎转过头，口角还留着涎水，"为什么不用电棍？"

"还湿着。"陈柯明简单地回答道。

"你都知道了?"

"刚才还不确定。"陈柯明说道,"现在就能肯定了。是阮山海的话给了我提示。"

五郎一笑,一拍脑门:"原来如此,虽然阮山海只说了'小心'两字,但透露的信息却不少。毕竟其他人都死了,你需要小心的就只剩下我了。"

"你是什么时候恢复记忆的?"陈柯明问,"此前你对我们一直没什么敌意,突然对我们下手只可能与你的记忆有关。"

事情发展到现在,脉络已经足够清晰了。

"就是那次余震。"五郎答道,"说实话,我现在也只是恢复了大部分记忆,一些重要的细节还是模糊不清的,比如名字。到现在为止,我能回忆起前天的晚饭,却记不起自己的名字。"

"所以你到底是什么人?一般的囚犯没必要杀人。"

"说来话长,我穿着囚犯服,一开始又和阮山海在一起,不光是你们,连我自己都以为自己是囚犯。余震之中,记忆突然浮现,我才明白自己的身份,我不是这里的囚犯,也不是工作人员。"

"那你究竟是什么人?"

"大概算是个毒贩。"五郎道。

"这个监狱里也有不少毒贩,可你是唯一一个会在这个时候杀人的。"

五郎回答道:"大概因为我不是这里的囚犯吧。我只是利用监狱独特的环境制毒贩毒而已。"

"你是混进监狱的?"陈柯明反应过来,"典狱长和你们是一伙的?"

"当然了,不然我怎么可能进来。"五郎说,"你们的典狱长将监狱分成数块区域,分别让不同的狱警管理,蜘蛛山监狱中的狱警一般不会涉足他人的辖区。典狱长就和他的党羽在隐蔽处建立了一座小工坊,五年前吧,监狱不是有个改造项目吗?就是那个时候,我们偷偷把设备安装进了监狱。工人都是囚犯,大概就七八个人。"

陈柯明根本没有想到蜘蛛山监狱里居然有个制毒窝点。

"这个监狱应该已经足够赚钱了。"陈柯明不敢相信这个事实。

"关于这点,我想没什么好疑惑的。"五郎道,"天底下没有人会觉得自己钱多。再者,监狱赚钱之处在于廉价的劳动力,可这个国家劳动力已经足够廉价了,收益有限。我记得有句话说,一旦有适当的利润,资本就大胆起来:有50%的利润,就铤而走险;为了100%的利润,就敢践踏一切人间法律;有300%的利润,就会使人敢犯任何罪行。而毒品的利润是几十倍,很少有人能抵御这种诱惑。"

"为什么会选择这里?"陈柯明问,"阮山海说过你可能是日本人,为什么要远赴异国制毒?"

"你这是两个问题。选择监狱是因为外面实在太危险了,同行斗争,警方也咬着我们不放。对于罪犯来说,监狱可能是最安全的地方。没有人会想到监狱会是罪犯的大本营。我们的技师故意犯点罪,被判个三五年,押入蜘蛛山监狱,就能不受打扰地安心工作了。旁边的蜘蛛山里还能种植一些原料,而成品可以混入监狱工厂的货物里运出去。选择这个国家则是因为这里本来就是毒品大国,这里出产的毒品占据全亚洲近三分之一的市场份额,走私航路相对成熟。换句话说,我的组织可以在这里制毒,然后运回日本销售。这样比我们从其他毒贩手里购买毒品要盈利更多。"

"为什么不在你们国内?"

"在国内容易被盯上。"

"你们具体在生产什么?"

五郎回答:"都有吧,主要是冰毒,依靠蜘蛛山的作物也有一些传统的毒品。"

"真可怕。"

"可怕吗?可这是赚钱的生意。"

"有时候赚钱就等于可怕,你的良心不会痛吗?"

"不会痛了。是时代选择了我们,因为有需求,所以才有我们。"五郎说道,"在我记忆里,我是为了扩大生产才到这里来的。毕竟我们的时代就快到了。"

"你们的时代?"

"高速发展的经济停滞了,无数泡沫在现实的骄阳下破碎。日本就像个一路狂奔的青年,先前什么也不管,只要埋头跃进就可以了,突然,天黑了,脚下的路也消失了,他失去了方向。他的精力无处发泄,这样下去,他迟早会发疯。毒品就是个不错的选择。毒品和烟酒没有不同,只是效果更好一点。高兴的时候会让你更高兴,伤心时会让你忘记悲伤,快乐起来。"

可人会高兴是因为有值得高兴的事情,伤心也是因为有伤心事,单纯依赖药物获得快乐,于事无补,现实中高兴的事、伤心的事依然不变,而人则可能陷入虚假的快乐中无法自拔。这些都是五郎没有提到的。

"也许你并不知道,很快日本就要成为毒品最好卖的国家了,这个市场是巨大的。"五郎道,"而且在日本走私和携带毒品还不会被判处死刑,这个国家太适合贩毒了。我来告诉你这个行业的历史。"

"说到这点,你的记性居然就好了起来。"陈柯明嘲讽道。

"也许是因为日本人都比较敬业吧,和自己职业有关的东西都会深深记在心里。"

1893年,日本化学家长井长义首次利用麻黄碱合成了甲基苯丙胺,也就是冰毒。1936年,德国科学家迈耳发表论文,指出服用甲基苯丙胺能消除疲劳、提高工作能力。

此消息一经发布,立刻引起社会各界,尤其是军方的关注。

当时处于二战时期的德国、日本等国就将甲基苯丙胺列为军需药品。日本在朝鲜等地建立制药工厂，大量生产甲基苯丙胺。

日本士兵称甲基苯丙胺为"猫目锭""突击锭"或"空击锭"。服用甲基苯丙胺后，可以不知疲倦地持续战斗，甚至呈现疯狂的精神状态，因此它又被称作"觉醒剂"。但战争期间，甲基苯丙胺主要在军队中作为军需品使用，在普通大众中使用并不多，人们还没意识到它的成瘾性。

战后，悲观情绪在全民中蔓延，国民迫切希望寻求精神刺激，因此日本医药公司和军队中库存的冰毒开始涌入市场，迅速在日本流行。

到20世纪40年代末期，冰毒在日本的滥用越来越普遍，逐渐成为一个严重的社会问题，社会上甚至出现了"觉醒剂将毁灭日本"的预言。

因此，1951年日本政府颁布了《觉醒剂取缔法》，把冰毒的制造、贩卖、持有和使用定为犯罪。立法后，相关犯罪人数就开始持续减少，但从1970年开始，又再度回升。这和当时的经济有一定的关系，二战后日本经济先是快速复苏，然后高速增长，并一直持续到1970年，之后经济进入低速增长阶段。

在此期间，日本还有其他毒品的影子。

比如大麻，在明治时期，大麻就被当作治疗哮喘的药物广泛应用。战争时期，大麻在日本也被大量栽培，用大麻生产的很多产品都是日军的军需品。二战后，美国主导的日本法律对大麻栽培进行了严格限制。但至今为止，日本大麻的栽培、吸食都没能完全禁止。无论是过去还是现代，很多人都没有将大麻当作毒品来对待，一些年轻人仅仅将其作为相对"特殊"的烟草。

再比如有机溶剂，随着嬉皮士文化在全世界范围内流行，致幻剂的滥用也开始普遍，但在日本要想获得致幻剂非常困难，因此有机溶剂就成了致幻剂的替代品。1967年，有机溶剂最先在东京新宿附近晃荡的嬉皮士中滥用开来。之后几年，嬉皮士群体很快就消失在时代变迁中，但是有机溶剂却在年轻人中持续流行。

毒品的传播在日本随着法律法规和社会形势变动而起起落落，但有一点不会错，经济越低迷，社会就越需要毒品。日本经济从1970年后就进入低速增长阶段。到1991年，经济开始进入停滞阶段，因此日本毒品的时代又来了。

"多么波澜壮阔的史诗啊，你从这一角就能推测出近代的历史。"

"说得再多，你也只是想说你们要开始赚大钱了，所以在蜘蛛山监狱建了制毒作坊。而史诗是不存在的，它不过是史海上浮着的污物。"

"肮脏吗？之前我也说过毒品和烟酒一样，只是助兴的东西。"

"你疯了。"陈柯明道。他曾听闻过一些瘾君子的故事，最后都以悲剧结尾，因此他对毒品充满厌恶。

"错的又不是我们，真的要说有错的话，也是滥用者自己的错。有人用水果刀自杀，难道要追究制刀者的责任吗？小孩子因为吃糖而患龋齿，要怪罪糖果厂吗？有人酗酒，酒厂又有什么错？"

五郎看了看陈柯明的脸色，发现他脸上满是鄙夷，苦笑道："算了，我也是在浪费时间，我知道你们对我们的看法，一时之间也难以改变。回归正题吧，我本是来监狱看看工坊的，最近的产品质量有些不佳，我想来看看是出了什么问题，然后商讨扩大生产的事情。"五郎道，"白天来还是太招摇了，于是我穿上了囚服，伪装成囚犯，晚上前来，结果遇到了大地震，就我一个人活了下来，偏偏还失忆了。"

"如果我们和你出去，你的身份就会暴露。"陈柯明道。

"是的，我本来就不该出现在监狱里，你们看到了我的样子，一旦追究我的来源，说不定就会牵扯出不得了的大事。"五郎道，"所以最好的办法就是借助你们之间的矛盾将你们全部灭口。"

这就是五郎的动机。

"还真是可怕。"陈柯明问道，"所以后来的案子都是你犯的？"

"之前我没有记忆，既没有时间，也没有动机。所以我也只犯下了一小部分案子。"

人是很奇怪的生物，在同样的情景中，不同人的表现可能完全相反，处在困境中，有些人会乐意分享自己的秘密。作为坏人，无论他们怎么说，他们活得还是很压抑，肆无忌惮地倾诉，也是一种解压方式。

"彭苏泉是我杀的,我在余震中寻回了一些记忆。也是因为记忆如海潮般席卷而来,我才会晕厥。醒来后,我知道彭苏泉不幸跌落了,于是自告奋勇下去查看。"五郎说道,"我没有细想,可也明白这对我来说是个不错的机会。"

"什么机会?"

"加深狱警和囚犯矛盾的机会。"五郎继续说道,"等我到了下面立刻就找到了摔下去的彭苏泉。他倒在冷水中,身体还温热着,我探了探他的鼻息,他还活着,虽然他缓过来的可能性不大,但我还是举起了石头,杀了他。反正我也不会损失什么,就算张启东他们怀疑,也只会怪罪你们。"

"那张启东呢?"

"我假扮韩森浩杀了张启东。"

"张启东怎么会和你见面?反正他绝不会和韩森浩见面的。"陈柯明问。

"我当然是用我的身份和张启东见面的,他看到我的打扮还吓了一跳。"五郎道,"我和他之前就有过联系。还记得彭苏泉死后,是谁安置他的尸体的吗?"

那个时候,陈柯明让五郎和张启东一起搬运彭苏泉的尸体。他们居然借此勾搭在了一起。

"就是在那个时候?"陈柯明瞪大了眼睛。

"就是那个时候,我和张启东有了独处的时间。"五郎说道,"张启东抬着彭苏泉的尸体,内心惶恐,害怕自己成为下一个死者。阿卡不是还和昆山一起下去捞彭苏泉的尸体吗?他觉得阿卡是在拉拢昆山,对付他。张启东是个胆小的可怜虫,不想死。于是,他就拉拢了我,我也趁机和他做了个交易。他不可能和狱警合作,又觉得阮山海那人信不过,也就只有我,浑浑噩噩的,最合适做他的同伙。"

"你们到底做了什么交易?"

"啊,很简单,也不下作。"五郎回答道,"如果囚犯占据优势,在关键一刻,我倒戈帮他们,这样一来,张启东就是加藤浩的功臣,我也能逃过一劫。如果狱警占据优势,那就他倒戈,我和他一起帮你们。"

"你们打得一手好算盘。无论如何,你们总能得到好处。"

"他也只是想活下去而已。加藤浩定下的计划失败,堰塞湖的水流又威胁着他们的生存。"五郎说道,"张启东终于下定了决心,准备倒向你们,所以他来找我。因为抱有私心,他肯定不会告诉其他囚犯是来见我的。"

"因此你可以神不知鬼不觉地杀害他。"陈柯明道。

"正是如此,他只是想活下去,而我则是想杀了你们所有人。"

"有点心疼张启东了。"

"之前搜罗资源,不是搜出几套制服吗?我偷了一套。韩森浩被皮耶尔打了一顿，头上和脸上都有伤，裹着绷带。我和他的身高又接近，穿上狱警制服，脸上也裹上绷带，在昏暗的情况下，人人都会把我当成韩森浩。我就这样假扮韩森浩去见张启东。"

"看来你筹谋很久了。"

"当然。"五郎说道，"这还是阮山海给我的灵感，当时我只记得假面骑士，他也乐于和我谈论假面骑士。《假面骑士 Super 1》，也就是超 1 号，最初是为了摆脱旧骑士的影响开创的一个新系列，结果没能成功，Super 1 还是被定位成第 9 号骑士，有 9 自然就有 1 和 2。"

"假面骑士的造型是以蝗虫为蓝本，有惊人的跳跃力和踢腿力。本乡猛变身的假面骑士为'假面骑士 1 号'，一文字隼人变身的为'假面骑士 2 号'。"五郎道，"但是假面骑士 2 号的出场完全就是意外，在制片之初，并没有假面骑士 2 号的设定。在拍摄的过程中，饰演假面骑士 1 号本乡猛的演员藤冈弘在拍摄飞车戏时不慎摔倒，人与车飞出去十几米，全身骨折，在医院住了好几个月。所以找来他的搭档扮演假面骑士 2 号，而需要藤冈弘出场的镜头，是由受伤前拍好的镜头拼合替身演员拍的变身后的镜头制作出来的。"

"替身演员啊。"

"再告诉你一件事，如果是第一次接触假面骑士的人很有可能分不清 1 号和 2 号，两位骑士的造型很接近。想要区分其实也简单：1号是银色手套靴子，身上两条线；而2号是红色的，身上一条线。"五郎道，"但一般人很难注意到这些细节。"

只要大致一样，在特殊的环境中，足可以假乱真，如替身演员。再如特摄剧，只要皮套不变，里面的演员再怎么变，外人也会认为是同一个英雄或者同一个怪兽。

"对我来说，绷带和制服就是伪装，只要有了这两样，我就能扮成韩森浩。"五郎道，"我趁张启东不注意，杀了他，然后故意拖着尸体到囚犯的地方走了一圈，确保我的这副样子被人目击。"

"囚犯们看到韩森浩杀了张启东，势必会找我们拼命。"陈柯明点了点头，"确实是个不错的计划。但你这样惹恼囚犯难道不怕连累自己吗？毕竟你是我们这方的人，他们也不会放过你。"

"我杀了张启东，囚犯就只剩下两人。你们三人还对付不了两个人吗？而我就等你们两败俱伤，成为最后的赢家，从容地离开这里。"

"你就不怕在半路遇到真的韩森浩而露馅吗？"

五郎回答道："其实那个时候韩森浩已经死了。"

陈柯明皱紧眉头："你杀了韩森浩？那时间呢？你杀了韩森浩，然后弃尸，再折回来杀害张启东，还要去转一圈，你哪来的时间？"

五郎摇了摇头："我根本就没有杀韩森浩。严格来说，我也只是送了彭苏泉一程，帮他解脱。我杀的人，其实只有张启东一个而已。"

"那韩森浩是怎么回事?"

"不知道,我发现韩森浩死在了角落,身上没有致命伤口,他胸口的伤,是我后来添上的。"五郎道,"我猜韩森浩可能是病逝,也可能重伤而死,这可能与他时不时消失有关。而且我也没专门弃尸,我只是把韩森浩的尸体放回了水里,挑了一条水流相对急、岔路又少的路,让流水把尸体冲到下面。"

"是吗?"陈柯明盯着五郎。

他怎么可能会相信他?陈柯明继续散发着对五郎的敌意,慢慢退后。

"是的。"

"还有一个问题,你溜出去杀了张启东,阮山海为什么不怀疑你?"

"他一直都在怀疑我,只是不会说透而已。"五郎笑道,"其实投靠你们狱警的囚犯没有一个是真心的,包括阮山海。你现在还没有想明白吗?袭击加藤浩的人就是阮山海。从他对假面骑士的了解程度和言行中,我敢确定他也是日本人。一个日本人掩藏自己身份不远万里进了蜘蛛山监狱,一定有不可告人的秘密。"

"加藤浩是阮山海的仇人?"

"没错,阮山海想复仇,也需要借用狱警的力量。可狱警不想对囚犯赶尽杀绝,他也没机会除掉加藤浩,所以他默许我加剧你们和加藤浩之间的矛盾。"

"这样一来就都说得通了。"陈柯明对五郎说道,"那现在你想干什么,继续你的计划,杀了我吗?"

五郎跑到陈柯明的对角,与他拉开了距离,坐了下来,道:"不了,水还在上涨,也许再过不久,我们都淹死了呢。之前我们以为到了二层就能出去,以为二层就在地上,多可笑,多天真。也许二层也在地下,到时候水也会淹没这里,就算不被淹死,我们也可能会被困死。我想休息一会儿。"

两人的生死大战没有开启,他们就窝在各自的角落,舔舐自己的伤口。

累,好累。
饿,好饿。
当情绪冷静下来之后,疲倦打倒了陈柯明和五郎。
他们上来的时候太匆忙,什么都没带。
陈柯明起身在这块不大的区域里寻找可以利用的东西,过了不久,他空手而归。
倒是五郎从口袋里掏出了一小包食物,这是他私藏的。他就像一只耗子一样窝在角落慢慢进食。
陈柯明听着五郎细细的咀嚼声,更感饥饿,他只能去喝些冷水。
等陈柯明装满一肚子水后,五郎突然开腔道:"水声好像小下去了。水位不再上涨了吗？"

陈柯明打开手电筒，透过缝隙，看向电梯井下："没有再上升，在距离我们30厘米的地方停下了。"

"看来这里确实是地上。"五郎道，"不知是我们的幸运还是不幸。"

"活得久一点不好吗？也许会有转机。"陈柯明关上手电筒，躺下来休息。

他们不会被淹死，却面临着受困、饥饿的问题。陈柯明和五郎的处境都很艰难，尤其是五郎。

五郎吃掉了自己身上最后一点食物，肠胃得到些许慰藉，然后开始渴求更多。当他满足不了贪婪的肠胃，肠胃就开始躁动，狂暴地抗议，肚子里像是有一块红炭在滚动，烧灼感从某个点似涟漪一般泛开，来回折磨饥饿者。那种感觉渐渐地蔓延到了全身……

为了镇压肠胃，五郎也去喝下面的冷水。

他喝完了水，沉思了片刻，忍耐着反胃道："你不会觉得恶心吗？我突然想到下面都是死人，上面也都是死人。我们喝的水都泡过尸体。"

"你可以不喝。"陈柯明被五郎恶心到了，但他没有其他选择，为了活下去喝点脏水又有什么关系？

虽然五郎嘴上这样说，可他还是喝了水。

冷水灌入胃袋，就像是在伤口上敷冰块，暂缓痛楚。

短暂的交谈后，两人再次陷入沉默中。又过了很久很久，久到他们都要睡去了。

黑暗中忽然起了一阵风，风从五郎口中呼出，带出了一句奇怪的话。

"我干了件多蠢的事啊。"

陈柯明一愣，他不知道该如何答话。

"这群没有自由的家伙！

"你就一辈子在这儿关着吧！"五郎接连说道。

"你在自言自语些什么？"陈柯明问。

"你这傻瓜。"

陈柯明问五郎："你是疯了吗？"

"在我浑浑噩噩就要睡去的时候，我突然想起了这样一段话。"五郎道。

陈柯明琢磨着五郎刚说的几句话，他恍然大悟："你这傻瓜。"

"你是傻瓜。"五郎回道。

他们对上词了，这是井伏鳟二的名作《山椒鱼》里的对话。这篇小说还被选入日本教科书。五郎知道这篇小说并不奇怪，而陈柯明也恰好看过这篇杰作。

它讲述山椒鱼在岩洞中生活，长大，然后发现自己长得太大，再也出不去了，直到一只青蛙误入岩洞，打乱了它乏味的生活。

山椒鱼很伤心。

它试着从它的栖身之所——那个岩洞——游到外面去，却发现它再也出不去了。它的大脑袋卡在了洞口。对它来说，这个洞口未免也太小了。这里将成为它终身的栖身之所。而且还那么昏暗。它勉强试着要挤出去，却无非是把自己的头变成塞在洞口的栓子。

"我干了件多蠢的事啊！"

它想试着在这仅有的范围里活动活动，就像人们冥思苦想时在屋里走来走去那样。不过就它的这个住处，要想活动开，也未免太不宽敞了，它只能把身体前后左右地晃晃摆摆而已。结果，就这么蹭着、碰着岩壁上滑溜溜的水垢，终于，它觉着自己浑身上下都长满苔藓了。

山椒鱼能从岩洞的洞口看到一个大大的积潭。潭底长着丛水藻，它们快活地发育着，一根根细细的茎，直直地长向水面。触到水面时突然停止了发育，在空中露着它的小花。很多鳉鱼都在水藻里穿梭。它们在水藻丛中结成群，努力不被水流冲散，也成群地左摇右晃。如果它们中的一只搞错了方向向左游去，其他的也不服输地向左游，如果有一只因为水藻挡了路不得不朝右转，那其他的鱼也无一例外地跟着它一起朝右转。所以，它们中的任何一只想要从同伴中自由地逃开的话，也是相当不容易的。

山椒鱼看着这些小鱼，不由得笑道："这群没有自由的家伙！"

一天，它让一只从洞口混进来的青蛙再也出不去了。这青蛙因为山椒鱼把头塞在洞口作栓子，只得狼狈地爬上了洞壁，跳上洞顶搂住钱苔藓的绿鳞。这只青蛙就是那只刚刚还快活地在积潭里游上游下惹得山椒鱼艳羡的青蛙。如果它一个不小心滑下来的话，山椒鱼这个无赖就正在下边等着它呢。

山椒鱼对于能把对方置于与自己相同处境的做法感到很痛快。

"你就一辈子在这儿关着吧！"

这家伙的诅咒只起了一时的作用。青蛙小心翼翼地爬进岩洞的凹壁里。它相信在这儿不会有问题，所以它从凹壁里露出个脑袋来，说道："我无所谓。"

"你给我出来！"

山椒鱼生气地叫着。就这么着，它们开始了激烈的口角。

"出不出来是我的自由。"

"好啊，那你就这么自由着吧！"

"你这傻瓜！"

"你是傻瓜！"

它们无数次地重复着这种攻击性言辞。翌日，翌日的翌日，都用相同的话贯彻着自己的主张。

一年过去了。山椒鱼的大脑袋出不了洞口这回事，好像已经给对方看穿了。

"你的脑袋卡在那儿出不去了吧！"

"你不是也出不来嘛！"

"那你出去一个给我看看呀！"

"你下来一个给我看看呀！"

又一年过去了。

两个矿物再次变成两个生物。不过它们今年夏天一直沉默着，小心着不让对方听见自己的叹气声。

不过，比山椒鱼早了一步，凹壁里的那位，不小心叹了深深的一口气。那只是"啊……"的一阵小小的风声。和去年一样，杉苔藓的花粉纷落的样子引得它叹了这口气。

山椒鱼没道理听不到这叹息。它抬头看着上边的那位，眼里还带了友好，问道：

"你，刚才是叹了一大口气吧？"

对方不友好地回答道："那又怎么样？"

"不要说这样的话。你，已经可以从那儿下来了。"

"我空着肚子，动弹不了了。"

"那，已经不行了吗？"

对方答道："好像已经不行了。"

过了好一阵子，山椒鱼问："你现在在想些什么呢？"

对方毫不介意地说："我现在，已经不那么生你的气了。"

某种程度上来说，这篇小说恰好能反映两人的状况。不同点是，两人一开始就被困在这里，正是由于一些人的胡闹和互斗，他们才失去了逃生的机会。

陈柯明揣摩着五郎的用意，他难道是想求和？

仿佛是为了解答陈柯明的疑惑，五郎苦笑着继续说道："早知道会遇到这样的困境，我又怎么会……"他没有继续说下去，最后只是长叹一声，"一切都没有意义了。"

陈柯明点了点头。

"但是死者不会这样想。他们不会觉得他们的死没有意义。"

"这么说来你想替他们报仇？"

"如果不是你，阿卡和阮山海也不会死。"陈柯明道，"不过我不是你，我不会对你下手的。"

"说得我好像真的十恶不赦一样。其实，我也曾经是一个好人，至少一开始，我对你们没有恶意。"五郎道，"我是突然恢复记忆的，那一瞬间得知了自己的身份，你们全是我的敌人，我必须尽快把你们除掉。我能怎么办？我也很绝望。而且在我恢复记忆之前，也已经有人被谋杀了。我只能顺势而为。"

"但同样的环境中，有些人为善，有些人却会作恶。"陈柯明道。

"那我善的那部分大概已经被杀死了。"五郎有些落寞地说道，"还记得我和阮山海一起讨论假面骑士。韩森浩说'都是成年人了，还沉浸在欺骗小孩的幻想里'，那个时候我还失忆着，唯一清楚的就是儿时的英雄，想来我小时候也是个好孩子，憧憬英雄，想击败邪恶，拯救世界，但随着成长，我却成为了邪恶的一方。"

憧憬英雄的，没有坏人。但人总会成长，染上各种各样的颜色。

"我在余震中恢复了记忆，一下子从'小孩子的幻想里'被拽出来。我就在那一刻突然长大了，从憧憬英雄的孩子变成利欲熏心的成人，连梦也不能做了。"五郎道，"我彻底成了恶人。但是恶人也累了。"

"在你犯了这么多事后，你还想得到安宁？"

五郎没有在意陈柯明的嘲讽。

"人的脸皮厚才能过得好。"他说道，"我只想安静地度过最后的时光，不希望眼睛一闭上就做被谋杀的梦。"

在这点上，陈柯明也是这样想的，他主动和五郎拉开了更远的距离。

"现在我只想睡一觉。"陈柯明犹豫了一会儿，说道，"你不过来，我也不会过去。"他躺在干燥的地方假寐，时刻关注着五郎的一举一动，陈柯明无法如此轻易相信五郎，只能先口头上答应。

他们已经失去了物资，为了能等到救援，他们必须尽可能降低自己的消耗，这时候睡觉是最好的选择。

五郎睡得并不安稳。

陈柯明感觉到五郎在电梯厅另一头不断翻身，不时呢喃些梦话。过了很久，他才安静下来，传出均匀的呼吸声。

陈柯明又等了好久，确认五郎是真的睡着了，才放下戒心。在饥饿和疲惫的双重折磨下，他的眼皮也越来越重……五郎的呼吸也像一首摇篮曲，将陈柯明往梦乡拖。其间，他惊醒数次，五郎没有任何反常之处。陈柯明终于受不了了，他在梦中落得越来越深。

大概就这样挨过了一天，四周一片黑暗、混沌，如深深的海底一般。陈柯明陷入半梦半醒之间，仿佛一只形状不规则的深海动物，蜷缩起身子，以便应对来自黑暗中的伤害，他意识深处总留着一丝清明。

然后是两天、三天……到了最后，陈柯明已经懒得去计算时间了。废墟之中弥漫着一股臭气，是尸体在高温中腐烂了，连带着水里也有怪味。

这味道仿佛无处不在，不光是水和空气中，他们自己身上也散发出这种味道。恍然之中，陈柯明觉得自己死了很久了，他也不过是一具躺在废墟中的尸体，慢慢腐烂，只剩下脑子还没彻底死去。

脚步声的碎响传入陈柯明的耳朵。

是五郎，他在黑暗中踮起了脚尖尽量不发出响声，试图悄悄靠近陈柯明。可在这片黑暗里，任何动静都像雷鸣般明显。

陈柯明还未醒来，死亡离他越来越近。五郎却犯了个错误，在黑暗中，他高举着凶器，末端不慎撞到了什么，发出一声脆响。

这一声惊扰了陈柯明，他睁开了眼睛。

"干什么？"陈柯明的身体抽动了一下，如弹簧一般从地上跃起。

一道强光从陈柯明的手心射出，刺痛了五郎的眼。狱警的手电本就是防身道具，爆闪功能可让对手在短时间内暂时失明眩晕。

陈柯明知道五郎来者不善，为了自卫，用力一推。而五郎还处于眩晕中，没做出丝毫抵抗，就被狠狠推倒。

他仰面倒了下去，后背撞上废墟。废墟上伸出一截钢筋，前端尖锐，似剑一般，直直刺入五郎的背，又从腹部冒出来。

五郎惨呼一声，生命快速地从他体内流走。他想苦笑，却吐出了一口殷红的血。

陈柯明伸手想要抓住五郎，把他拉起来。

"别动我，我活不了了。"五郎清楚知道自己的处境，钢筋刺破了他的内脏，他正在大量失血，挪动他只会让血流得更快。

而在他死前，陈柯明还有疑问要解决。

"为什么你要这样做，不是说好了吗？"陈柯明问了一个有些幼稚的问题。他不明白已经到了这个境地，为什么五郎还想着内斗。

"连三岁小孩都知道，坏人的话不能信。"五郎笑了，以致牵动腹部伤口，流出更多的血。他开始回答陈柯明的问题，"是惯性，不是物理学上的惯性，而是人的。人也有惯性，我本想与你和解，曾有过一刻，我绝对是真心的。但我被惯性控制了。

"我做了这么多事情，从我失忆到恢复记忆，我一直在做这件事，它就要成功了，可它突然变得毫无意义。惯性就是让我完成最后一点，不然前面就太可惜了。"

五郎想了想又补充了几句："而且坏人不可能立刻变好，好人也不可能立即变坏。人脱离自己原有的轨道会失去很多东西，所以他们不愿改变。"

"坏人不可能幡然悔悟，变成好人的，我明白你的意思。可你已经没什么好失去了，那为什么不改变？"陈柯明说道，"上天给了你再次做一个好人的机会。"

"既然我没什么好失去了，那我为什么要改变？这也是惯性的一部分。"五郎眯着眼，大口喘气，失血和疼痛让他感到无限的疲劳，"再说，我当然是因为利益才会这样做。我杀了你，我就能活得比你久，得救的可能也就更大一点，就算只是为了那一点可能性，我也要去争取。而且我被救出去后知道内情的人也都死了，我一开始的目的也达到了。但现在说什么都晚了，我不是山椒鱼，你也不是什么青蛙，可最后还是你赢了！"

陈柯明叹了一口气，摇了摇头，不明白自己赢在哪里。

"在困境中人什么事情都做得出来，到时候你就会懂了，总之，恭喜你。"

五郎的目光中、话语中都像藏着魔鬼，他吐出最后一个词，低下了头颅。这个来自异国的毒品贩子闭上了眼睛。

陈柯明放弃了继续思考，答案触手可及，但他不想再想了，这个废墟之中已经发生过足够多丑恶的事了。

"唉……"

陈柯明深深叹息，现在这里只有他一个活人了。他缩到一角，接着休息，保存体力，等候不知何时才来的救援。

又过了很久，久到陈柯明都感到了麻木，他如一株萎奄的植物，凭着本能在死死坚持。就在这样的混沌中，外面传来了人的脚步声和犬吠声。救援队终于来了。

有人来了，我，我还活着，救救我……

可虚弱的他发不出一丝声音。

救援队就在上面晃荡。陈柯明无比惊恐，他怕救援队无法找到他，他怕被丢下，他怕死亡。陈柯明用干枯的手握住石块想要敲击地面，可他弄出的动静实在太小，他需要一种更加有效的方法。

突然，陈柯明想起了一件事——在搜罗物资时，阮山海那家伙带了塑料泡沫回来。阿卡说起过阮山海带它回来的原因，其中有个原因是，塑料制品燃烧会产生明显的黑烟，增加受困者被发现的可能性。阿卡借此笑话了阮山海很久。

橡胶塑料制品，陈柯明手边就有。现代生活中，塑料到处都是。但打火机已经没油了,陈柯明哆嗦着试了几次都没打出火来。

陈柯明松开了无用的打火机,好在他知道不止一种生火法。他继续在自己怀里摸索着,手电筒还在,怀里的香烟盒也在,幸好没有丢掉烟盒。

烟盒和手电,这些就足够了。

陈柯明将手电筒打开,抖出电池,然后撕下一段香烟盒内的锡纸,将锡纸的两端按在电池两端。

薄薄的一条锡纸就变成了连通正负极的导线。这个简易电路处于短路之中,迅速升温,锡纸马上就冒出了火苗。

陈柯明抓过近处的塑料制品点燃。

滚滚黑烟立刻就冒了出来,如同一条顽强的蛇往废墟外爬。跳动的火焰距离陈柯明并不远,他没多余的力气将火焰挪远了。炙热的火光照着陈柯明的脸,刺鼻的烟气直往陈柯明鼻腔内冲。

陈柯明晕了,脑子如在旋风中一样,骨碌碌地旋转,没有一个尽头。他眼前的火光激烈地抖动了一下,像是吐出了最后一口气,倒了下去。

但声音却越来越响。

"喂,坚持住……"

救援队靠着黑烟发现了陈柯明。

"下面的人听着,你已经没事了,我们很快就救你出来。"

废墟上的救援队有了方向。

任何事情只要有了方向，进展就会加快。救援者不时鼓励陈柯明，陈柯明也尽自己所能，弄出点动静，告诉他们自己还好。不知何时起，空气中出现了一股香甜的气味，陈柯明半张脸湿了，他摸索着找到一条手指粗细的橡胶管，里面冒着香甜的气息——

是牛奶，甜牛奶。

陈柯明抓住橡胶管，放进了嘴里。牛奶缓缓流过他的喉咙，进入他干瘪、空虚的肠胃。这是他这辈子喝过最美味的东西。

牛奶中的热量和营养让陈柯明又活了过来，他像久旱的枯草得到了雨水的滋润，舒展枝条，吐出新绿。

整整一天，陈柯明上方的石块才被清理干净。

时值午后，日光斜斜照射进废墟，宛如电影画面一般。人群喧嚣着，将陈柯明搬出废墟，就像在迎接一个英雄。

陈柯明眯着眼睛，过了一会儿，他才适应光明，他尽力向其他人挥手表示感谢。可当陈柯明一扭头，就看到了还在废墟之中的五郎。

五郎被刺穿在钢筋上，维持着后仰倒下的姿态，好似十字架上的殉道者，他殉了自己的道，嘴角保持着若有似无的笑。

陈柯明在心底对五郎说了一声"永别"。现在，他不需要理解五郎最后的意图了。

他转而细看晴天，蔚蓝色的天空晶莹透明，点缀着白花似的云朵，在缥缈的半空中变换着形状，如梦似幻。外界新鲜的空气充盈着陈柯明的鼻腔，里面混着花草和阳光的气息，它们钻进他的肺里，融入他的血液，他每个细胞都在高兴得颤抖。

多年后垂危的陈柯明躺在病床上，身边围着十几位亲人。他浑浑噩噩的时候想的不是自己死后会如何，而是想起那个下午，他被抬出废墟再度看到的世界。

整所蜘蛛山监狱只有他一个幸存者。不是每个人都会得救，但能得救的势必是人。

幸存人物：

序号	姓名	身份
1	陈柯明	狱警

死亡人物：

序号	姓名	身份	死因
1	皮耶尔	囚犯	自杀死
2	彭苏泉	囚犯	坠落死
3	张启东	囚犯	重击死
4	韩森浩	狱警	重伤死
5	昆山	囚犯	被砍杀
6	阿卡	狱警	被砍杀
7	阮山海	囚犯	被砍杀
8	加藤浩	囚犯	被砍杀
9	五郎	毒贩	刺穿死

尾声

陈柯明躺在医院洁白的床铺上，悠悠醒来。一开始，他对得救没有实感，总害怕自己一觉醒来还在地狱中。经过心理咨询，他才确定自己真的得救了，过往的一切就像一场噩梦，醒了就烟消云散。除此之外，他并没有多大的问题，慢慢休养就可恢复。

更令人惊喜的是，陈柯明的家人在这场地震中也都无事，只有他妻子受了一点轻伤。他们已经赶来照顾陈柯明了。

而陈柯明恢复精神后也第一时间找来了警方，将他所知道的事情和盘托出。

警方立刻开展了调查，在蜘蛛山监狱废墟之中找到了用来制毒的设备，由此追查出一桩大案。当然这是后话。

对于陈柯明来说，他在警方的帮助下得到了真相的最后一块碎片。

五郎没有说谎，在当时的环境下，他也没有说谎的必要，他确实没有杀害韩森浩。

警方对废墟中的每具尸体都进行了细致的尸检。尸检结果表明，韩森浩死于颅内出血。其实当时韩森浩的种种举动已经显示出了颅内出血的症状，如果有医生在，他们早就能看出韩森浩的问题。

人的心跳、呼吸、血压、脉搏等生命中枢都在脑干，脑干出血会压迫生命中枢，视出血点的位置而定会出现不同症状，如心跳、血压、呼吸不稳，体温过高，呕吐等症状，其中呕吐最为严重。在被皮耶尔袭击后，韩森浩就一直处于生死之间，出现了上述的症状。

韩森浩多次远离他人就是由于身体不适。对于他这种行为，陈柯明倒是能理解一二。

不少动物在临死前都会本能地藏起自己。也许韩森浩就是受到了这种本能的驱使……也许他仅仅是害怕被抛弃，毕竟求生的路上，伤者往往被率先抛弃……也许他是怕自己露出脆弱的一面会再度成为囚犯攻击的目标……于是，他悄然离去偷偷度过自己的虚弱期，等恢复一点，才再出现在他们的面前。在最后一次消失时，他伤重逝世了。五郎利用韩森浩的尸体进一步激化了狱警和囚犯之间的矛盾。

而且皮耶尔的伤势也很奇怪，他的两处刀伤应该是同时造成的，其中一处还撕裂了原来的伤口。进一步检查后，法医得出结论，当时皮耶尔身上的致命伤其实有三处，其中两处的位置重合了。排除所有可能后，最不可能的就是真相——皮耶尔是自杀的。

陈柯明将废墟中发生的事情梳理一下，拼凑出了谜底。皮耶尔是自杀，他在地震中受了重伤，活不了多久，于是就用自己的死成全了加藤浩。而韩森浩是死于颅内出血，他是被皮耶尔打伤的，换而言之是皮耶尔杀了他。

因果在时间轴上形成了环。囚犯们因为皮耶尔的死而敌视狱警，但他其实是死于地震。狱警想为韩森浩报仇，在最后关头追杀囚犯，可杀害韩森浩的凶手皮耶尔早已在一开始就死去了。

上天让皮耶尔和韩森浩多活了一段时间，就是这么一段时间牵扯出了这么多的事情，让加藤浩、五郎他们都被假象蒙蔽，从而踏上了死路。

陈柯明床头放着一本短篇小说集，他重温了一遍《山椒鱼》，五郎提出的这篇小说与他们当时的境地何其相似。在冥冥之中，他们成了彼此的"山椒鱼"。人，有时候要明白天意，究竟有多难？

外一篇
蜘蛛之茧

这是一个过去很久的故事，久到它的细节已经泛黄，渐渐剥落，只剩下一些模糊、黏稠的碎片，在岁月的拉扯下抽成丝状，慢慢将你包裹，形成了一个蜘蛛茧。

蜘蛛的茧和其他的茧都不一样。如蚕和蝴蝶，它们的茧是为了重生，而蜘蛛之茧则是彻底的死亡。

人总是要死的。一个人在此刻死了，他的亲友却毫不知情，只当他还好好地活在世界的某个角落。过了很久，他的亲友才收到他的死讯，匆匆赶来，但什么都来不及了，无论是见最后一面，还是参加葬礼都来不及，甚至连复仇都有些迟了。

多寂寞啊。

寂寞的是死者吗，还是他的亲友？

唉，其实这两者都够寂寞的。

经过一阵短暂的颠簸，飞机在跑道上缓缓停了下来，本田俊二收回望向窗外的目光，稍作停顿，等前面的乘客都走得差不多了，他才起身从行李架上把自己的黑色皮箱取下来，混进人群里往外走去。

机场外阳光正好，棉絮一般的云丝点缀在晴空上，衬着阳光的通透。本田吐出一口浊气，拦下一辆计程车。

"客人去哪啊？"计程车司机露出职业式的微笑问。

被问到这个问题，本田愣了一下，他发现自己不知道该去什么地方。

哪有旅人不知道自己的目的地呢？可本田偏偏就不知道。他有几个备选的落脚地倒还在，但那些知心的人已经不在了，去了也是白去，换句话说，去什么地方仿佛都一样。

片刻之后，本田随口说了一个地方。

计程车开动了，两边的风景不断变换着。本田多年未归，不由得感叹这城市也大变样了。

这一感叹开启了司机的话头，他如数家珍地介绍起这几年的变化。

"客人刚回国，去的是哪个国家？"

"T国。"

"T国是个好地方啊，在东南亚也算不错的了。"

司机突然兴奋起来，他说他也有一位好友在T国，又问了一些当地的风土人情，本田也逐一做了回答。

"你朋友和我不在一个地方，所处环境完全不一样也说不定。

不过有人远行千万里还能被惦念着，你朋友也很幸福了。"

"别这样说，出门在外都应该这样吧。"司机笑着道，现在他的笑是真实的。"无论是谁都会有牵挂的人，也会有人牵挂着你的。"

本田嘴上应了一声，心却慢慢沉了下去，像是沉入冰湖底。

本田到了目的地，原来的一家柏青哥①店变成了超级市场。他无奈地走进里面买了一包烟和一个打火机。

午后3点，正是不上不下的时间。本田找了一会儿，才在附近找到一家酒馆，要了啤酒和一份下酒菜，坐下来默默出神。他脑海中掠过无数画面，那些过去的人和事情散落在他记忆的角角落落。

丸山是个很有趣、很温和的人，会这样想的人不多，而本田就是其中之一。印象这种东西太暧昧了，不同人对同一个人的印象有时也会截然不同。在外人眼里，丸山是个干练果断、心狠手辣的角色，但在本田看来，他或许只是个聪明、能干的大哥。

他们在一起太久了，两人结伴一起，度过了整个荒唐的青春期。

男人之间的友情不好建立，尤其成年之后，遍观自然界，成年雄性都是竞争关系，少不了生死相搏。人脱离野兽已经很久了，但基因中还镶嵌着这一倾向。

---

① 柏青哥：1930年始创于日本名古屋，起源于欧洲的撞球机，是一种变相赌博的游戏。

大多数友情都产生于成年之前,他们单纯因为好感而厮混在一起。成年后呢,他们会习惯性地对彼此友好,不仅仅是因为他还喜欢这个人,也是因为他怀念那段日子。

丸山长大了,而本田还是那副老样子。丸山又有什么理由不去善待本田呢?善待本田就是善待过去的自己。况且,丸山已经把本田当成了弟弟。

律子则是他们两人之间的一个意外。

有句话说得对,两个男人可以建立起一段坚不可破的友情,三个男人也能建立,不过困难一点。两男一女则完全不可能了。

本田想回忆律子,心绪却乱了,不得已只能从头开始,慢慢梳理。

那也是个夏天,他们之间不能说是无缘,但只能被称作孽缘。

雷雨过后,空气中带着滑腻的湿热,衣服的布料贴在皮肤上,让人觉得自己又生出一层青蛙皮肤,十分难受。

本田从机车上下来,他没有戴头盔,因为那会压坏他古怪张扬的发型,经过狂飙,他的喉咙有些发干。

他走到一旁的自动售货机边上,想买一罐汽水,但里面掉出了一罐牛奶。

"该死的机器。"本田一摸口袋,他没有足够的零钱再买一罐,于是他只能狠狠踹了售货机几脚,勉强喝掉牛奶。

牛奶可和他的风格不搭。

本田用最快速度喝完了牛奶，然后四处转悠。街边没有其他人。

他的丸山哥让他来这里接一个人，但没细说对方是谁，长什么模样。本田也只能静静等着，他在外面站了十多分钟，便顶不住街边的热气，躲到了阴凉处。

夏日让人倍感倦怠，尤其是在等待中，本田打了个哈欠，百无聊赖地拨弄着自己的耳环。

"那个，你是来接我的吗？"

是个娇小的女孩子，年纪大概比本田小两三岁，一副乖乖女的模样，刘海因汗水贴在额头上，眼睛大而有神，闪着一丝害怕，手上系着一串自制的手链……这也难怪，一个女孩子向打扮古怪的男子搭话，怎么可能不害怕？看得出来，她等了不少时间，才鼓起勇气走到这个角落向本田搭话。

"啊？"本田难以相信这个女孩子会和丸山哥、会和他们有什么关系。

两个混混怎么可能会和她有交集呢？

女孩子以为本田没有听清她的话，于是鼓起勇气又问了一次："是丸山隆平让你来接我的吗？"她还特意说了全名。

本田眨着眼睛，愣了一下："你是他的什么人？"

没想到竟真是这女孩，大概是丸山哥的什么亲戚。

女孩子却低下了头，没有答话。

这是在害羞吗？本田有些糊涂了。

不过丸山确实和他不同，装扮上同普通人没什么两样，也长得帅气，和电影明星一样，说不定真能俘获不少芳心。

本田看着这个女孩，有些羡慕丸山。

"过来吧。"他对女孩说。他走到机车旁，将头盔丢给女孩。

本田自己不戴头盔，但知道要来接人，特意带了一个头盔。

头盔偏大，女孩戴上去有些滑稽，她一直在调试头盔的带子，但本田没有给女孩这个时间。"坐上来吧。"他催促道。

女孩只能坐到后面。机车的座椅被晒得发烫，并不舒服。女孩因为害怕紧紧抱住本田。从背后传来的柔软触感让本田心情大好，大概所有男人都是这样的，他一时间忘了发烫的机车。

机车轰鸣，一路飞驰，本田把女孩送到了目的地。

当时本田只觉得那是个漂亮的女孩，其他未来得及多想，毕竟他还有其他事要去做。人没有预知未来的能力，如果有，本田或许就会走上另一条路。本田回到家里睡了一觉，直到晚上。为躲避夏日的炎热，像本田这样的人在夜晚才会彻底活过来。

机车声和音乐声此起彼伏，本田在一旁调试着自己的机车，丸山站在他身边。

关于那个女孩的事情，本田没问，丸山也没说。

"我最近手头不宽裕啊。"本田笑着对丸山说，"能不能借我点钱？"

"又要借钱？"丸山虽然这样说，但没有拒绝的意思，"最近把钱都花在哪里了？我也没见你买过什么，该不会把钱都花到女人身上了吧？"

"没有，没有。"本田拍了拍自己的机车，"我可把钱都花在它身上了，它可比女人费钱多了。"

"要多少？"丸山问道。

本田笑嘻嘻地说了一个不小的数。

丸山无奈地掏出钱包，拿出一沓钞票。

本田笑得更开心了，他从丸山手里拿过了钞票。钱是新钞，散发着墨香味。本田将钞票放到鼻前，深深嗅了一下，舒服地闭上了眼睛："我就喜欢这股味道。"

有些人就喜欢闻油墨味、汽油味，当然也有人闻不得这股味道，一闻便头晕。

"今晚，我就把钱赢回来。"本田借钱就是为了去赌一赌，看他的爱车能不能取得第一的奖金。

"你该不会碰了那东西吧？"丸山见本田这副陶醉的样子问道。

"什么东西？"本田没明白丸山的意思。

丸山使了个眼色，指向马路不远处，另一群奇装异服的家伙，他们坐在五颜六色的机车上，哈哈大笑，正在胡闹，看他们的神色就知道他们不正常，吸食了什么。

"你说那药吗?"

"就是那些有机溶剂什么的。"

本田又笑了:"丸山哥,你不是告诉过我千万别碰吗?我不会碰的。据说吸多了,人就会变傻。"

最近那些吸剂在他们这群人之间很流行,吸了之后,不但人会变得舒坦,连车技都会变好。据说是因为在精神亢奋的情况下,时间的流速便会变慢,车手也有足够的时间作出反应。

但本田自己没有试过。曾经有人把那东西放到本田的鼻子底下,的确是他喜欢的味道。可是本田他又不是小孩子,单单因为喜欢这种味道就去吸,这也太蠢了,尤其是知道这些东西是几种汽油制品调出来的之后。

"丸山哥,你先和他们一起去终点,我跑个第一,立即就把钱加倍还你。"本田向丸山比了一个"V"手势,笑着露出一口白牙。

"小心一点。"

"放心吧,我跑了这么多年了。"

"待会儿你给我戴上头盔。"丸山对本田说道,"我有不好的预感。"

本田却苦着脸:"我的发型怎么办,再说我戴头盔会被他们笑话的。"

"我不管,你要是不戴,那把钱还给我吧。"丸山作势要把钱拿回去。

"好的，好的，我戴。"本田老老实实地戴上了头盔。他急需这笔钱，赌博和飙车是两大快事，本田沉迷其中，他要钱来改造机车，也需要下注。

见此，丸山才离开。

距离比赛开始还有20分钟。本田最后确认了车子的状态，就将机车骑到了起点线后。路边有不少熟人在向他挥手，本田是本次比赛的种子选手，看来他们也在本田身上押了不少钱。

参赛者挤在出发处，大概有十几个，嗑药的那群人也在。

工作人员逐一检查参赛者，确认无误后，开始驱散赛道上的无关人等。

12：24：40，还有20秒比赛正式开始，参赛者们都发动了引擎，只等裁判数秒结束便疾驰而去。

随着发令枪响，十多辆机车如脱弦的箭一样冲了出去。本田起步慢了一步，落到了第二梯队的位置。

他并不着急，路还长，本田相信胯下的爱车和自己的技术。再说了，一开始就领先有什么意思？一辆辆地超车，才是最好玩的。

凉爽的夜风吹在本田脸上，比喝冰镇啤酒还要舒爽。

机车仿佛成了本田的一部分，是他腿脚的衍生。他宛如一头猎豹，迈开了腿狂奔，他的肾上腺素急剧飙升，将一切烦恼都丢在脑后。

现在，他脑海里只有一个念头，那就是"快一点，再快一点"。

本田觉得自己能跑得比风还快。

行程过半,本田终于到了第二的位置,第一的正是一个嗑药的骑手。

本田紧随其后,狠狠咬着对方的尾巴。透过风声,本田能够听到对方机车的悲鸣,知道对方跑得太粗暴了,根本不顾及车的感觉,只是一个劲地加速,不要命地往前冲而已。他不可能赢不过这样的对手,本田如猎食的猛兽慢慢靠近他,然后找准一个机会,巧妙地超了车。

对方怒吼了一声,像是在骂他。

本田不以为意,赛程还差最后一段,弯道众多,不宜加速和超车,对方也就嘴上骂几句,以本田的技术绝不会让对方超车的。

本田驾驶着机车略一减速,如飞鸟般画出一道弧线,灵巧过弯。但第二名居然加速拉近了与他的距离。

本田心里摇了摇头,对方的做法真的是太粗暴了,简直就是把脑袋系在了裤腰带上。

接连几个弯,对方都没有减速,机车不断发出刺耳的悲鸣,一时之间竟也和本田并驾齐驱。

前面是几个急弯,本田老老实实地减速。他看对方还是不管不顾地往前冲,就卡住位置,不让对方超车。

出人意料的是,对方居然摆出一副拼命的模样,直直撞了过来。本田不想和疯子一起死,无奈之下,也只能让开。可就在这时，对方胯下的机车猛地抖了一下，失去了控制，引擎也冒出了白烟，速度突然变慢。

本田从容地想要离开，谁料到对方又昏了头，在这种情况下也不减速停车，反而朝本田撞了过来。

本田暗呼不好。也许对方不是疯了，而是吸食了毒品，处于癫狂状态，早就不知道自己在干什么了。

可怜的本田与对方撞在了一起，在剧烈的撞击中，本田眼前一黑，往事如走马灯一般迅速在他脑海掠过，他甚至生出了一丝幻觉，仿佛他身后还坐着人，热乎乎的手正环抱住他的腰。然后，本田连人带机车一起摔了出去。

他以为自己死了，睁开眼睛是白茫茫的一片。

"我，我这是在天堂吗？"

"别说胡话，你还没死呢！"丸山提醒道。

本田转了下头，仔细看了看才发现自己躺在医院的病床上，身体被无数绷带束缚着，浑身无力，浑身都疼。

"啊……"本田动了下身子，扯到了伤口，不自觉发出了一声呻吟。

"别乱动，你现在就像被摔坏的玩具，医生把你接起来，花了不少工夫。"丸山对本田说道。他顶着两个又大又黑的眼圈，"要喝水吗？"

本田点了点头。

丸山倒了点温水，小心翼翼地喂了他一点水。

"对了，你现在没什么感觉，医生说等麻药过去，你会疼得死去活来。"

"我已经疼得死去活来了，药效已经过了吧？"

"你要是受不了了，就找医院再打一针止痛药。"丸山贴近本田的耳朵，对他说道，"你醒了就好，先安心休息，我还有其他事情要做。"

"去吧。"本田有气无力地说道。

丸山披上外套离开了医院，后来，本田才知道丸山是去替他报仇了。

药效彻底过去后，本田确实痛得不行，但医生没有给他打针，而是喂了止痛药。吃了药，本田又安稳地睡了一会儿，等他再醒过来，丸山也回到医院，给本田带回了好消息，嗑药的骑手摔得不轻，至少比本田伤得严重。丸山也就没有特意找他麻烦，但他的同伴都被丸山带人狠狠揍了一顿，连带兜售有机溶剂的贩子都被驱逐出了那里。本田对这个结果很满意，那群混蛋在那边实在是污染环境。

年轻人的生命力是强大的。数月后，本田恢复了过来，但还需要留院治疗。已经活动自如的他倍感无聊，每天躺在床上不是玩电子游戏就是胡乱翻着杂志。

本田将游戏一丢，抓起一把薯片塞进自己嘴里，碎屑弄得到处都是。

"中午吃什么？"

"吃汉堡？"

"又是垃圾食品。"

"你不是喜欢这个吗？昨天还一口气吃了两个，外加一大份薯条。"

"那也不能天天吃这个。"本田说道，"我还在养伤。"

"医院的饭菜呢？"

"嗯，不太想吃。"

"好吧，吃拉面？"丸山问道。

本田突然无理取闹起来："想吃便当，家常的那种。"

"我去便利店给你买一个，炸鸡还是猪排？"丸山道。

"那和垃圾食品有什么不同？我要吃家常的，和便利店的不同，有种微妙的口感。"

"啧……"丸山不由得咂了下舌头，本田可真难伺候，但谁让他是伤者，总该有些特权。丸山皱着眉头，"好吧，我去给你找一份。"

本田调整枕头的位置，满意地躺了下去。

最后，本田真的吃到了很普通的家常便当，不过里面都是他喜欢的，有玉子烧，有溏心蛋，还有炒鸡蛋，尤其炒蛋里面还有一块鸡蛋壳，八成是丸山自己做的。

不知为何，本田有些高兴。看来那个女孩没有和丸山在一起，没有做便当。他将便当一扫而空。

"好吃吗？我明天再给你带。"丸山坏笑道。

本田连忙摆手："不用了，你还是从便利店买吧。"这么糟糕的便当吃一次就够了。

本田又在医院待了很久，医生才勉强让他出院。出院那天，本田高兴得欢呼了起来，惹了不少白眼。

本田再没见过那个女孩，也渐渐忘了她。她的出现就像是往古井里丢了一颗石子，激起的涟漪很快就会消失。出院后，本田找人修好了机车，却再也没有开过。当他跨上机车，总会回忆起濒死的感觉，他知道自己不能再赛车了。

卖了吗？本田想了想，放弃了这个打算，他舍不得。于是机车被他收在车库里，每隔三个月保养一次，以前的朋友都说本田是在养宠物。

丸山和本田继续在街道上厮混着，但两人也分道扬镳了。丸山入了组，成了真正的黑社会。对此，本田没有什么兴趣，哪怕丸山再怎么拉拢，本田最后还是没有加入任何道上的组织，过着一边打工一边胡闹的平凡生活。

但两人的关系没有多大改变，丸山还是像兄长一样照顾本田，两人一起喝酒，说着些不能告诉其他人的秘密，他们能做一辈子兄弟。

但在那一日，命运又发生了改变。

本田在打工时不断打着哈欠，都怪他昨晚上在柏青哥店里玩得太晚了，手气是很玄妙的东西，来了就一定要把握住，于是本田玩了一个通宵，大赚一笔。

正当本田偷懒的时候，丸山的声音响了起来。

"没想到，你居然会在电影院打工。有没有什么好片子推荐，外面宣传的这部片子怎么样？"本田前不久才到这里打工，所以丸山事先并不知道会遇到本田。

本田看向丸山，他发现丸山不是一个人来的。丸山身后还站着一位女性，留着披肩长发，斜刘海垂在眼前，刘海后是清澈的眸子，像宝石一般。精致的瓜子脸上，轻薄双唇抿着，显得有些冷淡，真是漂亮的人，有种樱花的气息。丸山和她之间并不十分亲昵，但给人一种般配的感觉。

本田有些吃惊，他从未听说丸山有了女朋友。

"这样盯着别人的女朋友看，太失礼了吧。"丸山笑着说道。

"什么嘛，我怎么什么都不知道？"不自觉间，本田居然出神了，他转移话题来掩盖自己的失态，"你都不告诉我我有嫂子了，就留下我一个人还单身。"

这次轮到丸山窘迫了："这件事说来话长，以后有机会我会告诉你的。对了，律子，这是本田，你应该认识他，我也和你提起过很多次了。"

律子向本田点了一下头，算是打过招呼了。

不知为何，本田觉得她有些眼熟。

"本田，这是律子。"简单的介绍后，丸山又问道，"怎么样，有什么电影值得推荐吗？"

"你来电影院之前都没想好看什么电影吗？"本田反问道。

"少废话，快说哪一部电影合适。"

本田想随手指一部爱情片，但看丸山这副样子，本田又起了其他的想法："就这部吧，再过十分钟就放映了，你们也不用等太久。"

本田推荐的电影，从名字上看，只是普通的爱情片，其实不然，在影片三分之一的部分，影片剧情就变得诡异起来，转为了恐怖片……

"好的，那就这部了。"丸山买了票，牵起律子的手往里面走去。

本田看着丸山的背影消失，终于笑了出来。

丸山他们观影结束走出影厅时，脸上的表情有些古怪。

"丸山哥，这部电影怎么样啊？"

"还不错，不过我觉得这部片子有些恶趣味啊，看了一半让人走也不是看也不是。"丸山笑道。

本田也笑道："这就是给情侣看的片子啊，先把女朋友骗过来，然后狠狠吓唬她，这时候不是可以显示男子气概了吗？"

一旁的律子却狠狠瞪了本田一眼，看来她就被吓得不轻。对本田来说，她这个反应可比之前的冷漠有趣。本田又偷看了她几眼，手上假装干活。

"别在电影院了。"丸山道，"我给你介绍一个新工作吧。"他忽然正经起来。

"不用了，我做不来你的那些工作。"本田拒绝了。

"是正经工作。"

本田耸了耸肩说："那就更不需要了，我每份工作都做不长，给我也是浪费，再说我也喜欢现在的这种生活。"

见此，丸山也不强求，只说道："再过一个月就真正入夏了，如果有空，我们再去海边吧。"

"当然，你知道我的，我一直有空。"本田说道。

丸山带着律子走了。本田蓦地觉得自己可能在什么地方见过律子，可他想不起来了，人的记忆就是不可靠。

一个月后，丸山如约载着本田和律子一起去了海边。

律子戴着一顶遮阳帽，穿着纯白色的衬衫，下身是一条墨绿色的短裙。本田又多看了几眼，很奇怪，只要律子一出现，本田就挪不开自己的眼睛。让他真正惊艳的是律子的泳装，三点式的比基尼，装饰有一圈纯白的蕾丝，增加了一丝灵动。律子美丽的身体彻底展现在了本田面前。

本田低下头，踢着沙子，不想让人看到他的异样，只是还在偷瞄律子的脚。本田不喜欢女性涂指甲油，颜色过于鲜艳的指甲油会生出一股突兀感，东方女性肤色偏黄，又不太适合黯淡的颜色。而律子脚上涂着半透明的指甲油，使人感觉自然，粉嫩的色泽，凸显出她自然、青春的美。

坦白说，本田并没有什么别的心思，只是对美的欣赏，也许还有晚辈面对美丽长辈的羞涩。

"怎么了？感觉你今天不在状态。"丸山问道。

"有吗？"律子在，本田有些拘束，"大概是昨晚没有睡好吧。"

"少熬夜。"

一边的律子笑了："你这个天天熬夜的人也好意思劝别人少熬夜。"

"哈哈哈哈……"三人一起笑了起来。

律子和本田在一起，并没有什么顾虑，她的言行都很正常。

虽是海边，但三个成人能玩的却不多，嬉水，然后在海之家吃了一肚子的小吃，听了不知名的小乐队演奏。律子看到了街上的海报，得知今晚还有烟花大会，她想去逛逛。但临近下午，丸山接了一个电话，说有急事，必须走了。

丸山准备驱车返回，但律子不肯，两人爆发了一场争执。到最后，双方各让了一步，丸山一个人先搭车回去，把车钥匙交给了本田，等律子尽兴，本田会开车把她送回来。也许丸山特意叫上本田就是为了应对这样的情况。

"他太过分了，总是这样忙，就像成了一个大人物一样。"丸山走后，律子有些责怪地说道。这是律子第一次在本田面前露出了内心。

"不过烟花大会确实没什么意思。"

"你不喜欢吗？"

"小时候喜欢，现在不喜欢了。"本田说道，"烟花大都差不多，天上的烟花也只是变一下颜色和形状而已。"

"是啊，烟花大会重要的是气氛，和重要的人抓住稍纵即逝的瞬间。"

"要回去了吗？"本田读懂了律子话里的意思，她对烟花大会没有多大的兴趣。他摸着口袋里的车钥匙，偷偷看着律子的侧脸，汗水花了她的淡妆，但她的嘴唇像饱满的樱桃一样，更显诱人。本田不知道自己的眼睛该投向哪里，丸山走后，原先略显冷淡的嫂子消失了，现在在他面前的是一位普通的女性。

"不。"律子道，"我留下就是要看烟花。至少看了烟花再走吧。"

看来律子是在和丸山赌气。

"嗯。"本田点了点头，老实跟在律子身后。路灯的光斜斜地照射下来，像给律子的背影打上了一层光膜，仿佛律子正在发光。她圆润的肩膀宛如珍珠一般。

晚上 9 时，烟花大会准时开始，大部分的路灯都熄灭了，随着一连串突如其来的响声,夜的寂静被打破,一团团彩色的光芒点缀着夜空,不断地绽放落下,天空变成五光十色的海洋。

律子和本田找了一个僻静的角落,喝着啤酒,看烟花一颗颗升上天空。

"真漂亮。"律子昂起头,看着烟火,"不虚此行了。"烟花还在空中舞蹈,绚烂的光照亮了律子的侧脸,可她的表情告诉本田,她没有那么开心。本田还注意到律子手腕上戴着银色的手链,不断在他眼前晃悠,宛如一枚流星,比起烟花,在本田心里留下了更多的印象。

烟花大会之后,本田开车,律子坐在副驾驶座上,好像是累了,低着头,有一搭没一搭地和本田说话。

本田看着她的脸,数年前的记忆忽然浮现:"嫂子,我们之前是不是见过?"

"你才记起来吗,那天他让你来接我的吧?"

原来律子正是那天的女孩。

"完全不一样啊,我根本没想起来。"本田说道。

"你说说哪里不一样。"

"就是完全不一样了。"本田第一次感觉到自己嘴笨。他很难将当初那个羞涩、清纯的女孩和美丽大方的嫂子联系在一起。

"女性都是妖怪,"律子道,"妖怪本来就是会变化的。我还记得你的机车。"

"是吗?"

"那天是我第一次坐机车,你开得又太快了,可吓死我了。"律子说道。

"那真是对不起了。"本田说道。

"不用了,那还挺有趣的。"律子说道,"不过我听丸山说,那晚你出车祸了?"

"是的,我开太快了。"本田道。

"那便当好吃吗?"律子突然问道,打了本田一个措手不及。

"是你做的吗?"

律子露出一个狡黠的笑:"好吃吗?"

"好吃。"本田尴尬地笑了笑。

"下次再载我吧。"

"嗯?"

本田没搞明白她说的是轿车还是机车,但还是胡乱答应了下来。

等本田将律子送回家,已经是凌晨三点了。本田一个人坐在副驾驶座上,上面还沾染了律子的气息,本田呼吸着,突然厌恶起自己来。

他掏出香烟,一根接着一根地抽——

自己好像是喜欢上嫂子了,这该怎么办?

此后又是数月,本田再没见过律子。想来也是,本田一直都是和丸山厮混的，他们两人一起喝酒赌马，丸山也不会带上律子。而本田一个男人不会去打扰丸山和律子的二人世界。有关律子的零星事情，还是丸山在酒后随口说起的，多是琐事。本田想，最好就这样，他和律子本来就该是两条直线，除了丸山这一个交点外，他们不应该再有什么接触。

但是有天清晨，本田被丸山打来的电话铃声吵醒了。

"丸山哥啊，你有什么事情吗？"本田揉了揉惺忪的睡眼。

"你最近没事都在家吧？"

"没错。"本田之前同丸山讲过这件事，他最近又辞了工作准备玩一阵子。

"我有些事情，想请你帮忙。"丸山说道。

"什么事？"

"你嫂子说想去逛街，但我今天有事，你替我去陪陪她吧。"

"啊？就这样的事情？"

"不然呢？"丸山道，"快去吧，多余的事情，我也不和你多说了，好好照顾她。"

"好的，我知道了。"

这只是小事，本田满口答应下来。但当他同律子见面才发觉有些不对劲。律子脚步虚浮，面色有些苍白，给人一种憔悴的感觉，好像生过一场大病。本田很奇怪，如果她状态不佳，那为什么还一定要出来逛街？本田满肚子疑问。

本田小跑到律子跟前问道:"嫂子,我们去哪儿?"

"你跟着我就好了。"律子的声音有些沙哑。

本田乖乖地跟在律子身后,律子的行为倒没有反常的地方,钻进一家又一家的店铺,试了一件又一件的衣服,还让本田给出意见。

明明有什么不对劲的地方,但本田没能抓住。他只能老老实实陪在律子身边,陪着她买下了不少东西。到最后,本田都腾不出手来擦汗。

"你先把东西放下吧。"律子走进一家男装店后,对本田说道,"你比丸山高吧?"

"大概高5厘米。"

律子绕着本田转了一圈:"你的身材也和他差不多。"她取来一套西服,"这是我早替丸山选好的,你试试。"

原来是让他当模特啊,本田顺从地穿上衣服。

"感觉怎么样?"律子问道。

"有点像猴子穿上了衣服,束手束脚的,有些别扭。"

律子呵呵笑了,这是她今天第一次笑。

"你照照镜子吧,人靠衣装,这话果然没错。"

镜子里的人连本田自己也不认识了,样子……还不坏。本田也笑了,害羞地笑了。

"从来都没这样穿吧?"

"没有,打工的时候会穿制服,平时都随便穿的。"

"打工的制服怎么能和这样的正装比?你看看你多帅气啊。"

本田挠了挠头。

"店员,包起来吧。"律子爽快地买下了衣服。

律子又带着本田逛了几个地方才结束购物,天色晚了,天边吊着一轮残月,在都市璀璨的灯火之中,月色显得黯淡无光。

本田将律子送到了楼下。

"累了吗?"律子靠近本田。

她离得太近了,本田伸出手就能把她拥入怀中,可他不敢也不会这样做。

"不累,怎么可能会累!"

律子伸手替他擦去额头上的汗水。本田闻到了律子身上淡淡的香水味。

"休息去吧。"律子对他露出一个微笑,"下次我还会来找你。"

"等等,你忘了衣服。"那套男装还在本田手上。

"那是按照你的尺寸买的,是给你的。"律子消失在公寓楼内。本田抱着男装在楼下发呆。

"丸山哥,嫂子说下次再来陪她。"本田第一时间给丸山打去了电话。

"那就好。"丸山有些内疚地说道,"替我多陪陪律子,也许你不来帮我,也是一件好事。干我们这行就是陷入泥沼,身不由己。"他说了一句没头没尾的话。

本田没有深究,毕竟丸山身处的层面遇到的问题不是本田能够解决的。对他来说,他只是多了一些与律子相处的机会。

在错误的时间地点,对错误的人动了心。但人的这颗心悬在胸腔里,会动心再正常不过了。本田只想静静待在她身边,绝不会做任何出格的事情。

后来,律子又找了本田几次,就算本田再愚钝,他都猜到丸山和律子之间一定发生了什么,但他又不好打听,只能闷在心里。

这周六,本田又陪律子出来了,而律子也又一次疯狂购物。她逛了三个小时,终于累了,现在正在咖啡厅享用下午茶。

"你在看什么,我脸上有什么脏东西吗?"

"没有,什么也没有。"本田想从她脸上读出些什么,但以失败告终。

"真的吗……"正说着话,忽然,律子花容失色,立刻拿起包就往后门跑去。

本田匆匆埋了单,紧随其后。"怎么了?"本田抓住律子问道。

他第一次看到律子露出这样惊恐的表情。和律子在一起,本田遭遇太多第一次了。

"有人在追我。"律子有些神经质地说道。

"什么人?"本田追问。

律子紧抿着嘴唇，什么也不说，挣脱本田的手继续往前。

就在这时，本田也注意到身后确实有两个可疑的影子——

律子遭遇过什么，会让她如此害怕？

本田略一失神，律子摔倒了。昏暗、狭窄的小巷，再加上高跟鞋，律子会摔倒并不奇怪。她挣扎着想站起来，却又倒了下去。本田心疼地扶住律子，她的脚脖子已经肿了。

"别怕，我在这里。"本田对律子说道。

"疼。"

本田低头看了看律子的脚，道："八成是扭伤了，不要乱动。"

眼见情况危急，本田只能抱起律子。"躲在这里，不要动，我出去看看。"本田将律子带进一家小铺，安顿下来，然后离开。

本田不知道那些人来干什么，但考虑到丸山的职业和律子的反应，他确定对方来者不善。

本田摸了摸自己的口袋，只有一把瑞士折叠刀，用来开开快递的包裹还好，用来打架就难以胜任了，拿在手上没有任何的威慑力，不过总聊胜于无。

外面两人见律子不见了，四处乱找，他们找到了本田。本田一直和律子在一起，对方觉得要找到律子就得从本田身上找突破口。他们交换眼神，跟上了本田。

本田见他们上钩，便加快脚步，将他们引离这里。

本田在街上混了这么多年，熟悉这里的每一条巷子，他又钻入一条窄巷之中。跟踪者也踏入巷子，在一个转角处，早就埋伏着的本田突然出手，靠着三四拳和明晃晃的刀子制伏了他们。

"正雄！菊池！怎么会是你们两个？"

这两人不正是丸山的属下吗？

"这……丸山哥让我们来保护律子姐的。"正雄回答道。

本田也不在乎他们说的是真是假："放心吧，这里有我在，你们不用跟着了。"

"可是……"

"丸山哥那里我会去说的，你们总不会不相信我吧？"

本田虽不是组中的人，但丸山的属下都知道本田和丸山走得极近，两人关系密切胜过亲兄弟。

"好的，我们知道了，你快松手吧，可疼死我了。"

本田放开了两人。

"对了，嫂子到底怎么了？"本田问道。

正雄为难地说："我们不太方便说，你还是去问丸山哥吧。"

"你们走吧。"

赶走正雄和菊池，本田回到律子身边："嫂子，没事了，我已经把他们赶走了。"

"你送我回家吧。"律子的眼圈已经红了，刚刚应该哭过，这让本田心疼不已。

"好的。"

家里只有律子和本田两人，律子受了惊吓，不愿开口，本田也不知道该说些什么，气氛有些微妙。

"怎么多了一缸鱼？"最后还是本田随口起了一个话题。

"上次去祭典，我还像个孩子一样去捞金鱼。不管你信不信，我小时候很擅长捞金鱼。"

夏天是个热闹的季节，烟花大会和祭典都不少，那一次应该是丸山陪她去的。

"然后呢？"本田追问道。

律子装出一副生气的样子："结果我才捞到一条。"

"一条就买这么大的鱼缸吗？"

"我怕它太寂寞，所以又去宠物店买了好几尾热带鱼，它们现在不就在鱼缸里吗？"

鱼缸里面果真有七八条五彩缤纷的热带鱼在嬉戏。

"那金鱼呢？"本田找了一圈，没在鱼缸里找到金鱼。

"它死了，不知道怎么回事，我一觉起来就看到它死在了鱼缸里。这是不是一件很奇怪的事情？该给的，我都给了，无论是栖身之所，还是伙伴、养料，有些东西就是留不住。也许它是得了抑郁症死的吧。"律子的情绪又低了下去。

本田还在思索该怎么接话。

"留下来吧，我害怕。"律子这样要求道。

律子受到了惊吓，她需要安全感，需要陪伴。本田想不到什么理由拒绝就留下了。没有任何香艳的事情发生,律子简单梳洗之后就回房间睡了,而本田睡在客厅的沙发上。确认律子真的睡了之后,本田悄悄溜了出来。

太奇怪了,为什么丸山要派人跟着律子?难道是不放心他?但他陪律子逛街,是得到丸山首肯的。

本田在路灯下抽光了一包烟,想了很久都没想明白究竟发生了什么。本田还是决定直接问丸山。

"丸山哥,你得告诉我真实情况。"本田用公用电话拨通了丸山的电话,"今天下午的事是怎么回事?"

电话那头是长久的沉默。

本田见丸山不愿回答便说道:"你在哪里?我来找你。"他不给丸山拒绝的余地,"我面对面问你。"

丸山长长地叹了一口气,说出一个地名。本田不知道丸山在干什么,只知道丸山是真的忙。丸山不愿说,又没有时间来见他,那他就只有自己去找丸山搞清楚这件事。

本田到了丸山所说的地方,让丸山抽空出来。

15分钟之后,丸山出现在了本田面前。

"我知道你要问什么。"丸山道,"你大概不明白我的做法吧?"

"什么做法?"本田闻到丸山身上有一股香水味,不是律子的香水味。最近,本田和律子待久了,他自然知道律子的香水是什么味道。

和丸山在一起的是坂本组组长的妹妹千代,坂本组长病重,千代把持着部分权力。她已经39岁了,却散发出一股独特的媚态,徐娘半老,风韵犹存,偏偏她又是个风流的家伙,看上了丸山。丸山为了争权,也就顺水推舟,用了美男计,用自己暂时拉拢了她。

丸山身上的香水味就是那个女人的味道。

丸山将大致的情况告诉了本田。他和千代已经厮混在了一起,但千代妒心重,知道丸山身边还有律子存在,于是她找了人堵住律子,威胁了她一番。

"所以你到底想怎么办?"

"我……"丸山叹了一口气,"我,我当然还是会和律子在一起。我和千代只是相互利用。"

"因为那个千代对你来说更有用,你就任由她欺负嫂子?"

"我没有。"

丸山知道这件事后,也不好发作,只能派出自己的手下去暗中保护律子,防止千代做出进一步的行为。但律子并不是一无所知,她知道是什么人对她抱有敌意,所以当她看到组里的人跟踪她的时候,她的第一反应还是害怕,于是就有了今天下午那一幕。

"这样可不是办法。"本田说道。

"千代也收到反馈了,我找过她,她说她不会再对律子下手了。"丸山说道,"我暂时也只能维持这样的平衡。"

本田第一次对丸山生出了怨气，他只能远远看着律子，将每一次接触都视作天赐。而丸山一点也不珍惜律子，还让她活得胆战心惊，需要靠非理性购物释放压力。

丸山不知道本田心里想了什么，他像往常一样拍了拍本田的肩膀，说道："总之，律子她相信你，我暂时也不能去看她，她最近的状态有些奇怪，你多替我照顾她吧。"

本田还没来得及拒绝，就注意到不远处有人正在向这里张望。

"有人来找你了？"本田问道。

丸山皱起了眉头："又是加藤浩……"

"谁是加藤浩？"本田以为又和律子有关，问道。

"和这件事没关系。"丸山冷冷道，"不过是个有些讨厌的后辈而已，自以为翅膀硬了，也想争权夺利。我先走了，这件事情，我就交给你了，你是我最信任的人。"

丸山又去忙了。本田没有立即回到律子家，他在酒吧里待了一夜。

9点的阳光照下来，照在本田的脸上有些燥热。他按响了律子家的门铃，过了好一会儿，律子才拖着伤脚过来开门。

她睡眼惺忪，穿着睡衣，更添一份魅力。

本田也不知道该说什么，只是侧过身子，走进了屋内。

独居教会了本田不少东西，其中就包括下厨，他烤了吐司，从冰箱里取了鸡蛋，做了培根煎蛋。

律子静静地吃完，又回到了房内。

屋子里静得可怕，本田只能打开客厅的电视机。电视里正在重播一场无聊的球赛，本田看得昏昏欲睡。

中午，本田叫了外卖。吃过午饭，律子又回到了房内。本田再无心情看电视，只是悄悄地在室内踱步，又怕律子在房里做出什么事情，不时地贴到门边上偷听里面的声音。

时间过得真慢，本田什么也做不了。天色终于暗了，律子房间的门"吱"的一声打开了，她打扮梳洗好，径直去厨房，做了晚餐。

"我以为你下午就走了。"

"你让我留下来的，我不敢就这样走了。"

"那你昨晚为什么出去？"律子道，"你去找过他了吧？"

本田点了点头。

"你都知道了？"

本田保持沉默，即是默认的意思。

"你不知道，他已经有一个多月没到我这里来了。我就是那条金鱼，要死在鱼缸里了，等我死了，鱼缸里再放入其他鱼，对他人来说也没有什么影响。只要鱼缸在，里面有鱼，就足够了吧，毕竟只是一个摆设。"

"不对，如果有人喜欢那条金鱼，金鱼死了，那也有人会伤心。"

律子湿润的眼睛如一面镜子，正照出本田的样子。她盯着他看:"你是那个人吗？"

本田鬼使神差地回答道:"只要你愿意让我是,我就是。"

"不要试探女人。"律子道,"女人很容易被诱惑的。"

本田在心里喃喃自语,男人也是这样。

"我也很贪婪,巴不得所有人都喜欢自己。不要再说这些了,你的机车还在吗？"律子道,"带我出去兜风,散散心吧。"

"当然在。"

本田忘了自己的心结,等他回过神来,已经到了家。他一咬牙,将尘封的机车推出车库。得益于多年的保养,机车没有任何问题。他发动了引擎,声音不错。

在轰鸣声中,旋转的世界、钻心的痛苦和濒死的绝望在本田脑海中轮番上演,但又慢慢消散,就如阳光下的积雪。

他开得并不快,就像一个久坐轮椅的伤者在慢慢熟悉自己的双腿。

等到了律子面前,本田突然想起自己没有拿头盔。他早就放弃了如鸡冠一样的放浪造型,也不再怕戴上头盔会压坏自己的发型。但他太久没骑车,早不知道把头盔丢哪儿去了。

"你等等,我去买两个头盔。"

"算了。"律子说道,"我也喜欢不戴头盔的感觉。"

"不行。"出过车祸后,本田不敢不小心,"我很快回来。"

最后,本田和律子还是戴上了崭新的头盔。

不知道该去哪里，兜风总不能漫无目的地路上乱跑吧。如果没有一个目的地，那想跑起来也无力。

"去看夜景吧。"本田提议道。

虽然俗套，但没有其他更好的去处了，这种老电影里的桥段是永远也不会消失的。

律子紧紧抱住本田，四周都是呼啸的风。风仿佛要把心事都吹跑，让人只沉浸在速度中。

山上的观景台没有其他人，周围是郁郁葱葱的灌木，不知名的虫子躲在里面唱着夜曲。城市的灯火像是坠落的星星，被人捕获，用巧妙的方式镶嵌在地面上。夜空则显得有些黯淡，毕竟群星的光辉都被夺走了，只有孤高的月亮悬在天际，洒下冷冷清清的光。

"夜景很好看。"律子伸了一个懒腰，身体曲线一览无遗，"但你不喜欢烟花大会，八成也不会喜欢夜景吧。"

"为什么？"

"因为夜景比烟花大会还要乏味。"

"不对。"本田说道，"我喜欢夜景。"律子曾经说过，看什么不重要，重要的是谁在身边。

律子像只猫一样走近本田："你是喜欢我的吧？"她吐气如兰，充满魅力。

见本田不回答，她又说道："女人对这种事情很敏感。"

本田感到喉头发苦，舌头发麻，仿佛变成了木头："你也不怕是自作多情，这种事情很尴尬的。"他尴尬地别开头。

律子抓住本田的头，让他一定要看着自己。律子的脸仿佛有魔力一般，本田的视线再也挪不开了。

你这是在玩火。本田对自己说道。但是另一个声音又说，遇到这样的事，做一回扑火的飞蛾又如何……

两个声音还未分出胜负，律子就夹带着整个世界扑向了本田。

她离他太近了，唇与唇即将相触。本田等着柔软的触感，但律子没有更进一步。

"你不能等着女人主动。"律子说道，"你在迟疑什么？这里没有其他人，我们做什么都不会……"

本田的理性彻底蒸发了，他抱住律子，让她的唇触到了他的唇。

分开后，律子微微颤抖着轻声道："带走我吧，把我带到你的地方。"

本田的住所内，房间的灯明晃晃的，本田慢慢脱掉她的衣服，她就像一颗甜美的果子被剥下果皮。

"把灯关掉吧。"律子道。

黑暗淹没了这对男女，他们赤身裸体，相互爱抚。

"好可怕……"当欲火燃烧得正旺时，律子突然说了这一句，不知道她指的是什么。

本田只能尽力抱住律子，她的呻吟像是在哭泣，本田一点点打开律子的身体，将她推上快乐的巅峰。

四周的空气就像棉花糖一般，黏稠、甜蜜，本田希望有一大滴树脂从天而降，将他们两人包裹，时间不再流动，他和她能永远停留在这一刻。

本田搂着律子，他觉得律子的身体没有一处不软，没有一处不美。但在极致的快感之后，他再怎么抱住律子，都感受不到真实感，就像是抓住了天边的云彩，捞到了水中的明月，看似牢牢抓住，其实只是虚幻。

本田心中明白，原来律子的种种行为，都是因为丸山，而他不过成了一个出气筒，一个她用来报复丸山的工具，律子并不是真的喜欢他。可他也没有退路了，为报复丸山的不忠，律子也背叛了丸山，而且还带上了丸山的好兄弟。现在，本田和律子一起背叛了丸山。

想到这些，本田的罪恶感就像潮水一样从心底涌上来。丸山哥把他当一家人，也没有想到要避讳什么，而他却辜负了这份信任，不可遏制地迷恋上了律子，并且……

本田想，罢了，就让自己死在这里吧，死在令人沉沦的快感中。

那天之后，他们就像青春期欲求不满的少男少女一样疯狂地厮混在一起。

如白玉一般温润的身体躺在本田身边，他记不起这是第几次这样醒来，罪恶感逐渐被时间和欢愉所冲淡，它蛰伏起来，在不经意间抬起头狠狠咬他一口。

这个清晨不如往日那么舒服，本田翻身下床，回想起昨夜发生的事情。

"律子，律子……"本田喃喃地喊着她的名字，索求着她。

律子却抬起白玉似的手，堵住了本田的嘴，边呻吟边说道："你应该叫我嫂子。"

嫂子吗？本田一愣，律子只能是自己的嫂子，那么他现在究竟是在干些什么？这么多次，律子还是只让本田叫自己嫂子，这多么荒谬。

结束之后，律子贴了上来，本田却鬼使神差地将她推开。他没有心情享受那份温存。律子也没继续，侧身合上被子就睡了。本田就像一条被丢在地上的鱼，就算不满，就算挣扎，也没人理会。

这种感觉比想象的还要恐怖。

他本以为这么多次肌肤之亲应该会改变些什么。

不过对他来说，不变是坏事，真的改变了，也不见得是好事。

夏季过去了，秋季也过去了，前不久下了今年的第一场小雪。等本田出门时，只有远处的屋顶上还有零星的雪，稀稀拉拉，就像一幅失败的画作，画师笔尖的颜料无意中跌落到纸上，败了人的兴致。

没有雪景，只有苍白的寒意不住地往人领口里钻。

街上独行者寥寥，多是家人、情侣依偎在一起。本田裹紧了衣服。

这段时间，丸山和律子分分合合，本田则一直和律子保持着秘密关系。组内的权力斗争让丸山无法分心到律子身上。

本田走进屋内，将两条金鱼放进鱼缸。

"你看怎么样？"他转身问律子。

"好丑，一点也不搭。"

一群热带鱼当中只有两条金鱼游弋，有种不协调感。但本田就是喜欢这种不协调感，这两条金鱼就像他和律子。

丸山不常回来，本田先前还有负罪感，但来这里的次数一多，这种负罪感也淡了不少。

律子靠着本田，温热的体温透过衣服传递到本田身上，搞得他心猿意马。他转过身，抱住律子索吻。

两人的身子贴在一起，仿佛起了化学反应，温度飙升，空气中充满着荷尔蒙的气味。在这个时候，他们只是男人和女人，心事暂时被抛在脑后。

本田的手钻进律子的衣服里，嘴唇啃着律子的颈。

"轻点，不要留下痕迹。"

就算是这样微妙的关系，本田也有占有欲，但他不敢在律子身上留下任何痕迹。一旦留下吻痕，他们两人都会担惊受怕。

律子在本田怀里微微颤抖，她的身子渐渐软了下去……本田横抱起她放到沙发上，压着她，手指慢慢解开她的衣服，律子紧紧抿着唇，忍着不发出呻吟。

"去卧室……"律子挣扎着说道。

本田正要把她抱到卧室里，门前响起了脚步声，不是经过的脚步声，而是正在朝这里来的脚步声。

本田和律子立马停下了动作，来人正是来找律子的，他已经掏出了钥匙开始开锁。

这间屋子，除了律子外，只有丸山有钥匙，律子推开本田，跑到门前，立即反锁上，又抓住把手，让丸山不能开门。

"是我，我回来了。"

是丸山的声音，本田立刻往屋子里面躲。律子朝他使眼色，让他拿走玄关的鞋子，本田抱着自己的鞋子躲了起来。

律子在门后整理自己的妆容，让自己看起来像是刚起，而不是刚偷过情。本田躲在衣柜里，不知道到底发生了什么，他只知道律子最后还是打开了门，与丸山又哭又闹。最后，丸山说服了律子，他们又和好了——这并不意外。

丸山对律子的热情就像火山喷发一样，无法遏制。律子考虑到柜子里还有本田在，才没有让丸山更进一步。

后来，本田才知道丸山收拢了足够的权势，而千代对丸山的兴趣也消散了。有些情感细水长流，有些感情却如烈火一般席卷而来，然后迅速熄灭。对于千代来说，她只要短暂地拥有丸山就足够了，余下的日子，丸山扮演一个知趣的情人就好了。

这件事发生的第三天,丸山约了本田出来。丸山一副如释重负的样子,之前的疲倦一扫而空。

"事情终于要落幕了,这些事情我只告诉你。"丸山露出了落寞的表情,"我总不能把我的私事告诉我手下那些人吧,人处处都要小心,弱点这东西能少暴露一个是一个。我也不能把我的窘迫告诉律子。只有你,我只能向你倾诉。"

丸山简单聊了下自己的情况,表示自己终于自由了。这些情况,本田又重新听了一遍,还要装出一副才知道的样子。幸好经过这段时间的偷情,他的演技有了进步,没有露馅。

丸山回来了,本田的去留要看律子的决定,但自从那天之后,律子很少和本田见面了。

直到圣诞节的偶遇,本田在街上闲逛,他夹在情侣中间想给自己买一件礼物,不至于过得太凄惨。

现在无论什么节日,只要是有着美好的寓意,都会被情侣们利用,作为约会的由头。本田抽动着鼻子,闻到了空气中恋爱的酸臭味。

然后,他在喧闹的商业街遇到了丸山和律子。

本田想远远逃开,但丸山已经看到他了,向他打招呼。本田只能走过去。

"你准备去哪里?"

"随便逛逛。"本田实话实说。

"一起吃个午饭吧。"丸山邀请道。一旁的律子脸色微变。

在圣诞节打扰情侣？本田还没有那么不识相，他回绝道："算了，我就不去了。"

"没关系，刚好我们原先看中的餐厅没位子了。"丸山道，"你和我们去随便吃点什么吧。"

本田还是想走，但耐不住丸山的拉扯，还是和他一起走了。三人最后在一家毫无气氛的烤肉店解决了一餐……

本田不时将视线投向律子，而律子有意回避着他，丸山对此一无所知，而本田总觉得有些别扭，他还发现律子已经戴上了婚戒。

午餐一结束，本田逃也似的离开了。

半个月后，律子把本田约到了一间咖啡厅见面——偏僻的隔间，私会的好地方，能在里面谈一些秘密。

本田有些紧张，他刚接到了丸山的一个电话，丸山说律子最近心情不好，要他小心一点。光"小心"一词就可能包含数种意思。

律子放下咖啡杯："别害怕。我和他说过了今天想出来逛逛，又不想麻烦他，所以会找你。他那么相信你，我又大大方方说出来，他怎么可能怀疑。前段时间，你的胆子还没有这么小吧。"

本田额头有些发热。所谓的前段时间是指丸山回来前的一段时间，本田疯狂地放纵自己，约律子出来，向她索求。

而丸山与律子和好后，本田与律子见面的次数越来越少，他明白双方要做一个了断了。

"你有什么事情吗？"本田开门见山地问。

"我怀孕了。"

本田愣住了，他没想到会是这样的开场。他脑袋如糨糊一般，乱了，甚至洒了咖啡。

是喝醉那天吗？他忘了自己有没有采取措施。他怎么会这么不小心呢？现在该怎么办？本田觉得自己夹在两种情感之间备受煎熬，到底该背叛谁呢？如果他要求律子去堕胎，是不是太无耻了？

"你想怎么做？"本田问道。

"离开这里吧。"

"你和我一起吗？"本田茫然地问道。

律子扑哧一声笑了出来："我怎么能和你走，我们能到哪里去？"律子低下了头，露出寂寥的笑容，"别开玩笑了，我们也该结束了。"

"那你怎么办？"

"我还会怎么办？这个孩子对我来说太危险，我不会留下他。"律子见本田保持着沉默，继续说道，"至于你，你也是我的危险，所以我请求你离开这里。"

"是因为上次的事？我不是故意打扰你们的。"

"那不是你的错。他忘记预订餐厅了，所以我们才会在路上闲逛。"律子正色道,"那只是一个契机,让我明白世界并不大。你能遇到我们,他也能遇到你我。如果我们再这样下去,他发现也不过是时间问题,所以我请求你离开。"

本田觉得自己在一条摇晃的船上,他紧紧抓着船舷防止摔入海中。

"我可以不去打扰你们。你知道的,我不是那种死缠烂打的人。"

"你做得到吗?就算你做得到,丸山他也会去找你的。我们三人在一起,只会产生孽缘而已。"律子道,"我怕我自己会不小心说漏嘴,怕你会说漏嘴。除非你走得远远的。"

"你准备让我去哪里?"

"放心,我已经安排妥当了。"律子把一个信封交给本田。

"你是要流放我吗?"本田打开信封看了看。他记得上次去丸山家,鱼缸里的两条金鱼已经不见了,不知是死了,还是被丢了。本田怀疑是被丢了。可怜的金鱼被丢进马桶,冲入下水道。所有威胁她和丸山感情的东西都要被处理。

"你没有理由拒绝吧,我又不爱你,倘若你真的为我着想也该离开。"

"你这样说就太无情了。"

"那丸山呢?你觉得丸山真的是把你当作朋友吗?也都只是为了利益而已。你源源不断从他那里得到好处,但也只能依附他,得不到自己真正的生活。而他帮助你,只是为了获得某种心理满足。正因为一弱一强,你们的关系才会如此密切,所以他不值得你逗留,去新地方开始你自己的人生吧。"

"所谓朋友不就是这样相互利用,表现出自己的情谊的吗?"本田说道。提到丸山,他的语气又软了下去。

"你这个人真是……"

律子没有说下去,是愚蠢,还是有趣,又或者是其他,本田对此也没什么兴趣。

"既然如此,你还记得那份便当吗?"

本田记得医院里那份糟糕的便当。

"你曾经问过我,我没有回答。"律子道,"那不是我做的,我怎么可能做出那么蹩脚的东西?我记得那天下午他还特意打电话来问我该怎么做,我随口说鸡蛋容易做。"

原来如此,本田在心里长叹一声。

"他真的把你当作弟弟,你背着他把他妻子抱上了床,现在我肚子里还有了你的孩子。"

本田紧抿嘴唇,甚至用力咬了一下:"你这个人真糟糕。不过你说得对,我离开对你们都好,我和你的事只是糟糕的意外。不过这个提议应该由我自己提出,你这样太伤人。"

"你在害怕什么,怕我不肯走吗?"本田突然释怀了,"我会离开的。说说你的计划吧。"

律子在微微发抖,她确实失了分寸。不过在一开始,她就没有分寸了。在感情之中，她只是个狂人，为复仇而诱惑本田，再为求和而驱逐本田，本田只是一个牺牲品。

"信封里就是全部的计划了，你认真看看吧。"

"我不会去巴西的，我没有熟人在那里。"本田对律子说道。

"那你……"

"我不会反悔的，我会去T国。我在那里有个亲戚。"本田犹豫了很久终于说出了心中的疑问，"你究竟有没有爱过我？"

律子正欲开口，本田却立马制止了她。

"算了，你不要说了。"在这件事上，本田表现得就和傻瓜一样。

"照顾好他。"本田最后说道。

律子点了点头。

两人沉默地离开，这是他们最后一次私下会面。

一次小聚，本田将自己要出国的事情透露给丸山。

丸山有些难以置信："你该不会是借了一大笔钱还不上，准备出国避祸吧？如果真是钱的问题，你不用害怕。"

"没有，没有。"本田说谎道，"去年我亲戚就劝说我出国帮他了。"

"去什么地方？"

"T国。"

"T国啊，那还行。"丸山喝下半杯啤酒，"就是太远了一点，你去多久回来?"

"一有机会我就会回来的。"本田又说了一个谎,其实他并不打算回来了,"我这次出国就是想换个环境重新开始,试试走另一条路会怎样……听说东南亚的气候特别养人,那里的女孩也特别漂亮。"

"那好,等你在那里站住脚跟,我就去那儿旅行,你来当我的向导。"丸山喝下剩下的啤酒,他压低了声音,"如果,我是说如果你在外面觉得太累,你尽管回来找我。"

"嗯,我知道了。"本田眼里渗出了泪水。

"祝你的T国之行顺利,本来我还想请你当我的伴郎。"

"那真是太遗憾了。"本田同丸山碰了杯。

又过一个月,事情都办妥了,本田也要离开故土,远赴他国。

来送他的人只有丸山,据说律子身体不舒服在家休息。不过她不来也算是一件好事,因为本田不知道该如何同她告别。

到了T国,本田没收到律子怀孕生产的消息,这打碎了他最后一丝幻想。倘若有个同他血脉相连的孩子能陪在律子身边,还能保留一丝情谊,以慰本田的相思之苦。不过这已经不可能了。

对本田来说,律子本就是一个谜一样的女人,她当年为什么会和丸山在一起?看得出来,她很喜欢丸山,但又为什么离开这么多年?

本田甚至不能确定当初律子是否真的怀孕了。也许她只是害怕丸山发现她和本田的关系就设计将他赶走了，也许她真的怀孕了，只是本田在她心里远远比不上丸山，于是她和本田做了了断，一个人去堕了胎。

本田露出了苦笑，想到这件事，心头就一阵沉重，有那么几秒钟，他无法呼吸。

如果律子有了丸山的孩子，那她又会是怎样的心情？一定很幸福吧？

丸山和律子，本田最重视的两个人，他们的幸福刺痛了本田，可当他们的幸福在刹那间崩坏时，本田也感到痛苦。毕竟他离开就是为了成全他们两个。

本田通过正雄他们知道了丸山夫妇逝世的始末。

那晚，丸山在陪律子散步，正从人行天桥上下来，加藤浩派去的杀手突然出现，向丸山亮出了刀子。

丸山要护着妻儿无法逃离，当时，他只来得及将律子挡在身后，就被捅中要害。律子去扶丸山，和行凶者发生推搡，律子在惊慌失措之中滚下了台阶，当即大出血。好心的路人替他们打了急救电话，然而一切都太迟了，三条生命离开了人间。

世人的挣扎在命运面前毫无意义。

本田可能是最后知道这件事的人，他出国后有意同丸山、律子保持距离，最初每个月都联系，随后渐渐减少，到最后几乎仅维持节日的礼数。人与人的关系如田地，也需要经营，不然稍一会儿就会变得荒芜。

丸山夫妇死得匆忙，筹备葬礼的人仓促之间也没能记起远在国外的本田。最后是本田自己发觉不对劲，丸山怎会与他彻底断了音信？他满腹狐疑主动联系，才知丸山出事。

关于这件事，本田还有问题想确认。

本田在酒馆枯坐一下午，黄昏时分，正雄终于来了，两人有一句没一句地闲谈。

正雄又将事情说了一遍。

"嫂子那时候行动不便吗？"

"当然，都临近预产期了。"

"预产期了，还出门散步吗？"

正雄想了想："那离预产期还差一个月吧，总之肚子是显出来了。他们本来也不是去散步的，就是出去，然后嫂子想活动一下。"

本田觉得不对劲，时间有问题，之前律子已经怀了他的孩子，然后律子说要打掉那个孩子。如果那个孩子被打掉了，律子应该不可能那么快怀孕。

"他们怎么会这么快有孩子呢？"本田问。

"这不难理解啊，嫂子和丸山哥结婚前就怀孕了呗。"

本田开始怀疑那根本就是他的孩子，律子没有去堕胎。他从来没有猜中过律子的想法，这次也不例外。

那个女人到底在想什么？她是突然母性本能爆发，还是想要一个孩子拴住丸山，又或者是她对自己还是怀有一份情愫的？本田又开始后悔起来，如果那时他没有阻止律子开口，那他也许就已经得到自己想要的答案了。

而现在随着律子的死，这永远不会有解答。

"那加藤浩呢，他下场如何？"本田继续问。

提到加藤浩，正雄还是咬牙切齿："加藤浩用了阴险的招数，他派出手下去刺杀丸山，早就失了仁义，除了他的手下，其他人十分忌惮他。他很快就被人联合扳倒，锒铛入狱。"正雄道，"他罪有应得啊。"

"可我听说他逃到外国去了？"

正雄笑了笑："他被我们耍了。加藤浩先逃到 T 国避一下风头，在那里办了假身份，但替他办假身份的人早就被我们买通了。他在 T 国的假身份是一个杀人犯，加藤浩一出现在 T 国公共场所就被抓了。"

"我收到消息说他还没死。"

本田想复仇。

他满脑子都是这个念头，也许是因为他的人生太过贫瘠了，所有色彩都在丸山和律子身上……他们一死，本田就失去了前进的动力。况且现在还多了一个孩子，这个孩子可能是他的。

"是的，他还活着。"正雄的眼睛暗了下去，"这是多方博弈的结果，打狗还要看主人，有些人不希望我们对加藤浩赶尽杀绝。"

"你能不能帮我个忙？"

"什么忙？"

"把我弄进加藤浩服刑的监狱。"本田说道。

"加藤浩服刑的监狱，我记得是蜘蛛山监狱，跨国做事有些难办。"

"我有 T 国身份。"本田道，"你们只需要给我弄到合适的罪名，再让我铁定能进蜘蛛山监狱就可以了。"

正雄他们毕竟有路子。

"这样啊，我可以试着安排，但可能需要时间，这么凑巧的事情很难规划。"

"大概需要多久。"

"至少一年时间才可能把事情都安排妥当。你有足够的时间考虑。"

"无需考虑了。"

"真的有这个必要吗？那人已经入狱了。也许他在监狱里已经生不如死了。"

本田眯起了眼睛："可他不是还没死吗？只有死亡才是真正、极致的惩罚。"

距 1995 年 9 月 17 日还有 983 天。

后记
从蜘蛛丝到山椒鱼

写这本小说的初衷单纯是无聊。某日，有人建议写个接龙吧，于是拉了一群人，以笔者我为第一棒，写一个开头。

参与者提出了很多要求，说要暴风雪的，要本格的，要相互残杀的……

我花一个晚上的时间草草写完了"未盖棺"一章，丢了上去，等待第二棒。只可惜自古文人不成事，对于一个自己不能独占的故事，热情如烟花稍纵即逝。

这个活动无疾而终。我经历的接龙大抵如此。这个开头也就躺进了我笔记本深处，和我其他一些失败的开头待在一起，等着腐朽。直到一个契机出现，它能脱胎换骨，再受到垂青。

说实话，我是一个懒人，懒到会把早年的退稿翻出来，将能用的情节或片段都原封不动地移植到新作中。我一贯相信没有失败的作品和构思，只有错误的时机和手段，每一个巧思都可以被利用。如此的我，当然不会放过这样一个开头。

《山椒鱼》在我的硬盘里躺了半年，在这样冷处理后，我再次读它，想到了很多东西，《山椒鱼》的开头在本格推理中是一个很王道的设定，可操作性强，有趣。

我觉得我有时间和精力尝试着把它续写下去了。

在写开头时，我已经留下了足够的伏笔，后续发挥的空间很大，这块内容上，我并不担心，我最担心的是一些现实性漏洞的存在。

首先是监狱的问题。由于工作关系，我接触到了一些真实的监狱图纸，知道了国内的监狱与我想象中的完全不同，至少同《肖申克的救赎》《越狱》不同，那么这个背景就很牵强。于是我把背景移到了异国，这样就可以规避监狱的问题。

然后是地震，如果按现实来设定的话，地震之中，不会这么巧合只存在那么几个幸存者，建筑物不会如此下沉，边上也不会恰好形成堰塞湖，这在地理和地质上都是不太可能的。而且从管理角度上囚犯也不该那么容易就从牢房出来，那么皮耶尔无法袭击韩森浩，后续很多故事无法推进。

我只能行使作者的权力，让监狱这个舞台"适合"我的故事，所以地面下沉、大雨、余震、堰塞湖这些巧合都出现在了小说里。

其次是诡计的问题，我对水流流速、泥沙沉淀等问题没有深入了解过，物理诡计也没有做任何的实验，它不严谨，仅仅停留在纸面上，所以我不标榜可行性。

除了以上两点，《山椒鱼》应该还存在着不少纰漏。若有心，你们应该能找出不少问题，但箭在弦上不得不发，我也只能硬着头皮写下去。我所能做的也就是这样了，能力有限，本想真实一点，结果还是成了"架空""设定"系的新本格作品。

在纠结中，我战战兢兢地写完了这部作品。在此，我要感谢很多人，不少朋友在我写作期间不时催稿，不少朋友又在我完成初稿后给出了宝贵的意见，还有我的编辑们，他们在我写作路上给了我不少指导，我得谢谢他们。其次，我也得感谢这个大环境，21世纪以来，随着网络的发展，推理迎来了第一波大火，大量论坛、网站、杂志如雨后春笋般冒了出来，也涌现出无数的佳作。令人遗憾的是，这股火并不持久，近年来，传统论坛和纸质媒体都陷入衰退……直至推理作品影视化的兴起，读者的关注度和业内资源再次向悬疑推理倾斜，2015年和2016年出版了不少"传统"和"非传统"的推理作品。诸位前辈为后辈展示了发展的新方向，原来在中国推理小说还可以这样写。受此鼓舞，我才能完成这部小说。

下半部分，我想谈谈我的创作思路。作为一个写作者来说，时常回顾自己的写作思路，能收获不少东西，而通过阅读其他人的创作思路，也能得到一些新灵感。我希望我的思路能给一些有志于推理小说创作的读者启发。

首先，我是一个讲究情怀的人，创作小说，往往会以某种情怀打底,《山椒鱼》体现的就是我的越狱情怀。看完《基督山伯爵》《洞》《肖申克的救赎》——尤其是《洞》——之后,我总想以此为主题写点什么。因此,我决心写长篇后圈定的第一个关键词就是"监狱"。监狱是相对封闭的建筑,那么封闭环境的典型模式就是暴风雪山庄模式。

既然是暴风雪山庄模式了,那么就可以加入本格的物理诡计。

都有物理诡计了,那就把建筑物也利用上吧。

想写建筑物诡计,那密室就是最合适的选择。

…………

想法从我脑袋里一个个地蹦出来,大概的框架很快就完成了,然后就是人物冲突。原来的设置中监狱废墟内是三拨人——狱警、重刑犯、轻刑犯。

狱警和重刑犯对立,轻刑犯作为主角,可以选择加入狱警阵营,立功减刑,也可以选择加入重刑犯阵营,和他们一起越狱。

开头的三线叙事正是出于这样的打算,但由于操作上的问题,我最终放弃了这个计划,选择了两队人之间尔虞我诈。

小说需要意外性,如果只是两派人互斗的话,那凶手只可能是对面阵营的人,少了些意外性,于是,再设置了阮山海和五郎两个人物,他们都有额外的动机来推动案件的发生。阮山海这个人物是有些作弊的,我在正文中没有写明他作案的动机,于是添加番外《蜘蛛之茧》,讲述他的动机;五郎则很取巧了,用了一个失忆梗，就把他放到了监狱的环境中。

大致的主线敲定了，就是两方的尔虞我诈，但具体构筑还是有问题。我回到了电影《洞》中寻找灵感。这是一部杰出的越狱片，如果要仔细讨论它的话，那这篇文章就要变得很长，这本书也不是本格推理小说《山椒鱼》，而是《洞》的影评了。让我闲话少说，回到构筑具体情节的问题上。《洞》里面最精彩的就是人性，囚徒困境，每个人都在选择对自己最有利的选项。于是，我也在文中使用了大量变形后的囚徒困境式情节。

加藤浩为了逃离囚徒困境想出了一个诡计，这个诡计配上动机算是本书的一大亮点。

然后，我又从自己喜欢的小说中选定了两个意向，《山椒鱼》和《蜘蛛丝》，均是日本短篇小说。两篇小说的主题和我想要的故事有些契合，我做了一些修改将其放入小说里。

《蜘蛛丝》讲述的是罪人因微小的善行，得到一根蜘蛛丝，能逃离地狱，却因为自己的自私而失败。楔子中"看到自己的下面，无数人也攀了上来"，原文应该为罪人，与我的小说不符，因此都改成了人。

我小说中的囚犯本也可以得救，但也因为私心，不断地背叛，使小手段，最后事与愿违，下场凄惨。

《山椒鱼》也是同理，被困岩洞的山椒鱼因为恶意，困死了自己和无辜者。而我文中的加藤浩和五郎也因为私心和恶意一而再、再而三地将自己推入深渊。

至此，一本小说的大部分要素都有了，我只需添加细节。

我的朋友常说一句话：

娱人者自娱。

我觉得这是很正确的一句话，写作时写得"私"一点也没关系。举个例子，熟知我的人都知道我是《假面骑士》系列的粉丝，于是我在文中也向大家介绍《假面骑士》。

但"假面骑士"这个梗并非完全是为了写而写的，它在文中也起到了一定的作用。比如暗示五郎和阮山海都是日本人；比如象征五郎善恶属性的变化，"憧憬英雄的，没有坏人"——我最想写的就是这句话。文中，五郎失忆了，只记得童年时看过的特摄剧——《假面骑士》，所以他加入了象征着善的狱警一方。恢复记忆后，他又展开一系列行动，包括变装。五郎的变装，我在前文留下了不少伏笔，比如"韩森浩脸上和头上都是伤口""替韩森浩包扎，用去大量绷带""搜罗物资时找到多余的制服"，同时一张表格内标明只有五郎的身高和韩森浩一致，因此，五郎也才能假扮成韩森浩。五郎的变装和特摄中的皮套是一样的，五郎"穿上"服装就能成为韩森浩，在这个过程中，五郎变成了坏人，他亲手抹杀了自己童年的英雄。

这里还要提一点，表格里的内容体现了另外一些信息，比如里面的星座和血型都是根据人设的某一特质而选定的，并不是乱填的。有张表格还列出了幸存者不喜欢的食物，陈柯明不喜欢牛奶，但在得到救援时喝到了牛奶觉得很好喝，我是想通过这样的对比，表达他当时的状态。

文内，关于地震的自救手段和生还率都是真实可靠的……自动售货机、消防斧、薯片都是我自己的趣味。

有了上述的东西，这部长篇打上了我的烙印。这是我的第一部长篇，各个方面还不成熟。当然我还希望自己能有第二部、第三部长篇……能渐渐完善自己的风格，能越写越好，希望诸位能给我这个时间。

十分感谢能看到这里的读者，希望能与你们在推理的世界里再相遇。

拟南芥

罪之火车

文 / 拟南芥

这辆火车并非在铁轨之上高速运行的列车，而是一种妖怪。

它来往于人间与地狱，专门运送死者，所到之处掀起狂风沙尘，在无声无息间带走尸首。车上的小鬼甚至会撕烂尸体，将碎片丢弃在路边，以示惩戒。

送葬的人群被糟糕的天气笼罩，黄沙和雨水拍在孝服上。人群中突然爆发尖叫，棺椁被不知名的力量打开了，里面的死者不翼而飞。远处模糊的地平线留下血迹般的火影，像阴沉怪物眯着的眼。

这本该只存在于怪谈中的事却在现实世界发生了。

消失的尸体

九月十四日，一场大雨趁着夜色袭击了这座城市，脆弱的排水系统再一次崩溃，城区多处遭淹，道路大量封闭，整座城市宛如沼泽。

落叶打着旋卷入污水之中，蜗居在狭窄的水道里，和垃圾一起堵住了排水管。

暴雨中，匆匆赶来的桥本警部补在路上得知了案子的情况，只觉得宛若儿时听过的怪谈一般不可思议——深夜出动的救护车带回重伤离世的男人，但车停时，人们却发现车门大开，车上的尸体不翼而飞。

"请务必相信我，当时他绝对是死透了的。我同设乐医生进行了抢救，但他没有丝毫反应，二十分钟后，我们才放弃抢救。"说话的是随车护士水原黑子，由于尸体失踪一事，她到现在还未回家，仍在接受警方的盘问。

尸体消失难免会惹非议，为掩盖医疗事故而弃尸这样的谣言也甚嚣尘上。院方特地命令当事人积极配合警方工作。

失踪的死者名叫渡边大五郎，是个赋闲在家的自由职业者。两年前，他与妻子离异，独居在小公寓中，与人交流甚少，不少住户都不知道还有这么一个邻居。

路口的监控录像显示，肇事者牧野大屋所驾驶的三菱格蓝迪在十字路口向左转弯时，撞到了急匆匆闯到路中间的渡边大五郎。被撞后，渡边大五郎在雨幕中划出了一条可怕的抛物线。牧野大屋自知撞到人，立马下车查看，并拨打了急救电话。

然而，渡边大五郎伤势严重已经陷入休克，又碰上瓢泼大雨，救护车出行不易，错过了黄金抢救时间。

宣布抢救失败后，牧野大屋随警察去完成笔录，尸体则由救护车带往医院。途中,救护车因道路积水而熄火,所有人都下车帮忙。待他们再度上车之际,渡边大五郎的尸体却不见了。

尸体因为路途颠簸而被震下车了?

这个原因,水原护士和设乐医生听完都摇头。道路只是积了水,不似山路颠簸,伤者又被固定在病床上,不可能被震下车。警方沿着来途找了一路,也并未发现任何踪迹。

按照推理小说的说法,排除了所有选项,剩下最不可能的便是真相。也许渡边大五郎并没有死,他被撞后陷入了假死状态,医生和护士误以为他死了,放弃了抢救。后来,车抛锚后,所有人下车,或去求救,或检查车子,没人注意到车内的情况。渡边大五郎悠悠转醒,迷迷糊糊地走出了救护车,不知去哪里了。

桥本警部补[1]提出这个假设后,才有了上面那一幕。水原护士一口咬定,渡边大五郎绝对是去世了。她和设乐医生有这么多年的救护经验,绝不会连伤者的生死都搞不清楚。况且凭借现代医疗技术,假死很难瞒天过海,可能性也不高。

设乐医生对桥本说:"还有一处地方,姑且算是疑点。渡边大五郎骨瘦如柴,手臂上还有大量针孔,他可能是个瘾君子。"

"你确定吗?"桥本追问。

"无法进一步检验,但很有可能。"

"我们已经搜查了救护车,没发现什么可疑的地方。"桥本的属下巡查长石井补充道,"不过若是有人背走尸体,确实不会留下太多痕迹。既无痕迹,又无头绪,我们该从哪里着手?"

---

[1] 警部补:日本警察的警衔。

当街盗尸？闻所未闻！

"这确实麻烦。"桥本眉头紧皱，"总之，先通知渡边大五郎的家人吧。"

然而渡边大五郎并没有什么亲人。他的双亲早已去世，只有一个哥哥，名为渡边大四郎。听说渡边大五郎就是他哥哥一手带大的，两人关系应该不错，但不知为何，两人许久未曾联络，很多人都不知道大五郎还有一个兄弟。

警方只能联络渡边大五郎的前妻雪子，但雪子对此并不在意，只草草聊了几句，抱怨了一下赡养费的问题，便忙不迭地挂断了电话。

桥本明白，若渡边大五郎还活着，雪子或多或少总能拿到一点钱。渡边大五郎死了，对她来说自然是损失。例行公事地调查了一遍，桥本一无所获。

刚回到警署，桥本就看到同事风风火火地跑出警署大门，说发生了大案。桥本则坐在自己的位子上准备开始工作，没过多久，石井也来了。他顶着两个又大又黑的眼圈，一脸兴奋地对桥本说："我想到了一个可能性！"

"什么可能性？"

"只有需要尸体的人才会偷走尸体。什么人会需要尸体？除了变态，就只有医生了。也许是设乐医生急需要尸体，才与其他人合伙演了一出戏。"

"为什么不从医院偷，偏偏要偷救护车上的？这不是给自己添麻烦吗？"

"也许是因为医院戒备森严，他无从下手。"

"那么他为什么要冒这么大的风险，偷自己负责的尸体？拿来做什么？世上可没那么多科学怪人。"桥本表示不认同。

石井摇摇手，说道："尸体也是资源，新鲜尸体的内脏不是很值钱吗？如果设乐医生欠下巨款被黑道威胁，让他利用职务之便窃取死者的脏器，贩卖到黑市谋取暴利，也不是没有可能。"

"之前调查过了，救护车上的众人身家清白，风评也不错，不太可能存在被黑道胁迫或者自主贩卖器官的情况。再者说了，贩卖器官并不是那么简单的事情，器官在体外的保鲜期并不长，若不能及时和受体匹配，只能被遗弃。而且设乐医生不是说渡边大五郎是瘾君子吗，他会想要瘾君子的器官？"

"那就是有其他必须偷走渡边大五郎尸体的原因。"石井会来和桥本交流，说明他充分考虑过了其他可能，"比如，他们真的出了重大医疗事故，为了隐藏证据，就把渡边大五郎的尸体藏起来了。车上的人都是同伙。"

"那司机呢？"

"司机被他们收买了。"

桥本若有所思："医疗事故啊……也只能先往这方面想了。"

外出的同事这时回来了，说是发现了一只断手，可能涉及黑道纠纷，已经把断手交给鉴证课了，希望能尽快查出断手的主人。

"盯着一具失窃的尸体会有前途吗？桥本，你什么时候才能成为警部①呢？"对方升迁比他快，已经是警部了。

桥本黑着脸，和石井离开了警署，赶往医院。

---

① 警部：日本警察的警衔，高于警部补。

断手

桥本和石井无功而返，正在工位闷闷不乐，听闻那支断手的鉴定报告出来了，便凑过去看了一眼。

"哈哈哈哈……"桥本一看报告，笑开了花。

上次讥讽过桥本的那位警部站在一旁，脸黑得如炭一样。

鉴证课的报告上写着，那只断手的主人就是渡边大五郎，断手是渡边大五郎的左手。到头来，那位警部追查的也不过是一具遗失的尸体罢了。

按照规定，谁先接触案子谁就有办案的权力，所以案子还是由桥本负责。桥本笑着感谢那位警部帮他找到了渡边大五郎尸体的线索。

"你就继续查下去吧！说到底也不过是桩窃尸、毁尸案。"同事带着怨气说道。

的确，渡边大五郎的案子并不是杀人案。

若是生前被肢解，通常会造成肌肉缺血性痉挛，肌肉会不停收缩，放松，又收缩，又放松，最后留下生活反应。断手上没有生活反应，说明渡边大五郎被分尸时已经死了，极有可能是死于车祸。

如果是设乐医生他们为隐瞒医疗事故所为，那为什么要将尸体分尸？对，将尸体切割成一块块之后，内部的痕迹也被破坏了。

"我们该怎么办？"石井问道。

现场早已经被大雨冲刷得干干净净。

"窃尸和分尸还有可能是其他原因。我们必须深入了解下渡边大五郎这个人。"桥本回答道。

渡边大五郎两年前离了婚,房子留给了妻子,他一个人搬到了单身公寓中。

正如大多数独身男人一样,房内有些脏乱,空的啤酒罐和摊开的成人杂志被丢得到处都是,脏衣服也杂乱地堆在沙发上。厨房水槽内,叠在一起的脏碗筷已经生出了某种墨绿色藻类。石井看到后干呕了几声。

"渡边大五郎是个什么样的人?"石井问房东。

"他的话不多,不太和我们交流,也常常不在家。你问周围的邻居,他们大概也会这么回答。"房东答道。

"他以什么为生?"桥本问道。

"这我不清楚,但他房租交得还算及时。"租客不惹是生非,按时交房租,这对房东就足够了。

桥本打开冰箱看了看。要快速了解一个人,查看冰箱不失为一种好办法:大大小小的生活习性都藏在里面。

冷冻层只有几块硬邦邦的牛肉,不知冻了多久了。冷藏层里码着密密麻麻的罐装啤酒。桥本摇了摇头,关上了冰箱门。看来渡边大五郎确实是独居。

"这些不是车票吗?"石井不知从哪里翻出了一堆花花绿绿的车票,数量上很是惊人,足有上百张,"渡边大五郎不在家就是因为这些吧。"

他一个没有工作的人,在日本四处跑什么?

桥本和石井收拾完了渡边大五郎的东西,足有四大箱。桥本还从床铺和浴室内取了一些毛发。

"现在去哪儿?"石井问道。

"去找肇事司机,还有渡边大五郎最后出现的地方。"

肇事司机是个秃顶的中年男人,看到是桥本他们,不高兴的情绪写到了脸上。

"雨下得太大,我没能看清。"谈起车祸,司机将主因归在天气上,"他突然就出现了,我来不及反应。"

司机说得没错,这场车祸,两人都是过错方。司机在市内行驶,雨天车速过快,而渡边大五郎闯红灯,也要负责任。

"你觉得他为什么会冲出来?"

"我怎么知道?也许是被仇人追到路上的吧。"这场车祸给司机惹了不少麻烦,提起渡边大五郎,他没什么好脸色。

渡边大五郎最后待的地方是一家柏青哥店,里面摆满了各式各样的柏青哥。一个个不锈钢弹珠自小口弹出,由上而下,纷纷落入下面的洞中,如能碰巧落进入赏口,就能获得相应奖赏,玩家只要手握操纵杆,控制弹珠发射力度和角度就行。不少人都沉迷这种简单的赌博游戏机,渡边大五郎就是这里的常客。

店里满是烟味,耳边充斥着柏青哥的电子乐声,以及骂骂咧咧的起伏人声。

"那天有什么不同吗?"桥本不得不提高音量同老板说话。

"没什么不同。大五郎还是坐在靠右的老位子上玩。"老板叫作鸠山,身宽体胖,胳膊上文着一只夜叉,看上去不是善茬,但他对桥本他们倒很客气。

"他是什么时候来的,又是什么时候走的?"

"晚上六点左右吧,他玩了大概有三个小时。我可以把当日的监控录像调出来。"

桥本立即请老板调出了监控录像。果然,录像中的渡边大五郎一直都在右侧靠柱子的那台柏青哥上玩着,也没吃什么东西,只喝了一罐咖啡。直到九点左右,他才从兜里掏出了手机。

"他是在看时间,还是看邮件?"

桥本睁大眼睛盯了好一会儿,才确定渡边大五郎的手指在移动。看上去像在按键,按完后,他把手机贴到了耳边,看样子应该是在打电话。

"车祸现场就在附近,他是急着赶去约定地点时被车撞了,还是对方来附近找他,故意让他出去的呢?"石井问道。

渡边大五郎的手机和尸体一起消失了。车祸发生时,手机应该是装在他口袋里的。

"渡边大五郎拿伞了吗?"

"六点那会儿还没下雨,应该没有拿伞吧。"老板道。

见老板不敢肯定,桥本又看了遍渡边大五郎进出门时的监控录像,确认他来时、出门时手上都没拿伞。

"这附近没有地铁站和公交站,雨那么大,他若跑去车站或者地铁站,浑身上下一定湿透了。旁边就有一家便利店,可渡边大五郎并没有去买伞。而且……"

桥本示意石井注意监控视频上的时间。渡边大五郎在九点十五分离开柏青哥店,肇事车行车记录仪记录车祸的时间是九点五十七分。

"这中间有半个多小时的时间,渡边大五郎又没有拿伞,他能去哪儿呢?"石井问道。

"所以,应该不是他赶去见人,而是有人来找他。他们说话的地方就在附近。"桥本说着,带着石井走出了柏青哥店。

"你去哪儿?"石井问桥本。

"去找渡边大五郎和神秘人谈话的地方。对方来找渡边大五郎,很可能没带伞或带了一把伞,而他们在外面待了四十分钟。你能想象两个大男人共撑一把伞,在暴雨中聊四十分钟吗?又不是热恋中的傻瓜情侣。而且柏青哥店内的人没看到渡边大五郎,说明他们谈话的地方既能躲雨又很隐蔽。"

石井听完也开始转悠起来,没一会儿,就对不远处的桥本喊道:"会不会是这里?"

桥本闻声走了过去。只见石井所在的小巷又脏又破,但上面有个雨棚,而且足够隐蔽,巷子口的朝向又对着车祸发生的地方。很有可能,渡边大五郎和神秘人在这里说话,然后双方起了争执,渡边大五郎逃了出来,结果出了车祸。

桥本仔细翻找着地面,可大雨早已洗去了所有线索。待他抬头一看,又突然笑了。

"警部补,你发现什么了?"顺着桥本的目光望去,石井看到了不远处便利店门口的摄像头。摄像头虽没直接对准这里,但只要拍到一点,也足够了。

两人走入便利店,亮明身份,说明来意,店长带他们去查监控录像。

与柏青哥店内的监控不同，便利店的摄像头设在外面，当时下着大雨，监控录像很模糊，只能看到一个个大致的轮廓，巷子又占了小小的一角，桥本看得头都要裂了。

石井倒是不眨眼一般死死盯着屏幕。突然，他叫道："警部补，有发现了！"

"什么发现？"桥本觉得屏幕上还是老样子，没什么不同。

石井指着屏幕的左下角："这不是人吗？"

被石井一指，那模糊的一块越看越像人影。

"你确定吗？"桥本问道。

石井将播放速度放慢，又回放了一遍，手指着屏幕说道："这是一把伞。有人打着一把伞进到巷子里去了，然后又来了一个人，这个人没打伞，八成就是渡边大五郎。"

桥本点头，果真和石井说的一样。然后，在九点五十三分的时候，有个人影离开了巷子。应该就是车祸发生前的渡边大五郎，时间都对上了。

渡边大五郎和这个神秘人到底是什么关系？两个人又说了些什么？会不会就是这个神秘人偷走了渡边大五郎的尸体？

奇怪的母子

关于渡边大五郎，不同的人有不同的印象。房东和邻居认为他是个沉默寡言的怪人，但桥本在渡边大五郎的几个旧友那里得到了完全不同的回答。她们说渡边大五郎开朗活泼，热衷户外运动，还组过乐队。看来生活真的会改变一个人。

桥本调查了渡边大五郎的人际关系，发现他真的孑然一身，连个一起喝酒的朋友都没有,一个月有十多天都在外面。可他在外面干什么,靠什么养活自己,都还是谜。

桥本准备去见一见渡边大五郎的前妻和孩子。一日夫妻百日恩,他们那里或许会有一些线索。

渡边大五郎住的地方离前妻雪子很远,几乎隔了大半个城市。桥本带着石井驱车前往。

"等等,停一下车。"石井说道。

"怎么了?"

"前面有家超市,我想去买点东西。"

"给我带包烟回来。"桥本将车驶入停车场,熄了火。

大概五分钟后,石井两手空空跑了回来。

"东西呢?"

"你猜我在里面看到了谁?"

"你直说就是了。"桥本瞪着石井。如果真有情况,他还卖什么关子?小心耽误了事情。

"渡边大五郎的前妻和孩子就在里面。"

这里离雪子家不远,时间又是午后,雪子带着儿子买东西也不奇怪。桥本下车,同石井一起走进超市。

雪子只有三十一岁,但长得比实际年龄还大些,有点老相,皮肤没什么光泽,和普通家庭主妇没有什么两样。他们的儿子渡边谦今年八岁,肤色苍白,有些病态,格外瘦小。

雪子推着购物车走在前面,在货架间挑挑拣拣。看车上的食材,雪子今晚可能要做咖喱。后面的小谦却被一旁的可乐饼吸引了。刚炸出来的可乐饼酥脆可口,冒着热气和香味,深受孩子们喜爱。

为了吸引顾客，可乐饼有试吃的活动，小谦想去拿，但雪子看起来不是很喜欢这类食物，频频皱眉，拉着儿子想要走开。

"妈妈，我想尝尝。"小谦睁大眼睛，楚楚可怜地看着雪子。

"饿了吗？我们早点回去，家里还有红豆面包和牛奶。"

小谦摇了摇头，这种搭配明显比不上可乐饼。

"那今天你可以吃冰激凌，好吗？"

听到冰激凌，小谦的眼睛顿时亮了，乖乖放弃了可乐饼。雪子又买了一袋无糖的早餐麦片。

"你好，请问是——"桥本上前打断了这母子二人的购物时光。

"没错，我就是雪子。是桥本警部补吧？"桥本还没说完，雪子就猜到了他们的身份。

"你怎么知道是我？"

"您的声音和电话里一模一样。对不起，我没想到你们现在就来了。"

桥本来之前和雪子通过电话，没想到雪子仅通过声音就认出了桥本。

"这次打扰为的还是渡边大五郎的事情。"

"我们要在这里说吗？这里离我家不远，走路花不了二十分钟。"大庭广众，又是在儿子面前，雪子不想谈论前夫。

桥本在心里暗骂石井，石井可把他推进坑里了。

"你们是开车来的吗？"雪子又问。

桥本点了点头，明白了雪子的意思。四人付完款，都上了车。

桥本再度发动车子,驶进了雪子居住的老旧公寓。

到了家,雪子端出茶和点心招待桥本和石井,让儿子回屋做作业去了。终于,该上主菜了。

"你知道渡边大五郎近几年都在干些什么吗?"

"不知道。"一提到渡边大五郎,雪子的语气就冷了下来。

"你们之间没有联系吗?"

"我们还能有什么联系?他最多半年来看一次孩子,每月会打些赡养费。"雪子翻出了渡边大五郎的汇款记录,每个月都有一笔小钱,有几个月忘了,便会在下个月补足。

"可能有些冒昧,我能问一下你们离婚的原因吗?"桥本问道。

雪子皱着眉头,像是不太乐意谈论这个话题,但她还是开了口:"我们并不合适,他太天马行空了,不肯脚踏实地,我无法再忍受这种状况,所以就分开了。"

"小谦和他有没有联系?小孩子有时候会偷偷和父亲联系。"

雪子喊来了儿子:"小谦,你乖乖告诉妈妈,你有没有偷偷和爸爸通电话啊?"

小谦摇了摇头,看他的神色不像是在说谎。

"妈妈,说好的冰激凌呢?"

"我去拿给你。"雪子向桥本他们露出一个抱歉的微笑,去厨房拿了一小盒冰激凌。桥本注意到这个冰激凌是木糖醇的。

小谦坐下来吃冰激凌,不愿回屋,雪子有些尴尬。桥本一使眼色,让石井带走了小谦。石井对付确实孩子有一手,拉拉扯扯之间,真把孩子带走了。

"九月十四日晚,你在哪里?"桥本这才回到正题。

"我和小谦在家,那天晚上雨太大了。"

桥本面上听着,心里有了判断。雪子不太可能是犯人,在雨天偷走一具尸体,一个瘦弱的女人很难做到。而且雪子并不知道渡边大五郎会在什么时候出车祸。

"哐当!"

楼上突然传出响声,好像有东西掉了下来。雪子害怕儿子出什么意外,急忙冲了上去,桥本紧随其后。

楼上,不知是谁打开了柜子,导致里面的东西掉了出来。小谦和石井并排站在一起,像两个干了坏事等待惩罚的孩子。看到小谦没事,雪子松了口气。桥本刚想替石井道歉,但当他看清地上的东西后,全然忘记了道歉一事。

"这些是什么?"桥本看着地上的东西问道。

这一包东西里,有不少注射器、生理盐水和药品……看到这些,桥本第一反应就是毒品。雪子难道在家里做着什么非法的勾当吗?

"这就是我和大五郎离婚的主要原因。"雪子不想说这件事,可如今也只能打起精神来解释,"小谦,他有病。"

雪子的眉头又皱了起来,似乎在回忆什么可怕的事。

大概是三岁起,小谦突然变得多尿、多饮、多餐,每天饮水量和尿量可达三四升或者更多,常常在夜间口渴饮水,胃口大开,但体重却直线下降。

但这并没有引起渡边大五郎和雪子的重视,他们以为儿子遗尿、消瘦是正常的，直到儿子突然昏迷后，他们才去医院就诊。

医生诊断小谦属于酮症酸中毒。这一症状的表现为恶心、腹痛、食欲不振等，严重时会神志模糊，以至昏迷，同时伴有脱水和酸中毒，如不及时诊断，正确治疗，患者就会有生命危险。

夫妻二人这才知道儿子患有糖尿病。控制病情的花费并不大，可儿子身患疾病，处处都需要注意，杂七杂八的各项费用加起来却是笔不小的开支。而渡边大五郎不安于辛勤劳碌的生活，和雪子分歧渐大，最终分道扬镳。

糖尿病这一终身性的疾病，需要长期治疗，家长不仅要学习如何预防酮症酸中毒，测量微量血糖及尿糖，还要懂得如何抽取、注射胰岛素。为了更好地照顾儿子，雪子甚至考了护理证。

"原来如此。"桥本姑且相信了雪子的解释。

这就是为什么雪子对儿子的饮食特别注意：麦片必须选无糖的，冰激凌也是木糖醇的。雪子没有必要在这种地方撒谎，警方只要调查下医疗记录就可以求证了。

"真是打扰你了。如果有什么情况，还请及时通知我们。"桥本和石井向雪子告辞。

坐在副驾驶座上的石井伸了一个懒腰，拿出烟抽了起来，还不忘替桥本点上一根，亲手递到桥本嘴边。

桥本叼着烟问道："你又有什么想法了？"

"我在想渡边大五郎是不是真像表面上那么薄情。他的住所简直就像狗窝一样，也没有什么值钱的东西，除了四处跑，其他时间都深居简出，过得并不算好。但是在这种情况下，他还坚持每个月支付赡养费。"

"这和尸体有什么关系?"

"保险金啊!"石井兴奋地说道,"因为急需用钱,故意制造'意外'身亡。"

"但是渡边大五郎并没有巨额保险金。"桥本之前调查过,渡边大五郎确实在几年前投过保,受益人是他的儿子渡边谦,但金额不大,为了那么一点钱,渡边大五郎根本不需要付出生命的代价。

"那有没有可能,尸体会失踪,是因为死的不是渡边大五郎?渡边大五郎也许找到了一个跟自己很像的流浪汉,让他以自己的身份生活,直到九月十四日晚,那个雨夜。真的渡边大五郎就是那个神秘人,那天他出现在流浪汉面前,说要收回自己的生活,流浪汉不肯,两人就起了争执。渡边大五郎将流浪汉逼到马路上,流浪汉出车祸而死,于是'渡边大五郎'就死了。真的渡边大五郎怕真相被发现,所以偷走了尸体,分尸后再弃尸,没想到还是被发现了。"石井掐灭烟蒂,接着说道,"鉴证课比对的是救护车上和尸块的DNA,它们当然是一致的。"

"之前我不是拿了从渡边大五郎家找到的毛发去化验了吗?"桥本问道。

"这也可以作假。真的渡边大五郎可以清理自己的毛发,让假的在家里住一段时间。所以就算这三处的DNA比对一致,也不能证明'渡边大五郎'就是渡边大五郎。"

"那你说该怎么办?"桥本也按灭了烟蒂。

"这个简单。"石井露齿一笑,从口袋中掏出几根短头发,"这是渡边谦的头发，只要对比下这对父子的DNA，我们就能确认身份了。"

河中碎尸

几天后，桥本用手帕捂着鼻子，站在河边，看着被打捞上来的尸体残肢若有所思。

这次的残肢是下腹部连着两条腿，已经被泡胀了。

经过初步尸检，法医认定这是一具中年男性的尸体。受理此案的同事迅速想到了渡边大五郎的案子，通知桥本来到现场。

从死亡时间、弃尸方式、切口痕迹来看，这应该就是渡边大五郎。之前断手的切面太小，还看不出什么特点，这次的尸块这么大，足以看出些端倪。

尸块切面看起来相当粗糙，不像专业人士所为。设乐医生他们的嫌疑又少了一些。

石井正在不远处指挥打捞。既然河内能捞出尸块，说不定还有更多。为避免造成不好的社会影响，打捞队已经在河道进行拉网式打捞了。桥本相信要不了多久，就能拼起整个人形。

这条河水质不错，岸边还长出了一簇簇芦苇。九月的芦花已经开了，毛茸茸的灰白色花束随风摇曳，如果不是河内藏着尸骸，或许还是一道美景吧。

"去那边看看，好像浮着些什么，看看是不是尸体。"石井特意换上了雨靴，站在水中指挥着，"对，就是那里。"

不知不觉中，石井越走越深入，甚至走到了芦苇边上，桥本都为他捏了一把汗，劝石井回到岸上。

"没事,不必担心。"石井满不在乎地说道。

打捞人员依照石井的话去翻看,发现不过是堆垃圾。

"怎么会是垃圾呢?我这边看过去,明明像是胸部。"石井有些失望,脚下一滑,整个身子都落到了水里。

"啊——!"

"是看到水蛇了吗?"桥本小跑着赶过去,大声问道。

"不是蛇,是头!人头!"

不知道石井运气是差还是好,这一摔竟然发现了头颅。

桥本闻声向芦苇丛中望去,只见一个圆鼓鼓、黑乎乎的东西被卡在芦苇之间,一只眼张着,盯着天空,像是在述说着什么。

"能确定是渡边大五郎吗?"捞起人头后,桥本问法医。

"基本能确定。皮肉虽然被水泡烂了,但一些特征还在,比如双眼间的距离,颧骨高度等。"法医回答道。

桥本陷入了思考。尸体和渡边谦的DNA比对结果已经出来了,他们之间的确有血缘关系。如此看来,渡边大五郎确实是死了。

渡边大五郎没有正式工作,应该是在暗处偷生的人。这种人或多或少都干过违法的营生,查起来不容易,只能从线人入手。

巷子里霓虹闪烁,空气中充满了垃圾的臭味,还有散不尽的酒气。线人抽着烟,抬起头,露出一个谄媚的笑。桥本掏出钱包,把钱给他。

"渡边大五郎的外号是蛇佬,几年前还有不少人见过他。"

"具体时间呢?"

"差不多三年前吧。"

"他是做什么的？"

"送货员。"

这里的送货员和普通的送货员不一样，这里的送货员只管送货，无论货物是什么，无论送往哪里，都亲自送到。所以渡边大五郎才会有那么多的车票。

"然后呢？"

"然后就不知道了。据说他后来不接活了，但是……"线人边数钱边说道。

"但是什么？钱一会儿再数！"桥本催促道。

"但是他的几个熟人说在路上见过他，所以就猜测，他依旧在做这行，只是被某个组织收为己用了。"

"没打听出他为谁工作吗？"桥本追问道。

"没打听到，八成是见不得光的活儿。"

"好了，好了，有其他消息一定要及时联系我。"

"这是当然，谁会和钱过不去呢。"线人点头道。

桥本这边总算是查到了渡边大五郎的工作，另一边，石井也有了新的收获。他仔细翻看了从渡边大五郎家拿来的几个箱子，最后将重点放在了车票上。石井在桌子上铺了一张大地图，每拿出一张车票，就在地图上画一条线，从起始点到终点，注明路线和时间。线画得越来越多，渡边大五郎这几年的行踪也越来越直观。

石井从中看到了一个有趣的东西。第二天一早，他迫不及待地把自己的发现告诉了桥本。

"渡边大五郎和雪子母子的关系绝对不像表面上那么疏离。

根据渡边大五郎的行程可以发现，他每隔两个月就会往雪子家附近去一趟。雪子说他们和渡边大五郎没有联系，明显是在隐瞒些什么。"

"也许他刚好有工作要去那里呢？"

"什么东西需要定期送？而且既然都去那里了，为什么就不能顺道看看孩子？"

"因为他们关系不佳，就算到了附近，渡边大五郎也不会去看孩子。"桥本说道。

这时，桥本的手机响了。来电显示是雪子的号码。

"我们待会儿再讨论这个问题。"桥本和石井说完，接通了电话。

"喂，是桥本警部补吗？"电话那头，雪子的声音有些慌张。

"发生什么了？"桥本问。

"有人，我家附近有奇怪的人。"

"他长什么样子，对你做了什么？"

"我不知道，他，他就是跟着我，一直跟着我！"看来雪子是吓坏了。

"你现在在哪儿？"

"就在家里。"

"你锁好门窗，我们尽快赶过来。如果事态恶化，不要给我打电话，先打给当地警方。"桥本嘱咐道。

"好的，好的。"雪子在电话那边连连点头。

桥本挂断了电话。石井一脸紧张地问桥本出了什么事。

桥本皱着眉头，他自己也搞不明白这究竟是怎么一回事，也许和渡边大五郎生前做的工作有关,也许和那个害死渡边大五郎的神秘人有关。

桥本带着石井风风火火地赶往雪子家。

雪子公寓附近并没有什么异常,不过桥本和石井还是提起十二分的精神,不敢有丝毫懈怠。桥本敲响了门。

"是我,桥本。"

"还有我,石井。"

"你们总算是来了。"雪子松了一口气,打开门锁让他们进去。

"你们来的路上碰到可疑人了吗?"一进门,雪子急忙问道。她面色苍白,想来受到了不少惊吓。

石井摇了摇头,坦白道:"没有,没发现有什么不对劲的。"

"小谦呢?"桥本注意到渡边谦不在家里。

"他在学校。我已经打电话给小谦的老师了,让他们注意一点。我想学校总是安全的吧。"

桥本点了点头:"你先说明下当时的情况。"

雪子开始回忆今天可怕的遭遇。一早,她在公寓前送小谦上了校车,回来时,就发现有人跟着她。一开始她以为是凑巧,但对方的脚步随着她脚步的快慢而变化,她才意识到自己被盯上了。

雪子转过头察看,那个黑影便立刻躲了起来。雪子立刻加快脚步,一路小跑。对方也跑了起来。雪子觉得身后的脚步声越来越近,她使出了吃奶的劲儿,才跑回家里,给桥本打去电话。

"你有没有看到他的样子?"

"没有。"

"那你怎么知道他是个男人。"

"听他的脚步声和喘息声,我觉得他应该是个男人。"

"你们母子最近有没有得罪过什么人?"

雪子若有所思:"应该没有。除了大五郎的事外,我们基本不会得罪别人。"

"渡边大五郎的什么事?"

"不是指具体某件事,而是……要说惹事的话,也只有他会惹事。"

"我们去保安和管理员那里看看,也许监控录像里能找到些东西。"桥本说道。

事情没有预想中顺利,雪子所住的老公寓是上个世纪的产物,摄像头并不多,雪子走的那条路,恰好就没有摄像头。

"把几个出口的监控录像调出来看看吧。"桥本道。

管理员很配合,但是监控录像上没什么可疑人物,只有送奶工、送报员、快递员和公寓的居民……坏人头上没贴着标签,雪子又没看清他的模样,这让桥本怎么查呢?

"这几天一定要小心,最好把报警电话设成快捷键。如果有什么可靠的朋友,就邀请他来陪你们一段时间吧。"桥本说道。

雪子点了点头。

"警部补,我觉得这肯定是神秘人干的,他很可能想从雪子母子那里得到什么。"送雪子回家后,石井斩钉截铁地对桥本说道,"是不是渡边大五郎把什么东西藏在了雪子那儿?"

还未来得及回答,桥本的手机又响了。

"喂?是谁?"

电话那头什么声音也没有。

"喂？不要开这种无聊的玩笑。"桥本怒道。

"是桥本警部补吗？"

对方终于说话了，瓮声瓮气的，好像在刻意隐藏本来的嗓音。

"没错，是我，你是——"

"滴滴……"对方直接挂断了电话。

"谁的电话？"石井问道。

"不用管，也许是恶作剧。"桥本皱着眉说道。

日子如白驹过隙，眨眼间日历又翻过了三页。渡边大五郎的胸腔也找到了。不过说是胸腔，其实只是胸部到腹部的部分，里面的内脏已经不见了。

雪子那边也没再传来什么消息，桥本那天接到的神秘电话，经调查，发现是公共电话打出的。

这一件件事到底意味着什么？神秘人是谁？渡边大五郎因何而死？为什么有人会偷走他的尸体，又将其肢解？为什么有人骚扰雪子他们？自己接到的匿名电话又是怎么一回事？

桥本揉了揉发胀的太阳穴，发现已经下午四点半了，忙碌的一天又要过去了。

这时，桥本接到了一个电话。他看了一眼来电显示，又是不认识的号码。

"喂，有什么事吗？"

"桥本警部补，是我。"又是那个瓮声瓮气的声音。

"我知道是你，你究竟有什么事情？"

"接下来，我说的话很重要，你一个字也不能听漏。"对方的声音越发低沉，像要说出一个惊天大秘密。

桥本被这种气氛感染，不由自主地咽下一口唾沫。

生死一线

置身在人群中，雪子握着儿子的手，感到了一阵安心。

她最近每天都会亲自去小学接儿子回家，因为之前被跟踪的事情，她不敢让儿子一个人坐校车回来。无论多凶残的恶棍，应该都不敢在大街上胡来吧。雪子没能找到朋友来和他们一起居住，毕竟对谁来说，这都是一件麻烦的事情。

"小谦今天想吃什么？"

"咖喱。"

"不行，今天我们还是吃鱼吧。"

偌大的超市里，小谦只能眼巴巴地看着妈妈将鱼放进购物车。糖尿病患者要尽量少吃油腻、口味重的食物，雪子通常都将食物做得比较清淡，小谦并不喜欢。有时候，雪子为了换换口味，也会放松下标准，但那样的次数实在太少了。

买完东西，两人手牵着手一起回家。走到停车场附近时，突然跑出三个男人，都戴着鸭舌帽，气势汹汹的。

"你们是谁？想干什么？"雪子察觉到不对劲，用力握住小谦的手往后退去。

前几天，她教过小谦遇到这种事该怎么办。雪子装作害怕的样子，缩着身子，看着三人慢慢靠近她。

忽然，雪子转身，奋力往后跑去，借助蹬腿和腰部的力量，将食品袋狠狠砸向拦路者的鼻梁。面部的鼻子最为脆弱，雪子做过功课。

雪子出人意料的反击，硬生生为两人打开了一条路。

"跑！"雪子拉着儿子飞奔。

只要像上次那样跑到安全的地方就好了，跑到人多的地方就好了。只是，上次雪子是一个人跑，这次多了小谦。小谦是个患病的孩子，无论他多么努力地迈动双腿，都跟不上妈妈的步伐。

——快一点，再快一点！

——不，不行了，要被追上了。

雪子不可能抛下小谦，只能拽他往前跑，速度被大大拖慢。终于，一只手抓住了小谦的后背……

"别动！你们已经被包围了！"

四周突然冒出一群人，他们气喘吁吁，看来刚赶到不久。为首之人一声令下，他们如猛虎一般扑向了那三个男人。

"你们没事吧？"桥本喘着粗气问道。

雪子母子还惊魂未定，没人回答他。雪子只顾着仔细查看小谦，确定他毫发无损后，抱住他痛哭流涕。

"怎么不接电话？"桥本又问道。

雪子反应过来，一脸疑惑。她并没有接到电话。等她拿出手机一看，才发现手机已经没电了。原来小谦拿雪子的手机玩游戏耗光了电量，怕被妈妈骂没敢说出来。

雪子看着儿子，想到他也刚逃过一劫，不忍责骂。

袭击雪子母子的三人已经被押上了车。桥本命人将雪子他们送去最近的医院检查一下身体，然后再送他们回家。

"警部补，你怎么知道他们会来袭击雪子？"

"我不知道,有人打电话告诉我的。那人还告诉我,这些人当中有通缉犯。"

"什么通缉犯?"

"最高的那个是个毒贩。我这回也算是立了大功了。"

不过桥本没有高兴太久,他突然想到了什么:"石井,我有一个重要的任务交给你,你尽快赶回警署调查一个人的资料。我们兵分两路。"

"可我们只有一辆车。"副驾驶座上的石井一脸疑惑。

"你下车。打车也好,坐地铁也好,尽快赶回去。"桥本停下车,把石井赶下了车,自己立马奔赴医院。

设乐医生一见到桥本,叹了口气说道:"我和你们说得很清楚了,渡边大五郎的尸体与我们无关。"

"我也不觉得你们会用这种蹩脚的方法来隐瞒自己的失职。设乐医生,我就想问你几个问题。"

"好,你问吧。"设乐医生搞不明白桥本到底想干什么。

桥本竭力回想雪子家中那些医疗器材和药物的样子,勉勉强强描述给设乐。

设乐摸着下巴思考着:"总觉得那些东西和治疗糖尿病没什么关系,器具先不说,那些药物应该和糖尿病无关。"

"如果是并发症呢?"桥本追问道。

"可能性不大。"

出了医院,桥本拨通了石井的电话:"怎么样,有结果了吗?"

"再等等,有些状况。查实的话,还要一段时间。"

"那我回去和你一起加班吧,你吃什么?"

"乌冬面。"

桥本提着热乎的乌冬面回到了警署,石井呼哧呼哧地边吃边说:"警部补,按现在的调查来看,两年半前,渡边大四郎用过医疗保险,数额不小,估计病得挺严重,但是从一年半前开始,他就没留下什么痕迹了。信用卡也好,医疗保险记录也好,都没有了。"

桥本让石井调查的人正是渡边大五郎的哥哥——渡边大四郎。

"我有一个猜想。"

"说来听听。"石井就像一个急于听故事的孩子。

"死的人可能不是渡边大五郎,而是他的哥哥大四郎。"

"DNA不是都对上了吗?而且尸体和渡边谦还有血缘关系。"

"但是渡边大五郎和大四郎是孪生兄弟。"

石井一拍脑门:"对啊,就遗传信息来说,他们极其接近!"

"所以大四郎和渡边谦做亲子鉴定也能通过。至于家里的毛发,应该和你之前说的一样,大四郎在大五郎的公寓住了一段时间,以至公寓内都是大四郎的痕迹。大四郎在公寓不和其他人交流也是为了不露馅吧。就这样,大四郎彻底代替了大五郎。连死亡也一样,那天在柏青哥店的人是大四郎,和神秘人见面的也是大四郎,车祸死的也是大四郎。"

"为什么要做到这一步呢?"石井问。

"渡边大五郎大概为了赚钱加入了什么了不得的组织吧。今天我们逮捕了几个毒贩,我想他很有可能参与了贩毒。为了避免连累家人,他还特地和雪子离婚了。"

"为了给儿子治病？那雪子肯定知道真相。渡边大五郎只通过银行打了少量的钱，大部分都是他亲自送去的，这样才不会留下记录。"石井分析道。

"是的，渡边大五郎知道替毒贩运货并不是长久之计，恰好一年半前，他的哥哥大四郎身患重病来看望他，于是他就想到了这个诡计。雪子家里的那些药物和器材说不定就是为大四郎准备的，大四郎在雪子家待过一段时间，雪子照顾了他。"

"他为什么要让哥哥替自己死呢？"

"你想想那些毒贩在干什么？"

"他们在找东西。"

桥本想了想道："渡边大五郎很可能黑吃黑，私吞了一大笔货。孤苦无依的大四郎本就是将死之人，见到自己亲手带大的弟弟需要大笔金钱，便同意了这个计划，用自己的死帮了弟弟最后一把。大五郎私吞了货物，然后再由大四郎出面，故意和对方发生争执，之后冲上马路。就这样，'渡边大五郎'死了，那一批货也消失了，真的渡边大五郎既脱离了犯罪组织，又私吞了货物，赚了一笔钱，一箭双雕。"

"那毒贩为什么要偷大五郎的尸体？"

"偷尸要和分尸结合在一起看，难道分尸只是为了阻碍我们查案吗？还记得大五郎的外号是什么吗？"桥本问道。

"蛇佬。"

"只有取错的名字，没有叫错的外号。蛇的特点是什么？是它的嘴和肚子。大五郎是快递员，很有可能是利用肚子藏东西的老手。他运货时会将毒品吞进肚子，到了目的地再排泄出来。'大五郎'还没把货交出去就被救护车运走了,毒贩会认为毒品还在他的肚子里。但是他们一方面怕损失这批货,另一方面又怕罪行暴露,所以才偷走了尸体。

"为了找到毒品,毒贩们剖开了大四郎的肚子,但一无所获。为隐藏他们真正的目的,他们只能分尸。你想想分尸的方式,这么大块,这么粗糙,一点也不利于运尸和弃尸,所以分尸另有原因。既然他们要找东西,很可能赶在我们之前就搜查过大五郎的公寓了。"

石井皱眉道:"各个地方都找不到,所以他们盯上了大五郎的前妻和孩子。"

"我接到的那个匿名电话应该就是渡边大五郎打来的,他自己不能出面,只能借助我的力量保护他的妻子和孩子。他怕我不相信他的话,才会把毒贩的信息透露给我,这样即使我半信半疑,也一定会赶过去查看情况。"

"那我们赶快去逮捕渡边大五郎!"石井着急道。

"他们是孪生兄弟,就算用DNA也没办法确定谁是谁,况且雪子和小谦可以一口咬死他不是大五郎而是大四郎,等风头过去,他就能以大四郎的身份继续生活。"

"我们还有指纹,就算是孪生兄弟,指纹也是不一样的。"

"我们怎么证明大五郎的指纹就是大五郎的?大五郎家里都是大四郎的指纹,而且两人都没有案底留下。比对指纹的路走不通。"

"那就只能放过他了?"

"这只是我的猜测,一个很难证实的猜测。不过倘若真的是大五郎，我们一定能想到办法。罪犯不会逃过正义的制裁。"

至暗时刻

几天后，桥本和石井想去探望雪子和渡边谦，却发现他们已经搬家了，邻居们也不知道他们搬到哪里去了。桥本和石井在警务系统中也没查出这家人的下落。

不知道他们是害怕被毒贩报复，隐姓埋名了，还是在渡边大五郎的安排下一家团聚，开始了新生活。

可桥本和石井没有想到的是，当雪子她们坐上搬家公司的车时，就已经被抓了。

车开了没一会儿，雪子注意到司机开的方向不对，想要下车。

沉默的司机突然开口："女士，你也不想你的孩子出事吧？我们送你去见你丈夫。"

雪子脸色顿时变得煞白。

大五郎跪在地上，一动不动。

"你的计划不错，可你想要出货，怎么可能瞒得住我们。"组织头目将雪茄按到大五郎的头上，房间中立刻弥漫了皮肉烧焦的味道。

"我错了，饶了我吧！我愿意做任何事情来赎罪！"大五郎哀求道。

"本来你们全家都该尸沉东京湾的，但我有爱才之心，你的把戏将我们不少人耍得团团转，还让我们折了几个打手。这样吧，我有个活儿要交给你。"

"我愿意干，愿意干！"渡边大五郎连忙说道。

"哈哈哈哈，看你这胆小的样子，当初怎么敢背叛我们的呢？"头目脸上满是嘲笑，"我们在T国监狱有个基地，你去那边处理一些事情吧。"

"啊？坐牢？"渡边大五郎难以置信地问道。

"不愿意吗？"头目脸色微变。

"您能饶我一条命，我就感恩戴德了！"渡边大五郎连忙点头。

"你也别想做什么小动作了。"头目说完丢给渡边大五郎一沓照片，照片上正是被他们抓住的雪子母子。

渡边大五郎紧紧抓着照片，眼泪止不住地涌出。

"在法律上，渡边大五郎已经死了，我们会给你搞个新身份送你过去。这样吧，名字也不大改，以后你就是五郎了！"